JN106272

「出雲神話」と古代史の真理

山口 信
Yamaguchi Makoto

風詠社

「出雲神話」と古代史の真理

はじめに

『古事記』と『日本書紀』、共に天武天皇の発意によって創られたという。しかし何故に同じ時期に、同じ時代の歴史書が別々に編纂（へんさん）されたのだろうか。

我が国の古代史と言えば、最初に頭に浮かぶのは『魏志倭人伝』であろう。当時の日本には文字が無かったので中国の書物に頼らざるを得ない。

『魏志倭人伝』を忠実に読むと、『邪馬臺国（ヤマト）』の存在する位置は九州の遙（はる）か南の海上となる。大陸からの行程について、「一月」が「一日」の書き間違いであれば「九州説」、或いは「南」を「東」と読み替えれば「畿内説」などと、思わず笑ってしまうような議論がなされている。

しかし私のような単なる歴史ファンとしては、中国の役人が遙か彼方（かなた）の野蛮な国について、それほど真面目に報告書を書いたとは思えないのである。

倭国の「倭」は醜い人を表した当て字であり、卑彌呼の「卑」は卑しい、邪馬臺は「邪（よこしま）」の意。当時の我が国を馬鹿にしていたのは一目瞭然ではないか。

更に、私たちは学校で『邪馬台国』と教えられてきた。これは「ヤマト」を中国が「邪馬臺」と当て字したものを、日本では常用漢字の「台」に置き換えて、ご丁寧にも「やまたいこく」と仮名を振ったのである。これでは本末転倒としか言いようが無い。

私たち日本人は『古事記』や『日本書紀』をもっと大切にしなければならない。

日本人は穏やかで道徳心が高い、と世界が認めてくれている。これは古事記や日本書紀に記された古(いにしえ)の歴史を礎(いしずえ)として、千年以上に及ぶ長い期間をかけて醸成された賜(たまもの)と言っても過言ではない。

世界に自分ファーストが横行する時代の中、私たちはもう一度、日本人としてのアイデンティティを見つめ直す必要があるのではないだろうか。

【注】同じ章の中で天皇や皇子などのお名前が重複する場合、称号を省いて記述しております。ご無礼の段、平にご容赦ください。

装幀　2DAY

目次◉「出雲神話」と古代史の真理

第二話 「源氏三代」滅亡の真理…………149

第一話　「出雲神話」と古代史の真理

序章　魏志倭人伝

時は中国、後の『三国志演義』に華々しく描かれた時代の末期、魏の権臣・司馬炎は元帝から受禅の形をとって晋（後の西晋）を興した。その後、太康元年（二八〇年）、呉を滅ぼして百年ぶりに中国全土を統一した。諡号は武帝。

武帝は西晋の正当性を記録するため、文官であった陳寿に魏・呉・蜀が分立していた時代の歴史書『三国志』の編纂を命じた。その中の『魏書』にある『東夷伝』に『倭人』についての僅かばかりの記述がある。

中華思想では周辺の国々を全て野蛮人が住む地域として、東夷、南蛮、西戎、北狄と呼んだ。倭国は中国の東方にあり『東夷』の中に位置づけられている。

（一）張政の旅

魏・呉・蜀、三国が鎬を削っていた頃、魏の将軍・司馬懿（仲達）は支配下にあった帯方郡の武官・張政を呼び、海の彼方にある国の探索を命じた。

「敵対する呉の後方にある国を味方に付けたい。これと組んで挟撃すれば、戦いを優位に進めることができるであろう」

命を受けて張政は帯方郡を出発、いくつもの島を経由してようやく目指すところ（今の九州北部）に到着した。

集落らしいところに着くと、貝の殻を剥いている男、木の実をすり潰している女たちがいる。やけに年寄りが多い。ということは、争いの少ない国なのだろうか。

しかし男たちは顔や身体に刺青を施し、女も裸足で粗末な布きれを羽織っているだけだ。何とも汚ったない連中ではないか。しょうがない、こいつらでも集めていろいろ話を聞いてみるとするか。

張政は集落の中に進むと、満面に笑みを作って男たちに話しかけた。

「ここは何処だ？」

「？」、首を傾げている。何だ、言葉も分からないのか。

もう一度、地面を指さして「ここは何処だ？」

すると口々に「わ」、「わ」、「わ」と言い出した。どうやら、ここは「わ」という土地のようだ。

更に幾日か南に進むと、今度は少し大きな集落に辿り着いた。真ん中には高床式で茅葺屋根の建物が建っている。この島の中では立派な建物だ。宮殿のようなものだろうか。

ここの連中はいくらか言葉を理解できるようだ。

「ここは何処だ?」と聞くと、即座に「ヤマトゥ」という答えが返ってきた。ここは「ヤマトゥ」という国のようだ。

遠くから宮殿の中を覗くと、一人の女が怪しげな言葉を唱えながら舞を舞っている。

「あれは誰だ?」、建物の方を指差して聞いてみた。

「ひめみこ」とか「ひみこ」とか呼ばれている。どうやら皆が女を崇めているようだ。呪術でも行っているのだろうか。何ともおぞましい。

数日間滞在して、その女の弟だという男と話をすることができた。男の話から推測すると、この国の成り立ちは一世紀中頃から二世紀初頭のようである。それから七〜八十年、国全体で長きにわたる争乱（倭国大乱）が続いたそうだ。そこで女子を王として共立することで、この争乱が収まったと言う。

それが、あの「ひみこ」だそうだ。女王は鬼道を使って人心を掌握し、その弟が彼女を補佐して国を治めているらしい。

「私？　私は魏の国から来た使いの者です。魏は大陸で最も大きい、力のある国です。あなた方も魏に朝貢（ちょうこう）することで、強い国を築くことができるのです」

この時とばかり、我が国と冊封（さくほう）を結ぶことの価値を説いてやった。

「分かりました。必ず、ひみこ様にお伝えいたしましょう」と男は約束した。

これがうまくいけば、司馬懿様のご期待に添うことができるだろう。

（二）倭、邪、卑

やれやれ、やっと魏に戻ることができた。早速にも報告書を仕上げねばなるまい。

まずは「わ」。「わ」の住民、あれだけ醜いのだから「倭」の文字を当ててやれば良いだろう。『倭国』『倭人』、しっくりくるではないか。

次に「ヤマトゥ」という国。「邪」の文字に「馬」と「臺」を付けて『邪馬臺国』とでも表しておこう。

怪しげな女は、確か「ひみこ」とか呼ばれていたな。「卑しい」の文字に、何か訳の分からんことを叫んでいたので『卑彌呼』で良かろう。

しかし、あんな連中を味方に付けたところで、果たして役になど立つのだろうか。とは言え、何ヶ月も苦労して帰ってきたのだから骨折り損になってはつまらない。司馬懿様に認めてもらえるよう道程も少し多めにフカして書いておくか。

「帯方郡から狗邪韓国、対海国、一大国、末盧国、伊都国、奴国、不彌国、投馬国、そこから南に水行十日と陸行一月で女王の都のある邪馬臺国に至った」、くらいにしておけば良かろう。

やがて卑彌呼は魏に朝貢した。これを喜んだ魏の皇帝は卑彌呼を『親魏倭王』に任じ、金印紫綬を授け、銅鏡百枚を含む莫大な下賜品を与えた。

しかし正始八年（二四七年）、卑彌呼は死去する。男王が立てられたが、人々はこれに服さず再び内乱が勃発した。そこで、卑彌呼の宗女（後継者）として十三歳の少女・臺與が王に立てられ、再び国は治まったという。

『魏志倭人伝』には邪馬臺国の、帯方郡や魏との交渉の次第、狗奴国との戦いの様子なども記されている。

第一章　吉野の盟約

時は移って天武十年（六八一年）、ここは飛鳥浄御原宮（あすかきよみはらのみや）。

今より二年ほど前、大海人（オオアマ）皇子（天武天皇）は新緑に輝く吉野に行幸した。

「これからの世は、豪族などに好き勝手されることの無きよう、我ら王家が力を合わせて政（まつりごと）を行わねばならぬ」

草壁皇子を皇太子に指名し、皇后・鸕野讃良（ウノノサララ）とともに大津皇子、高市皇子、川島皇子らと一同の結束を誓った。『吉野の盟約』である。

草壁皇子は大海人と鸕野讃良の間に生まれた。王位継承の一番手であったが、残念なことに病弱であった。

大津皇子は草壁とは一つ違い。母は大田皇女、中大兄（ナカノオオエ）皇子（天智天皇）の娘で皇后の実の姉に当たる。文武に優れ周囲の人望も厚かったが、母は既に他界しており二番目に位置づけられていた。

高市皇子は大らかな性格であった。大海人の皇子の中では最も年長だったが、母の身分が低かったため王位への野心などは持っていない。

川島皇子は中大兄の第二皇子であったが、大海人の皇女・泊瀬部（ハツセベ）を妃（きさき）としていた。実直な性格で文官としても信頼は厚い。

（一）天武天皇の願い

明るい春の兆しが感じられる三月の吉日、大海人皇子は川島皇子を筆頭に六人の皇族を宮殿に呼び集めた。

「私はこの国の正史を作らねばならぬと思っておる。ついては、そなたたちにこれを仕上げてもらいたい」

「承知いたしました。して、どのようなものをお望みでしょうか」

川島は六名を代表して大海人に尋ねた。

「うむ。まずは大陸に侮（あなど）られることなど無きよう、この国の独立性、正当性が認められるような歴史でなければならぬ」

「確かに我が国には歴史を証明できるものがございませぬ。よって大陸の書物に頼らざるを得ない状況でございます」

「そなたたちも知ってのとおり『魏書』に『倭人』についての記述がある。しかし『倭』は醜い者を表す文字であるという」

「存じております。更に『邪馬臺』は邪、『卑彌呼』に至っては本来は『姫皇子』であったはず、当時のこの国を蔑んで書かれたことは一目瞭然でございます」

皇族の一人が憤りを露わにする。大海人は穏やかな顔で頷きながら、

「このようなことでは大陸との対等な交易など望めるはずもあるまい。まずはこれらを改めねばならぬ」

「承知いたしました。他には何か心掛けておくことはございますか」

「私はこの国を戦のない平和な国にしたいと思うておる。今さら申すまでも無いが、私は先代である中大兄の皇子・大友、そなたの兄を滅ぼしてこの国の王となった。その中大兄も中臣鎌足と謀って、当時の実力者であった蘇我一族を滅ぼして権力を奪っている。政権が替わるたびに多くの血が流される。罪深いことだとは思わぬか」

川島皇子は先を促すように、黙って大海人の目を覗き込んだ。

「古より同じようなことが幾度も繰り返されておる。この国は海に囲まれた小さな島ではないか。このようなことを続けていては、いずれこの国は滅びてしまうであろう」

「しかし、現実に武力による政権の交代は行われております。その事実は如何ともし難く、こ

れを史実から除くわけにはまいりますまい」

皇族たちは皆、小さく頷いている。大海人は全員の顔をぐるりと見渡すと、

「私が望んでおるのは、この国の『礎（いしずえ）』となり得るような歴史である。民がこの国を誇りに思い、民の心が平和を望む、そのようなものに仕上げてもらいたい」

大海人皇子から与えられた難題を抱えて、川島ら六人は幾度も議論を重ねた。

今から三～四十年前、蘇我入鹿が暗殺され、これに憤慨した父・蝦夷（えみし）は自らの邸（やしき）に火をかけて自害した。この時、朝廷の書物を保管していた図書寮（ふみのつかさ）までもが炎上し多くの文献が失われた。王の在位年数や功績など、細かいところまで追うことができるのは現在から遡（さかのぼ）って僅（わず）か二百年足らずでしかない。

大陸の資料の中に我が国についての記述が少しばかりあるようだが、それでも今から五百年ほど前のことである。これでは諸外国に国家としての存在を認めさせるには全く以て不十分であった。

（二）万世一系

二ヶ月ほど経って後、川島皇子らは大海人に一つの提案をする。

「この地（大和）に王朝が立てられたのは、たかだか四百年ほど前のことであります。残念ながら、これでは些(いささ)か短すぎると言わざるを得ません」

「周辺の国々に認めさせるには、この国が少なくとも一千年以上は存続していたということを示さねばならぬであろうな」

「さようでございます。ただ幸いなことに、この国には神代(かみよ)の言伝えが全国に数多くございます。これらを用いて不足するところを補ってみてはどうかと考えております」

「それは実に妙案である。平たく申さば、初代の王の更にその祖先は神であったとする、ということか」

「はい。神の国が今日まで続いているということであれば、王朝交代は無かったことになりましょう」

「なるほど。どれほど大陸の歴史が古かろうと、歴代王朝は我が国より短命ということになるわけだな。これであれば大陸にも一目置かせることができるであろう」

「あと一つ、民は皆、神を敬い、神を蔑(ないがし)ろにすれば祟りがあると恐れております。この国を神の国とすることで、万世一系(ばんせいいっけい)、争いの無い平和な国であると位置づけることができましょう」

我が意を得たりと大海人は、一人ひとりの手を取って皆の労をねぎらった。

「王家が神々の子孫ということであれば、大王（おおきみ）という呼び方も改めた方が良いのではないか」

大王では各地の王の代表でしかない。この国の唯一無二の存在と認められる称号が欲しい。

「しからば、神王、神皇、或いは神帝を名乗られては如何でございましょう」

しかし大海人は、今一つという顔で首をかしげている。

「称号に『神』を用いるのは、さすがに恐れ多きことではないだろうか」

それではと、川島皇子が奏上する。

「天（あめ）の下を治める大王でございますれば『天』が宜しいかと」

「それが良い。では、私はこれより『天皇』を名乗ることとしよう」

まずは大海人の期待に添うことができ、川島ら一同はほっと胸をなで下ろした。

「それでは過去の大王には、遡って『諡（おくりな）』を与えることと致しましょう」

諡とは、天皇が崩御（ほうぎょ）した後、出身地やその功績などを鑑（かんが）みて贈られる称号である。

（注）本文では物語を分かり易くするため在任中であっても諡を用いることとする。

『天皇号』が成立したのは、大宝元年（七〇一年）に制定された『大宝律令』による。それに伴って「皇后」「皇太子」の称号も位置づけられた。また「皇子」「皇女」についても、それ以前は有力氏族の子女にも用いられていたが、天皇号の成立とともに王家に限られるようになる。

「あと一つ、国名についてだが、『倭』ではいかにも具合が悪い。厩戸皇子（聖徳太子）も隋への書状で示されたとおり、我が国は日の出ずる国である。よって今後は『日の本』と名乗りたいと思う」

「ならば周辺の国々に対しては『日本』と表わすことにしては如何でしょうか」

川島の進言に、大海人は満足げに頷く。

「そう致すとしよう。更に『倭』の文字は、本来は民が仲良く暮らす集落『環（輪）』や『和』であって然るべき。ここヤマト朝廷は『和』が集まって大きな国となった。よってこの先は『大和』と表すことと致そう」

（注）以後、「ヤマト（邪馬臺）」は九州北部、「大和」は畿内に用いることとする。

こうして『日本』『天皇』は、現在に至るまで一千三百年あまり、我が国の様々な歴史を背負っていくこととなる。

天皇は「神」の子孫として、この国のあらゆる場面で権威を振るってきた。

しかし第二次世界大戦の敗戦を機に昭和天皇による「人間宣言」が行われ、以後は日本国憲法のもと、この国の『象徴』として在らせられることとなる。

第二章　神代の言伝え

川島皇子は稗田阿礼（ひえだのあれ）を呼び出した。

「全国各地に残されている言伝えを集めてもらいたい」

阿礼はこの時二十八歳、一度聞いたことは忘れないという優れた頭脳の持ち主であった。更に、太安万侶（おおのやすまろ）ら六人の官人、学者たちを歴史書の編纂（へんさん）に加えた。

全国至る所から多くの言伝えが集められてきた。稗田阿礼が口述し、太安万侶たち文官が手分けして記録していく。

しばらく月日が経ち、安万侶があることに気付いた。

「阿礼の話を聞いておりますと、全国には似たような言伝えがいくつも存在しているようでございます」

川島ら歴史書編纂に関わる者たちは、阿礼が集めてきた各地の言伝えの中で、よく似た話を一つの物語として束ねてみることにした。そして、それらを時系列的に繋がるよう並び替える作業を進めていった。

「これであれば後々、何処の地域であろうとも受け入れられるものとなりましょう」

（一）イザナギ、イザナミの国生み

＊＊＊　天と地が初めて分かれた時、高天原（天上界）には数々の神が誕生しました。その中で最後に現れたのが『男神・イザナギ』と『女神・イザナミ』でした。

天上界の神たちはこの若い男女の神に国を生むよう命じて、『天沼矛』という立派な矛を授けました。イザナギとイザナミは天上界と下界とを結ぶ『天浮橋』に立ち、神聖な矛で海の水をかき混ぜました。すると潮が固まって島ができたのです。これが『オノゴロ島』でした。

ある時、イザナミは恥ずかしそうに、

「私の体には一か所だけ出来上がっていないところがあるのです」、と告白しました。

するとイザナギも、

「実は、私の体には一か所だけ余っているところがあるのです。ですから私の余っているところで貴女の足りないところを埋めれば、国を生むことができるのではないでしょうか」

「おお、これは……」

「まさに男と女の交ぐわいの由来ではありませぬか」

「しかし、この国の始まりがこのような俗っぽい話で宜しいのでしょうか」

「神話と言えば、もっと神聖なものかと思っておりましたのに」

「難しい伝承よりも、かえって世俗的なものの方が親しみ易いかもしれませぬ」

「子を生むことは国を創ること、これ即ち繁栄をもたらすということを示しているのでございましょう」

＊＊＊　イザナギとイザナミはオノゴロ島に降り、大きな柱を立てて広い御殿を造りました。
「この柱を反対方向に回って、再び出会ったところで寝所に入ることにしましょう」

そうしてイザナギは左、イザナミは右から回ることにしました。

出会ったところでイザナミが、「なんて素敵な男の方なのでしょう！」と声を掛けました。

イザナギも、「なんて美しい女性なのだ！」と応じます。

しかし、生まれてきた子は形になっていません。この話を聞いた天つ神は、何が良くなかったのかを占ってみました。

「女から先に声を掛けたのが良くなかったようだ。もう一度、男の方からやり直すが良い」

再び儀式をやり直し、二柱の神の間に子（島）が生まれました。まずは淡路島、続いて伊予島（四国）が生まれ、筑紫島（九州）や秋津島（本州）など八つの島が次々と誕生したのです。

「どちらから声を掛けようが、どうでも良いような話にも思えますするが」

「何事であろうとも男が聢（しか）と主導すべし、という訓（おし）えでございましょう」

「なるほど、言伝えというのは実に奥が深いものですな」

＊＊＊

島を生んだのに続いて、イザナミはたくさんの神を生み始めます。国を治めるには、それを司（つかさど）る神々が必要だからです。

しかしイザナミは火の神を生んだことで命を落とし、『黄泉国（よみのくに）』へと旅立ってしまいます。イザナギはイザナミを出雲（島根）と伯伎（ははきの）（鳥取）の国境にある比婆（ひば）山に葬りました。

イザナギは、イザナミにもう一度会いたいとの思いを抑えきれなくなります。黄泉国の入口で、イザナギはイザナミに向かって「戻ってきて欲しい」と呼びかけました。

夫がはるばる訪ねてくれたのを喜んで、イザナミは扉の近くまで来て言いました。

「黄泉国の神から許しを得てまいります。それまでは絶対に私のことを覗（のぞ）いてはいけません」

しかし待ち切れなくなったイザナギは、イザナミとの約束を破って中を覗き見てしまいます。すると、イザナミの身体には蛆（うじ）が湧き、頭から胸から手から足から雷がゴロゴロと鳴り響く異様な姿になり変わっていたのです。

「黄泉国とは何処(いずこ)にあるのでしょうか」

「イザナミが葬られた場所からすると、出雲を指しているのではありますまいか」

「イザナギたちは天上界から地上に降りてきたのですから、黄泉国とは更に地中深くのことではないかと思われます」

「墓を暴(あば)くようなことをしてはならない、そう解釈すれば全てが理解できましょう」

＊＊＊　イザナギは怖くなって逃げ帰ろうとしますが、それを知ったイザナミが猛然と追いかけてきます。これをくい止めようと、黄泉の国の出口を大きな岩で塞(ふさ)ぎました。

「愛しいあなたがこんな仕打ちをするのなら、あなたの国の人々を一日に千人絞め殺してやりましょう」

「ならば私は、一日に千五百人が生まれる産屋(うぶや)を建てることにしよう」

　こうして、一日に千人が死に、千五百人が生まれるようになりました。

「何やら、恐ろしい話ですな」

「死者を辱めることがあれば祟りを招く、という戒めでございましょう」

「黄泉の国の出口を大きな岩で塞いだとありますが、これは墓に石室や石棺を用いるようになった由来ではないかと」

「注目すべきは人口の増加、これこそ国の繁栄には欠かせぬとして残された伝承とも受け取れまする」

（二）天岩戸と三種の神器

＊＊＊　イザナギは穢を落とすため、太陽が美しい筑紫の国・日向に向かいました。

　イザナギが川の流れで身を清めていると、様々な神が生まれてきました。左の眼を洗うと天照大御神が、続いて右の眼を洗うと月読命が、最後に鼻を洗うと建速須佐之男命が現れたのです。


「何だ、これは。目や鼻から神が生まれたというのか」

「汚い話ではありますが、汚物などからも生まれているようです」

「身体から生じるもの全てが分身となって魂が宿る、と考えられていたのでございましょう」

「汚物も肥料となり、植物を育て、やがてまた我らの身体に戻ってくるという訓えかと存じまする」

＊＊＊

イザナギはアマテラスに『高天原』（天上界）を治めるように、またツクヨミには夜の国を、スサノオには海を治めるように命じます。しかしスサノオは「母に会いたい」と荒れ狂うばかりでした。イザナギはこれに怒り、ついにスサノオを天上界から追放することにしたのです。

スサノオは高天原を去る前に一言お別れの挨拶をしようとアマテラスのもとへ向かいます。

「何か良からぬ魂胆があるのではないか」

これを疑ったアマテラスは武装してスサノオを待ち構えました。

「アマテラスは、スサノオが高天原を襲ってくるとでも思ったのでしょうか」

「スサノオは『誓約』を行って身の潔白を証明したとありますが」

「誓約とは何のことでございましょうや」

「互いの物を交換して邪心の有無を判断するのだそうです。ここではアマテラスがスサノオの剣を噛み砕いて、そこから女神が生まれたことで疑いが晴れたとのことでございます」

「しかし、その後もスサノオの乱暴狼藉は酷くなる一方でした」

「いったい何をしに来たのやら、まったく理解できませんな」

＊＊＊

困った神々はアマテラスを岩屋からおびき出そうと知恵を絞ります。銅の鏡を据えて、翡翠でできた美しい勾玉を賢木（榊）の枝に飾り付けました。アメノコヤネという神が祝詞を唱え、お囃子や鳴り物も次第に賑やかになってきました。

アマテラスはスサノオが暴れているのを恐れて、『天岩戸』と呼ばれる岩づくりの部屋に隠れてしまいました。アマテラスが身を隠してしまったために高天原から光が消え、地上も真っ暗になり、さまざまな災いが起こるようになりました。


宴もたけなわ、アメノウズメの卑猥な踊りに高天原がどっと沸きたちます。

「はて、何が面白くて騒いでいるのだろうか」

アマテラスは岩戸を細く開けて顔を覗かせました。その時、岩の陰に隠れていた力持ちのアメノタヂカラオが岩戸をこじ開け、アマテラスを引っ張り出し、すかさず入口に注連縄を張って中に戻れなくしてしまいました。

こうして無理やりではありましたが、アマテラスが天岩戸から出て来たことで高天原も地上も以前のように明るくなりました。

「これは『祭』の起源を示した言伝えでございましょう」

「祭とは神を祀(まつ)ること。災いに見舞われた時こそ民が心を一つにして苦難を乗り越えるべし、とする訓えかと存じます」

「政治を『まつりごと』と呼ぶようになったのも、ここに由来がありそうですな」

「祭に用いられた『八咫鏡(やたのかがみ)』と『八尺瓊勾玉(やさかにのまがたま)』は、今に伝わる『神器(じんぎ)』に相違ありますまい」

「神事に『榊』が用いられることや、『注連縄』が結界(けっかい)として張られる由縁も、この伝承で明らかとなりましてございます」

(三) 出雲の国創り（出雲神話）

＊＊＊　高天原を追放されたスサノオは、母が眠る出雲を流れる斐伊川(ひいかわ)の上流・鳥髪(とりかみ)という地に降り立ちました。すると老父と老母が若い娘を挟んで泣いています。
「どうしたというのだ」

「私たちには八人の娘がおりました。けれども毎年ヤマタノオロチが高志(こし)（北陸／越）からやって来ては娘たちを食べてしまうのです。そして今年もまた、恐ろしいオロチがやって来る季節になったのです」

美しい娘・クシナダヒメに惹(ひ)かれたスサノオは、オロチを退治できたら妻に欲しいと望みました。スサノオがアマテラスの弟と知った老父は喜んで承諾しました。

オロチの身体は谷を八つ越えるほどに大きく、八つの頭と八つの尻尾が付いており、二つの目は炎のように赤く燃え、腹は真っ赤で血が滲(にじ)んでいるようだと言われています。

スサノオは家の周りに垣を張り巡らせ、八つの出入り口を造り、そこに度の強い酒をたっぷりと入れた八つの酒壷を置きました。

やがてヤマタノオロチがやって来ました。オロチは八つの首を八つの酒壷に突っ込んで酒を飲み干し、酔ってそのまま寝入ってしまいました。この隙にとばかりスサノオは、剣でめった刺しにして見事にオロチを退治することができたのです。

この時、オロチの尾の中から立派な剣(つるぎ)が現れました。

「これは何か謂(いは)れのあるものに違いない」

そう考えたスサノオは、アマテラスにこの剣を献上することにしました。

こうしてスサノオはクシナダヒメと結婚し、出雲の須賀(すが)という処に住むこととなったのです。

「ヤマタノオロチの言伝えは何を示しているのでございましょう」

「高志の勢力が攻めてきたということではありませぬか」

「そうとばかりは限りますまい。出雲は砂鉄が取れます故、製鉄技術を持った集団が砂鉄を求めて移り住んだとも考えられましょう」

「やはり渡来系の民族でしょうな。彼らを招いたということでしょうか」

「うむ。尾の中から剣が出てきたところを見ると、立派な剣が造れるほどの製鉄技術を収得したことを示しているのではないだろうか」

「なるほど、赤い二つの目とは『たたら製鉄』の炉にも見えますな」

「されば赤く爛れた腹とは、真っ赤に溶けて流れる鉄のようにも思えまする」

「この剣こそ『天叢雲剣』、これで『三種の神器』が揃ったことになりまする」

「銅鏡は神事に用いられ、剣は武器・武力を示しているかと存じます」

「では勾玉とは、何を表わしているのだろうか」

「勾玉に用いられる翡翠には神秘の力が宿ると信じられていたようです」

「ならば三種の神器とは、神秘の力と武力を手にした者が大王となり、神事をもってこの国を導くという概念を形に残したものでございましょう」

「話は変わりますが、スサノオが住む須賀とは『蘇我』の語源ではないかと」

「そう言えば、蘇我氏は出雲の出自と聞いたことがありまする」

＊＊＊　スサノオの子孫に当たる神が出雲の大国主命（オオクニヌシノミコト）です。

大国主には多くの異母兄（八十神）がいました。兄たちは因幡（いなば）（鳥取）に住む美しいと評判のヤガミヒメに求婚するため、末っ子の大国主に荷物を背負わせて旅に出ました。

気多（けた）の岬（鳥取／白兎海岸）に着いたところで、全身の毛皮を剥ぎとられた一匹のウサギが倒れていました。

「和邇（わに）（サメのこと）を騙（だま）して隠岐の島から渡って来たのですが、嘘がばれて毛皮を剥ぎ取られてしまったのです」

　ウサギは痛みに耐えながら助けを求めました。

「海の水に浸かって、風に当たっていれば治るさ」

悪い兄たちは嘘を教えて、ウサギが苦しむのを見て楽しんだのです。

遅れてやって来た大国主は泣いているウサギを見つけて、

「川の水で身体を洗いなさい。草の上にガマの穂の花粉を撒いて、その上に寝転がっていれば治りますよ」と教えてあげました。おかげでウサギの身体は元のとおり元気になりました。

因幡に着いてヤガミヒメに求婚した兄たちでしたが、ウサギに対する酷い仕打ちを耳にして

いた姫は、

「私はあなたたちのような方と一緒になる気はありません。優しい大国主のところに嫁に行きます」と言って断りました。

「このウサギは何を指しているのでしょう。何か深い意味があるようにも思えるのですが」

「これまでの話の中では何とも想像が付きませぬな」

「他人を騙して苦しめるとバチが当たる、他人に親切にするといつか自分も報われる、という戒めであることは確かでございましょう」

「ヤガミヒメとは八頭姫、オロチを連想させまする。ヤガミヒメと結婚するということは、製鉄技術を持った集団を併合したということを重ねているのではないでしょうか」

＊＊＊　姫の言葉を聞いた兄たちは激怒して、いっそ大国主を殺してしまおうと数々の攻撃を仕掛けます。二度も殺されかけた大国主ですが、何とか生き延びてスサノオが住む『根之堅州(ねのかたすの)國(くに)』へと逃げ込みました。するとそこにスサノオの娘・スセリビメが現れたのです。互いに一目で相手を気に入り、すぐに契(ちぎ)りを結びました。

大国主はスサノオの六代後の孫に当たります。しかし大国主はスサノオから、蛇や百足(むかで)、火攻めなどの試練を与えられます。ついに大国主はスサノオの太刀と弓矢、それに琴まで盗み、スセリビメを連れて駆け落ちをしました。

「兄の神々（八十神）との争いは、何を示しているのでしょうか」

「出雲にも古くから多くの先住民がいて、大国主がそれらを平定したように聞こえるのですが」

「では、太刀と弓矢と琴を盗んだというのは」

「太刀と弓矢は、武力を掌握したことを示したものでございましょう」

「琴は『天詔琴（あめののりごと）』と呼ばれ、神帰（かみよせ）や神託を授かる時に使われたと言われておりまする」

＊＊＊　その太刀と弓矢で兄の神々を山や川へと追い払い、大国主は出雲で国創りを始めました。

その後、大国主は約束のとおりヤガミヒメとも結婚します。しかし彼女を出雲に連れては来たものの、正妻のスセリビメの嫉妬（しっと）は激しいものでした。やむなくヤガミヒメは生まれてきた子を残して因幡へと帰ってしまいました。

これに懲りず、大国主は高志（越）のヌナカワヒメにも求婚しました。また、宗像（むなかた）（福岡／

沖ノ島）の奥津宮の神・タキリビメとの間には、兄妹の二柱の神が生まれています。他にも多くの妻を持ちますが、正妻のスセリビメには殊更に気を遣っていたようです。

「大国主は出雲を制した後、全国各地、至る所で妻を娶っております」

「ヌナカワヒメの高志と言えば、ヤマタノオロチが生息していた土地ではありませんか」

「大国主は海運を通じて、広く周辺の国々を支配していたのでございましょう」

「国の繁栄を図るには一夫多妻、即ち、強い種、高貴な種をもって子孫を増やすことが必要だということを示したものかと存じます」

「しかし、正妻を恐れているところなどは私と似たり寄ったりでございますな」

＊＊＊　大国主が出雲の美保岬（島根／松江）で海を眺めていた時のこと、小さな神が小さな舟に乗って近づいて来ました。スクナビコナという神で、高天原のカミムスビの子です。

　大国主はスクナビコナと一緒に国創りに励みました。しかし、ある日突然にスクナビコナは『常世の国』（海の彼方の理想郷）へと去ってしまいました。取り残された大国主は一人苦悩します。

　そこに、海を目映いばかりの光で照らしながらやって来る神がいます。

「あなたが私を丁重にもてなしてくれるなら国創りに協力してあげましょう」

「それはありがたい。して、どのようにしてさしあげれば宜しいのでしょうか」

「私の御霊（みたま）を大和（奈良）の三輪山に祀（まつ）ってくれれば良いのです」


「スクナビコナとは渡来人が信仰する神でございます」

「ならば大国主は、渡来人の協力を得て出雲を創ったことになりまするな」

「では、次に現れた光り輝く神とは……」

「オオモノヌシという神のようでございます」

「後に大和の三輪山に祀られたようですが、いったい何者なのでしょうか」

（四）大国主の国譲り

＊＊＊　出雲の国を繁栄させた大国主でしたが、これを見たアマテラスは、「豊かに葦（あし）が生い茂り、五百年も千年も秋の稲穂の実りある国は、私たち天上界が治めたいものだ」、と考えるようになります。

地上の国を手に入れようと次々に神々を送り込みますが、皆、大国主に恭順して思うように事が運びません。ついには勇猛なる建御雷神（タケミカヅチノカミ）を派遣することにしました。

出雲の伊耶佐（いざさ）（稲佐）の浜に降り立ったタケミカヅチは、

「アマテラスはこの国を『天つ神』が治めるべきだとお考えである」、と宣言して戦を仕掛けます。

出雲の国を守ろうと、大国主たち『国つ神』は団結して激しい闘いを繰り広げました。しかし、ついに大国主は敗れてしまいます。息子のタケミナカタは高志（越）から信濃の諏訪まで逃げましたが、そこで服従を誓わせられることになりました。

激しい闘いによって出雲の国を手に入れたアマテラスは、天まで届くほどの大きな社（やしろ）を建てて大国主の御霊（みたま）を慰めることにしました。

「出雲はアマテラス、即ち筑紫（九州北部）ヤマトの侵略を受けたという史実を残したものでございましょう」

「筑紫勢は大陸との交易で強力な武器を手に入れていました。おそらくは出雲の勢力は根絶（ねだ）やしにされてしまったのではないかと」

「その祟（たた）りを恐れて、立派な御殿を建てて大国主を祀ったものと思われます」

「出雲の大社（おおやしろ）の注連縄（しめなわ）が表裏逆さまに張られていることを、皆様はご存じでございますか」

「いや、初めて聞きました。普通、注連縄は東から西に向かって編み込まれるはずです。逆に張ったことに何か意味があるのでしょうか」

「注連縄は神の領域との結界として張られるということは既にご存じのとおりでございます。しかし大社の場合、祀られている大国主の怨霊が外に出ないよう表裏逆さまに結界を張ったのではないかと。あくまで噂ではございますが」

「なんと恐ろしきことよ」


「私の聞き及びますところによれば、御霊（みたま）の祀られている向きでございますが、普通なら南か東に向けて置かれるものでございます。ところが大社では、大国主の御霊は北東の角に、東を背にして西に向けて祀られているそうでございます」

「参拝する者や世話をする者に祟りが及ぶことを恐れて、御霊と目を合わさぬよう配置したとでも……」

「これは相当に激しい、そして理不尽な闘いであったことが想像できまするな」

「そう致しますと三輪山に祀られたオオモノヌシとは、筑紫ヤマトの一族が大和に都を定めた後、大国主の祟りを恐れるあまり都の近くに分祀（ぶんし）したとも考えられるのではないでしょうか」

「しかし、神代の言伝えにしては相当に血なまぐさい話ですな。争いの無い平和な国を目指す我が国の歴史としては相応（ふさわ）しくございますまい」

「おっしゃるとおりでございます。つきましては次のように改めては如何かと考えております」


⇓（改）出雲国の伊耶佐の浜に降り立ったタケミカヅチは、

「アマテラスは、この国を『天つ神』が治めるべきだとお考えである」と宣言しました。

大国主は従うべきかどうか迷って二人の息子に相談しました。そこで息子の一人・タケミナカタが、『国つ神』を代表してタケミカヅチと力比べをすることになったのです。しかしタケミナカタは勝負に敗れ、高志から信濃の諏訪まで逃げてしまいました。

　こうなっては致し方ありません。

「私の住まいとして天まで届くほどの大きな御殿を造ってもらえるのなら」という約束で、大国主はアマテラスに出雲の国を献上することにしました。


「なるほど。闘いではなく、国譲りの物語りに置き換えまするか」

「はい。諍（いさかい）があった時には代表者による勝負で雌雄を決する、そういう文化をこの国に根付かせることができぬものかと考えております」

「それが叶えば、今後この国では血で血を洗うような戦は避けられましょう。安万侶よ、これは実に素晴らしき考えでありまするな」

（五）天孫降臨

＊＊＊　任務を果たしたタケミカヅチは高天原に戻り、地上の国を平定したことを報告しました。アマテラスは邇邇芸命（ニニギノミコト）を呼び、葦原の『中つ国』を統治するよう命じました。

アマテラスは三種の神器、即ち八尺瓊勾玉（やさかにのまがたま）と八咫鏡（やたのかがみ）、ヤマタノオロチ退治で入手した天叢雲剣（あめのむらくものつるぎ）をニニギノミコトに授けます。ニニギは高天原の住まいを離れ、天浮橋（あめのうきはし）から日向（ひむか）（宮崎）にある高千穂（たかちほ）の峰へと降り立ちました。

ある日、ニニギは笠沙（かささ）の岬で美しい女性と出会いました。

「あなたはどちらの娘さんなのですか」

「私は山の神・大山津見（オオヤマツミ）の娘、コノハナノサクヤビメと申します」

ニニギはオオヤマツミに娘との結婚を申し込みました。オオヤマツミは大変喜んで、姉のイワナガヒメも一緒にもらってほしいと頼みました。しかし、イワナガヒメは美しくなかったので親元に送り返し、ニニギはコノハナノサクヤビメとだけ結婚したのです。

「コノハナノサクヤビメを妻にすれば木の花が咲き誇るように子孫が繁栄し、イワナガヒメを妻にすれば雪が降っても風が吹いても岩のように永遠な命を得られたはずでした」

「ではイワナガヒメを粗末に扱ったことで、我々の寿命は木の花のように短くなってしまったのでしょうか」

「寿命が限られるのはやむを得ぬことでございましょう。むしろ、身体を健やかに保つことの大切さを思い知らされたと受け取るべきかと存じまする」

（六）海幸彦、山幸彦

＊＊＊　ニニギとコノハナサクヤビメとの間に生まれた子は火照命（ホデリノミコト）（海幸彦（うみさちひこ））、次に生まれた子は火須勢理命（ホスセリノミコト）、最後に生まれた子が火遠理命（ホオリノミコト）（山幸彦（やまさちひこ））です。

海幸彦は海で魚を釣り、山幸彦は山で獣（けもの）を獲って暮らしていました。ある日、山幸彦は兄の海幸彦に「お互いの道具を取り替えてみないか」と提案しました。山幸彦は海幸彦の道具を借りて魚釣りをしていたのですが、大切な釣り針を失くしてしまったのです。海幸彦はカンカンに怒り「針を返せ」と強く迫りました。

山幸彦が困っていると塩椎神（シオツチノオジ）がやって来て、「綿津見神（ワタツミノカミ）（海神）のところに行けば上手く取りはからってくれるだろう」、と教えてくれました。

山幸彦が海神の宮殿を訪ねた時、ワタツミの娘であるトヨタマヒメと出会いました。トヨタマヒメは山幸彦の姿を見て一目惚れしてしまいます。山幸彦が高天原の神の子であると知ったワタツミは、すぐに娘のトヨタマヒメと結婚させました。それから三年もの間、二人はワタツミの宮殿で仲良く暮らしました。

ある日、山幸彦は釣り針を失くして兄に責められていることを明かします。ワタツミは針を飲んだという赤い鯛を探し出し、その釣り針を見つけてくれました。

日向に戻った山幸彦は、ワタツミに言われたとおり海幸彦に釣り針を返しました。その後、海幸彦はだんだんと貧しくなり、何かと山幸彦と争うようになります。しかし海神から授けられた呪文によって、山幸彦は兄の海幸彦を従えることができました。

「この言伝えは何を言わんとしているのでございましょう」

「ワタツミはイザナギとイザナミの間に生まれた神だということです。海を治める神であればスサノオと重なるようにも思われますが……」

「ならば、アマテラスの子孫がスサノオの娘と結ばれた、すなわち筑紫ヤマトと出雲が繋がったということを示しているのでしょうか」

「弟が兄を従えたということにも、何か意味があるように思えまするな」

＊＊＊　トヨタマヒメは子を産むために、陸に上がって産屋（うぶや）を建てました。

「海の国の住人は本来の自分の姿に戻って子を産みます。なので、決して私を覗かないでください」

しかし、そう言われて尚のこと気になった山幸彦は、トヨタマヒメの願いを聞かずこっそり覗いてしまいました。すると、なんと八尋（やひろ）（一尋は両手を広げた長さ：概ね一八〇センチ）もある巨大な和邇（わに）（サメのこと）が腹ばいになってのたうちまわっていたのです。恐くなった山幸彦は逃げ出してしまいました。

　トヨタマヒメは生まれた子のことを思い、妹のタマヨリビメを地上に送って育児を任せることにしました。するとその子・ウガヤフキアエズは、育ての親であるタマヨリビメと結ばれたのです。そうして生まれた子が彦五瀬命（ヒコイツセノミコト）、稲飯命（イナヒノミコト）、三毛入野命（ミケイリノミコト）、神倭伊波礼毘古命（カムヤマトイワレビコノミコト）でした。

「これはイザナギ・イザナミと似たような話ですな。何故、このような言伝えが残されたのでしょうか」

「トヨタマヒメとタマヨリビメを姉妹として登場させる必要があった、ということでは」

「だとすればトヨタマヒメを卑彌呼に、タマヨリビメを臺與（トヨ）に重ねているのではございませんか」

「名前からすると、トヨタマヒメが臺與のようにも聞こえまするな」

「然るべく臺與を卑彌呼の宗女と位置づけ、臺與の産んだイワレビコがこの国の初代の王になったということを神代に残したものかと存じます」

（七）神武東征

＊＊＊「日向はこの国の端にありすぎる。もっと東の方へ移ってはどうだろうか」

神倭伊波礼毘古命（カムヤマトイワレビコ）（後の神武天皇）は、高千穂の宮（日向）で兄の彦五瀬命（ヒコイツセ）に相談しました。

ヒコイツセとイワレビコの一行は日向から船で北上して豊国（とよのくに）の宇沙（大分）に着き、筑紫で一年ほど過ごします。そこから海を渡って安芸（広島）に七年、吉備（岡山）に八年滞在しました。

一行は更に東に進み、浪速（なみはや）の渡（わたり）（大阪）を通って白肩津（しらかたのつ）（東大阪）に上陸しました。

「安芸に七年、吉備に八年、合わせて十五年か。随分と長く逗留（とうりゅう）したものですな」

「この間に筑紫ヤマトの一族が吉備を従え、出雲を制圧したのではないかと考えております」

「うむ。出雲の国譲りの話は、おそらくこの時の出来事を伝えたものでしょうな」

「順序は後先になりますが、それに相違ございますまい」

「この頃に出雲や吉備の民が越や大和の地に流れ、後に豪族として進化したものと思われます」

＊＊＊

白肩津には、登美（とみ）（奈良／生駒）の土豪・長髄彦（ナガスネヒコ）が兵を率いて待ち受けていました。激しい交戦となり、この戦いでヒコイツセは手に矢が刺さってしまいます。

「私は日の神の御子なのに、日に向かって戦ったのが良くなかった。日を背にできるよう場所を変えて戦うことにしよう」

　筑紫ヤマトの一行は南に進路を迂回（うかい）して、紀伊国（和歌山）の男之水門（おのみなと）に至りました。しかし、ここでヒコイツセは亡くなってしまいます。

　イワレビコは熊野に入りますが、荒ぶる神々に襲われ、あわや全滅の危機に瀕（ひん）しました。そこに高天原から三本足の『八咫烏（やたがらす）』が送り込まれ、安全な道に導いてくれたのです。熊野を踏（とう）

破し、宇陀（奈良）ではエウカシ、忍坂（奈良／桜井）ではヤソタケルなどの土蜘蛛を打ち倒すことができました。

　イワレビコはナガスネヒコの一族であったニギハヤヒを懐柔し、ナガスネヒコの暗殺に成功します。こうしてイワレビコは大和に入り、畝傍の橿原に宮殿を建ててこの地を治めることとなりました。


「ニギハヤヒとは確か、物部氏の祖先だと聞いております。自らの主を裏切ってイワレビコに寝返ったということでしょうか」

「物部は吉備から流れて来た一族でございます。イワレビコの軍には東征の過程で吉備の一族も多く加わっていたので、調略を仕掛けたのではないかと思われます」

「しかし、暗殺によって王朝を打立てたというのは穏やかではありませんな」

「つきましては、この件も少々手を加えてみようかと考えております」


⇓（改） 闘いに明け暮れている中、ニギハヤヒという神が神宝を持ってイワレビコを訪ねてきました。

「私もこのとおり、高天原からこの地に遣わされてきたものです。このたび、天つ神の御子がおいでになったと伺い参上いたしました」

ニギハヤヒは大和の地を支配していた土豪・ナガスネヒコの妹と結婚し、一族の長となってこの地を治めていました。しかし、ナガスネヒコがイワレビコに服従することを承知しないので、これを誅殺（ちゅうさつ）してこの地をイワレビコに差し出すことにしたのです。

こうしてカムヤマトイワレビコは大和に入り、畝傍の橿原に宮殿を建ててこの地を治めることとなりました。


「如何でございましょう。天つ神の子孫・ニギハヤヒが既にこの地を治めていたとし、抵抗する土豪を抑えて自らこの国を献上したというように改めてみたのですが」

「なるほど、ここでも国譲りと致しまするか。これであればニギハヤヒの行為は裏切りとは認められますまい」

「しかし、物部氏の一族は王家よりも早くからこの地に根付いていたのですな」

「歴代の大王を受け入れたことで、大和王権の中で権勢を振るえるようになったのでございましょう」

第三章　初代天皇　降誕

天武九年（六八〇年）秋、天武天皇は当時体調を崩していた皇后の病気平癒を願って薬師寺の建立を発願した。それから一年が経ち、寺の造営は軌道に乗り、その甲斐あってか皇后の病も徐々に癒えつつあった。

頃合いを見て川島皇子たちは、天武天皇に歴史書編纂の途中経過を報告した。神代の言伝えとこの国の成り立ちについて、大陸や朝鮮半島の状況に照らしながら一つひとつ細かく検証を加えていく。

（一）ヤマトと出雲

中国は春秋・戦国時代（紀元前四〇〇年頃）、戦火を逃れて大陸から多くの人々が我が国に移り住んだ。やがて人々の移住とともに稲作ももたらされ、これにより我が国でも至る所で農地の所有などを巡って争いが生じるようになる。（倭国大乱）

筑紫（九州北部）のヤマト（邪馬臺）においては、女子（卑彌呼）を王に立てることで大乱が平定されたという。

大陸では秦の始皇帝が全土を統一した。その後、劉邦が漢を興し、さらに魏・呉・蜀が覇権を争う『三国志』の時代へと流れていく。

「魏」は敵対する「呉」の背後、南方の洋上にあると考えられていた倭国との提携を模索して使節団を派遣した。その時の記録が『魏志倭人伝』であり、そこに邪馬臺国や卑彌呼などに関する伝承も記されている。

卑彌呼は魏に朝貢し、魏の皇帝は卑彌呼を『親魏倭王』に任じた。

朝鮮半島では西の百済と東の新羅が争い、北からは高句麗が攻め寄せるという緊迫した情勢が続いていた。ヤマトは百済と同盟を結び、南の小国・任那を拠点として鉄の輸入などの交易を行っていた。

しかし卑彌呼が世を去ると、再び内戦が勃発する。ヤマトはまだ十三歳の少女・臺與を卑彌呼の後継に立て、筑紫全域を平定することに成功した。

＊＊＊　神代の言伝えによれば、イザナギとイザナミという二柱の神が国を生み、更に幾多の

神々を生んだとあります。その中にアマテラス、ツクヨミ、スサノオという兄弟がおりました。

この国の誕生を記した神話なれば、高天原のアマテラスは筑紫ヤマト（九州北部）を治めていた卑彌呼を指し、ツクヨミは卑彌呼の後継者たる臺與、この国（大和）の初代天皇の母を示していると考えられます。スサノオは地上を治めた王で、その子孫が大国主命、出雲の国を繁栄させました。


天岩戸の件（くだり）が終わったところで、天武天皇は川島皇子に尋ねた。

「スサノオが高天原で暴れたというのは……」

「出雲の先住民が筑紫ヤマトに歯向かった、ということではないでしょうか」

「なるほど。さすれば誓約（うけい）とは、文字どおり和睦（わぼく）の条件を意味しておるのやもしれぬな」

「やはり言伝えというのは、何かしらの意図を隠し持っているようでございます」

出雲の国創りの件では、

「大国主が助けたというウサギのことであるが……」

「戦を逃れて半島から渡来してきた者たち、のことではないかと考えております」

「彼らを受け入れたことで稲作をはじめ、我が国に大陸の文化がもたらされたということだな」

これで唐突（とうとつ）にウサギが登場したのも腑（ふ）に落ちる。

「大国主が海を流れてきたスクナビコナという渡来系の神と共に出雲の国を創った、という言伝えとも合致いたしまする」

＊＊＊　筑紫ヤマトのヒコイッセとイワレビコの兄弟は安芸・吉備へと進み、そこで敵対する出雲の征伐に乗り出しました。

出雲では自分たちの国を守ろうと激しい闘いが繰り広げられました。しかし筑紫勢は大陸との交易で強力な武器を手に入れており、出雲の勢力は根絶（ねだ）やしにされてしまったのです。

「では、何故にスサノオはアマテフスの弟とされているのだろうか」

「これは両者の血縁関係、即ちヤマトと出雲の一族との間に、後々何かしらの関係が生じたことを示唆（しさ）しているように思われます」

しかし滅ぼされたはずの出雲が、王家とどう繋がっているのかはまだ分からない。

「王家が双方に繋がるとあっては血で血を洗うような闘いは好ましからぬこと、国譲りの神話に替えたのは実に良き思案であった」

（二）臺與の秘密

＊＊＊ヤマトの勢力は更に東へと進みます。しかし白肩津では大和の土豪・ナガスネヒコの迎撃を受け、ヒコイツセは討ち死にしてしまいます。弟のイワレビコは南に迂回して、紀伊（和歌山）から熊野を通って大和（奈良）を目指すことにしました。

イワレビコは大和の一族であったニギハヤヒを懐柔してナガスネヒコを暗殺すると、畝傍（橿原）に宮殿を建ててこの地を治めることとなりました。

「何故にヤマトは東に目を向けたのだろうか」

「出雲は砂鉄が採れまする。鉄を朝鮮半島からの輸入に頼っていたヤマトにとって、製鉄技術を手にした出雲は放ってはおけない存在になったと思われます」

しかし天武は更に首を捻った。

「それだけのことであれば、何も大和にまで進むことはあるまいに」

「筑紫は朝鮮半島とは目と鼻の先でございます。百済や任那との交易には好都合であっても、新羅や大陸からの脅威に対しては防衛に支障があったのではないでしょうか」

「なるほど、そういう理由かもしれぬな。ところで臺與は卑彌呼の後継として国を治めたとのことだが、魏の書物にあるとおり卑彌呼の宗女と考えて良いのか」

「はっきりとは致しておりませぬ。ですが私の推測では、臺與は狗奴国（九州南部）の姫ではないかと」

「な、なんと！」

天武は驚き、思わず姿勢を改めた。皇統に関わる大事である。

「当時の倭国には小さな国々が乱立しており、卑彌呼が統率する筑紫のヤマトが、いわば首都のような存在で大陸への朝貢などを行っていたと思われます」

「大陸の資料にあるとおり、今から四百五十年ほど前のことであるな」

「はい。しかし、卑彌呼が亡くなると倭国は乱れ、再び大乱が起こりました」

「恐らく狗奴国は、これに乗じてヤマトを乗っ取ったのではないかと考えております」

「何故にそう思うのか」

「神の子孫が降臨したと伝えられている『日向』は狗奴国の中にございます」

「しかし、狗奴国が大和まで東征したという言伝えなど残っておらぬではないか」

「イワレビコが東征を始めた時、日向から船で豊国の宇沙に着いたとあります。この『豊』の地が、おそらくは臺與の出自ではないかと……」

「なるほど、ご神託を授かる宇佐神宮が豊前に在るというのもこれなら理解できるな」

「狗奴国は新羅から渡来した一族と言われています。後には王家に反目する熊襲や隼人となっておりますれば、王家の始祖とするには具合が悪いとして伏せたのやもしれませぬ」

　確かに大陸の書物には、邪馬臺国と狗奴国との戦いの様子なども記されている。

「ヤマトは倭国の首都として大陸にも認められておりました。日向の一族はヤマトを滅ぼすよりも、内に入って政権を奪う方を選んだものと思われます」

「それ故に、臺與を卑彌呼の宗女と位置づけて混乱を収めたと……」

「トヨタマヒメとタマヨリビメの神話とも繋がりまするな」

「しからばイワレビコの東征の件とは、日向の一族が筑紫ヤマトを乗っ取り、出雲を制圧して大和の地に入ったという史実を神代の言伝えに残していたということか」

（三）初代天皇の血脈

＊＊＊　朝鮮半島に次のような言伝えが残されています。

　新羅の皇子・アメノヒボコの妻・アカルヒメが祖国の難波に帰ってしまいました。皇子は妻を追って渡来したのですが、難波に入ることができず近江で新たに妻を娶ります。これが後に、近江の皇別氏族（皇族が臣籍降下）である息長（オキナガ）氏の祖となりました。

　大和の事実上の初代天皇、即ち、記録が残されている最初の王はホムダワケ（後の応神天皇）、その母は息長氏の子孫・オキナガタラシヒメと言われています。


「ホムダワケはイワレビコの皇子ではないのか」

「いえ、ホムダワケの父は武内宿禰（たけのうちのすくね）ではないかと」

「武内宿禰は歴代天皇に仕えた忠臣として名高いが、確か出雲の出自と聞いておるぞ」

「出雲の国譲りの伝承で、戦に敗れた大国主の皇子・タケミナカタが逃れた先が高志（こし）（越）でございます」

　意味ありげに川島が答える。

「その事と、どういう関係があるのか」

「タケミナカタは出雲の大国主と高志のヌナカワヒメとの間に生まれております。私は、神話の中のタケミナカタとは武内宿禰を指しているのではないかと考えております」

　あくまで川島の推測ではあったが、タケミナカタが戦に敗れて高志に逃げた理由も、武内宿禰が出雲の出自であることについても合点がいく。

「オキナガタラシヒメは大和の土豪・ナガスネヒコの妃（きさき）だったのではないでしょうか。高志と近江は湖を挟んで近しい関係にあります。ナガスネヒコが討たれた後、武内宿禰が妻として迎えたのではないかと考えてみたのですが」

「なるほど、さすればホムダワケは母方に当たる近江の一族を世襲したということだな」

＊＊＊　ホムダワケは近江から大和に入ろうとしましたが、腹違いの兄・オクシマたちの攻撃を受けました。一進一退の攻防の後、オキナガタラシヒメはこれを打ち破り、オクシマは琵琶湖に飛び込んで命を絶ったのです。

　武内宿禰はホムダワケを連れて、戦の穢れを祓うため琵琶湖から若狭を巡り、高志の角鹿（福井／敦賀）に仮宮を建てて暫くここに留まりました。

　この後、ホムダワケは難波に入って王朝を打ち立てます。

「ホムダワケという名は、高志で神から賜ったそうでございます」

「穢れを祓うためとは言うが、何やら戦を避けて逃れていたようにも見えるな」

「はい。当時、大和には筑紫ヤマトの一族が幅を利かせておりましたので」

「では、近江のホムダワケが王位を奪おうとしたことに、ヤマトの一族が抵抗したということか」

「おそらくは。大和に入ることができなかったのではないでしょうか」

「高志は武内宿禰の母方の実家なれば、避難するにこれより安全な所はございますまい」

「では、何故にホムダワケは難波に都を開けたのだろうか」

「摂津や難波に土着していた大伴や物部などの豪族が、ホムダワケを受け入れて政権を奪ったものと思われます」

「しかし、事実上の初代天皇とも言えるホムダワケが出雲の武内宿禰と近江の息長氏の姫との間の皇子であるならば、せっかく神々の子孫としたヤマト（邪馬臺）との繋がりが無くなってしまうのではないか」

　首をかしげながら天武が尋ねる。

「はい。そこでオキナガタラシヒメを皇后として、臺與に重ねてみようかと考えております」

「大和の皇后を、どのようにして筑紫の臺與と重ねるというのか」

「当時の王朝は百済と結んで度々新羅に侵攻したという記録が残っております。しからばこの順序を入れ替えて、皇后が新羅に遠征し、筑後（九州南部）に戻って筑紫全域を平定、その後男子（ホムダワケ）を産んで大和に凱旋したことに致しまする」

　すべて合点がいった。思わず天武の顔が綻ぶ。

「なるほど。ホムダワケも初代・イワレビコと同じく東征の経路を辿る、という仕掛けなのだな」

（四）悲劇の英雄『日本武尊』

「しかし、神から天皇になったのがわずか四～五百年前というのでは、底が浅いと言わざるを得ないのではないか」

これでは諸外国に匹敵（ひってき）する歴史、と言うにはほど遠い。

「そこで、でございます。イワレビコが大和に至るまでを神代として、はるか古（いにしえ）のことと致しまする。その上で初代天皇が王朝を打立てるまでの道程（みちのり）に何代か架空の天皇を置き、その間を埋めてみようかと考えております」

「それは妙案である。しからばキリの良いところで、第十代天皇を初代イワレビコに重ねることにしてはどうか」

「十代あれば五百年は時が稼（かせ）げましょう。皆様、長生きして頂かねばなりませんが」

部屋に笑い声が広がった。

「古に任那（みまな）の王族が筑紫に渡来し、この地に王朝を創り上げたと言う伝承がございますれば、これをミマキイリビコとして第十代の天皇と致しましょう」

　ミマとは任那を、イリビコとは外から入ってきた大王(おおきみ)を示す名前である。

「これを大和における初の大王として、初代天皇に重ねることで神代と繋がりまする」

「名前に由来を残しておくということか。これもまた妙案である」

「しかし筑紫ヤマトの勢力が大和を治めた後、ホムダワケが難波に王朝を打立てるまでの確かな記録が残っておりませぬ」

　当時の大和王権は朝廷と呼べるようなものではなく、豪族が王を立てて樹立した連合国家のようなものであった。

「ホムダワケが国内の平定を成し遂げるには、北の蝦夷(えぞ)や南の熊襲(くまそ)などとも壮絶な闘いがあったことであろう。そのあたりの記述は如何する」

「国土平定のために四人の将軍を北陸、東海、吉備、丹波へ派遣した、との言い伝えがございます」

「四道将軍のことであるな」

「他にも各地にはそれらしき言伝えがいくつも残っておりますが、いずれもはっきりとしたものではございません。つきましては一人の皇子を英雄に仕立てて、すべての勲(いさおし)をこれに集約し国内の平定を成し遂げたことにしては如何かと考えております」

＊＊＊　昔、ヲウスという皇子がおりました。ある時、ヲウスは王である父に背いた兄を惨殺してしまいます。王は乱暴なヲウスを遠くに追い払うため、筑後を支配していたクマソタケル兄弟の征伐を命じました。ヲウスは麗しい娘の姿に変装して見事にこの兄弟を討ち取りました。

これ以後、ヲウスはヤマトタケルと名乗るようになります。熊襲征伐を終えたヤマトタケルは出雲に入り、イズモタケルとの友情を結びました。しかし、これも騙し討ちにしてしまったのです。

大和に戻ったヤマトタケルでしたが、休む暇も無く東征を命じられます。

「軍勢も与えられず『東国を平定せよ』とは、私に死ねということか」

父から嫌われていることを悟ったヤマトタケルは苦悩します。

駿河では在地の豪族から火攻めに遭いました。ヤマトタケルは東征にあたり、倭姫命（ヤマトヒメノミコト）から天叢雲剣（あめのむらくものつるぎ）を授けられていました。この剣で周りの草木を薙（な）いで野火止（のびとめ）を作り、風上に火を付けて火勢の向きを変え、ようやく敵を討ち破ることができました。

続いて走水（はしりみず）（浦賀水道）を船で渡ろうとした時、一行は大嵐に遭遇（そうぐう）しました。この時、愛しい妻が海に身を投げ、生贄（いけにえ）となって海神を鎮（しず）めてくれたのです。

こうして蝦夷（えぞ）を征伐し、足柄の山を越え、身も心も傷つきながら何とか尾張まで戻ってくることができました。

尾張に戻ったヤマトタケルは熱田の宮にこの剣を納めました。

更に伊服岐（いぶき）の山を平らげようと出征しましたが、山の神の妖気に毒されて酷く衰弱してしまいます。やっとのことで伊勢の能煩野（のぼの）に辿り着きましたが、ついに故郷を前に力尽きてしまったのです。

ヤマトタケルの魂は骸（むくろ）から抜け出し、白鳥となって天へと舞い上がっていきました。

「如何でございましょうか」

「これも良き思案であった。壮絶な闘いの歴史をヤマトタケルという悲劇の英雄に集約することで、滅ぼされた土地の悲しみも幾分かは救われることであろう」

「神器の一つ、『草薙剣（くさなぎのつるぎ）』が熱田神宮に祀られている理由も、これにて説明がつきまする」

ちなみに天叢雲剣は、この時より草薙剣と呼ばれるようになった。

「ヤマトタケルは足柄峠で亡き妻を偲び、東に向かって『吾妻（あづま）はや』と何度も叫んだとか。それ故、東国のことを『あづま』と呼ぶようになったそうでございます」

(五)『神』を戴く天皇

兎にも角にも、これでこの地に王朝が誕生するまでの流れが繋がった。

「現王朝の事実上の初代と考えるホムダワケは如何する」

「この後、ホムダワケの母である皇后を、筑紫ヤマトの臺與に重ね合わせねばなりませぬ」

「なるほど。では、ホムダワケもキリの良いところで第十五代とすれば良かろう」

「しからば十一代から十四代の天皇には数多残されている伝承をもとに、大和に王朝を打ち立ててから国内を平定するまでの功績を分けて与えることといたしましょう」


ようやく神代から初代の天皇に至るまでの歴史が定まった。

「カムヤマトイワレビコを指す初代天皇は、武力をもって東征した神として『神武天皇』を諡とすべし」

天武天皇が晴々とした声で宣言した。

「しからば初代・神武天皇と重なる十代、また事実上の初代とも言える十五代の天皇には、全て『神』の文字を戴き『崇神』、『応神』の諡号を贈りまする」

「後々混乱することのなきよう、これらの天皇以外には『神』の文字は与えぬことと致しましょう」

「いや、もう一人、ある意味では皇統の始まりとも言える臺與、それと重なる息長の姫についても『神』の文字を戴いて『神功（じんぐう）皇后』とするが良かろう」

こうして日向の一族が筑紫ヤマトを乗っ取り、出雲を制圧して畿内に王朝を打ち立てるまでの道程については、以下の方針で記述されることとなった。

・初代・神武天皇（イワレビコ）が大和に入るまでを、神代の言伝え（神話）として記す。

・架空（二代～九代）の天皇には諡号を与え、主に天皇家の神秘的な権威付けや神事に関する様々な伝承起源などを示す。

・十代・崇神天皇（ミマキイリビコ）から十五代・応神天皇（ホムダワケ）に至る間は、大和に王朝を打ち立ててから国内を平定するまでの功績を分けて与える。

・途中、神功皇后は神託に従い朝鮮半島に遠征して新羅や百済を服属させ、筑後に戻って熊襲、土蜘蛛を征伐した後、ホムダワケを産んで畿内に凱旋したこととする。

第四章　継体天皇の謎

天武天皇は長安に倣(なら)って『条坊(じょうぼう)』を備えた本格的な都の造営を計画していた。

天武十一年（六八二年）春、橿原(かしはら)を囲む大和三山は桜色に染められている。この日、天皇は新都の候補となる地所を自ら視察した。

「素晴らしき地勢であった。この地であれば、これまでのように皇位が継承されるたびに都を遷(うつ)すこともなく、長きに亘って政務を司(つかさど)ることができるであろう」

新都造営は大和朝廷の礎(いしずえ)、即ち、天皇を主権とする国家を樹立する為の大きな柱であった。

その興奮も醒めやらぬ中、天武天皇はもう一つの柱とする歴史書の編纂(へんさん)について、川島皇子、太安万侶の二人と卓子(たくし)（テーブル）を挟んで向かい合った。

（一）大和朝廷と葛城氏

＊＊＊　この地に王朝が立てられた当時、畿内にはいくつもの豪族が存在していました。吉備からは物部氏の一族が、また古くは朝鮮半島の金官国（加羅諸国）から葛城氏の一族などが大

和に根を下ろしていたのです。

その中の一つ、蘇我氏は朝鮮半島から渡来して出雲に住み着いた一族でした。イワレビコ（初代・神武天皇）の東征の過程で、その一部が大和に流れ込んだと考えられます。

やがて近江のホムダワケ（十五代・応神天皇）が政権を奪い、難波の大隅宮で即位しました。

「神代からこの地に王朝が開かれるまでの流れは概ね整理できた。されば事実上の初代と言える十五代・応神天皇から現在に至るまで、果たして何人の王が存在していたのか」

かれこれ四百年は経っていると思われる。

「応神天皇から現在に至るまで、二十五人の王が即位しているようでございます」

「しかし、詳細な記録が残っているのは十四代前の男大迹王（ヲホドノオオキミ）まで。今から数えますと二百年足らずしか遡ることができませぬ」

蘇我氏が滅びた時、蝦夷が図書寮（ふみのつかさ）にまで火を掛けたため、『天皇記』や『国記』など多くの文献が消失してしまった。

「では、応神から二百年あまりについては何も残っておらぬということか」

「王の在位や功績などの記録は残っておりますが、古い時代のことですので細かなところは想像で補うしかございません」

＊＊＊　応神天皇は大和の豪族・葛城氏と手を組んでこの国を治めました。百済から弓月君（ゆづきのきみ）（秦氏の祖先）を招き、土木治水や養蚕・機織（はたおり）など大陸の技術や文化を積極的に取り入れます。
　応神が崩御（ほうぎょ）した後は、末子のウヂノワキイラツコが王位を継ぐ予定でした。しかしウヂノワキが若くして亡くなったことで、兄のオホサザキ（十六代・仁徳天皇）が即位することとなったのです。


「ウヂノワキとオホサザキとの間に争いなどは無かったのか」

「応神天皇が末子のウヂノワキを後継に定めたことに反発して、長兄のオホヤマモリが兵を挙げました。それを見たオホサザキがウヂノワキに知らせ、先手を打ってオホヤマモリを討ち果たしたとのことです」

　川島が答えると、すかさず安万侶が引き取って話を続ける。

「しかしその後、ウヂノワキはオホサザキに王位を譲ると言い出します。互いに譲り合っている内に、ウヂノワキは亡くなってしまったそうです」

　天武は首を振って、大きく溜め息をついた。

「ここでも何やら、怪しげな臭いが漂っておるな」

＊＊＊　仁徳天皇は難波の高津宮で国を治めます。渡来人を活用して池堤の構築など大規模な土木事業を行い、広く善政を敷きました。また外交においては百済と親交を結び、新羅、高句麗と争うようになりました。

　しかし仁徳が亡くなると、再び王位を巡る争いが起こります。この頃はまだ、王位継承の順位などは定まってはいません。葛城氏は皇后・イワノヒメが産んだイザホワケ（十七代・履中天皇）を後継に立てて政権の簒奪を企てました。

　大伴氏や物部氏は弟のスミノエナカツヒコを立てて対抗しますが、イザホワケは更にその下の弟・ミヅハワケと謀ってこれを制圧し、大和の地・磐余に都を遷して国を治めることとなりました。

「仁徳は勢力を拡大し、日向や吉備など全国至る所で妻を娶っていたようです」

「中でも、皇后・イワノヒメは葛城襲津彦の娘でございました」

「おそらくは難波の大伴や物部と人和の葛城の間で、相当な勢力争いがあったものと思われます」

　履中の後は弟の反正、允恭と葛城氏を母に持つ天皇が三代続き、その皇子・安康、更に実弟の雄略へと王位が継承されていく。

「大和朝廷の歴史とは言うが、これでは豪族どもの争いの軌跡と言えなくもないな」

「おっしゃるとおりでございます。豪族につきましては詳しく調べ直すことと致しましょう」

（二）倭の五王

　ここで、豪族を理解するため『氏姓の制』について触れておく。

『氏（うじ）』とは、葛城氏、物部氏、蘇我氏など血縁的な同族集団を指す。これに対し『姓（かばね）』は臣（おみ）や連（むらじ）など王権内の政治的地位を示すものであり、その他にも造（みやつこ）、史（ふひと）などがある。

『連』は古（いにしえ）よりこの国に土着していた豪族で、早くから王家に臣属して政務を分担してきた。大伴、物部、中臣（なかとみ）など、河内から大和に亘って広く畿内に分布している。

　一方、『臣』は大和王権と同盟を結んで朝廷を構成している豪族たちで、葛城、平群（へぐり）、蘇我など、半島から渡来して主に大和を本拠としていた。

　五世紀に入った頃、高句麗が南下すると、倭国は百済の要請を受けて朝鮮半島に出兵した。任那が高句麗に奪われてしまえば、大和王朝は鉄を手に入れることが難しくなる。それは即ち、国内を平定し続けること自体が難しくなるということであった。

しかし百済と倭国連合は、高句麗の騎馬隊の前に全く歯が立たなかった。百済が当てにならないと断じた大和王朝は、大陸・宋の冊封体制のもと官爵を授かることで、朝鮮半島南部の軍事支配や鉄などの交易を優位に運ぼうと考えた。

＊＊＊

宋書に『倭の五王』についての記述があります。「讃」、「珍」、「済」、「興」、「武」。

当時、大陸では西晋が滅び、南北に別々の王朝が成立していました。大和王朝は南朝・宋に朝貢し官爵を得ることに執着していたのです。


「五王では一つ足りぬようであるが……」

「王の名前の持つ意味から推測いたしますと、讃は仁徳、武は雄略でございましょう」

「興と武は兄弟、ともに済の息子との記録がありますので、済は允恭、興は安康を指すものと存じます」

「さすれば、珍は履中か反正ということになるが」

「内政が乱れていた時代のこと、どちらかに特定することは難しいかと」

在位を見ると履中は五年、反正は四年、共に短い期間でしかない。

「ところで、朝鮮半島の南部における軍事支配などは認められたのか」

「残念ながら、高句麗や百済よりも格下の称号しか得ることができなかったようでございます」


日を改めて、天武天皇は川島皇子と安万侶を屋敷に招いた。応神天皇が難波で即位した後、ヲホドが畿内で即位するまでの記録を各豪族との関係を軸に洗い直していく。

＊＊＊

応神天皇の後、皇位を継承した仁徳天皇は葛城氏と結んで国を治めます。葛城氏は古くは朝鮮半島から渡来して大和に根付いていた豪族で、河内を本拠とする王家にとっては重要な同盟相手でした。葛城襲津彦（そつひこ）は娘を仁徳の妃として送り込み、王家の外戚として長期に亘り「両頭政治」と言われるほどの強大な力を有するようになります。

仁徳が崩御すると、葛城の血を引くイザホワケ（履中）とミズハワケ（反正）が大伴や物部の推すスミノエナカツヒコを打ち破り、大和の磐余（いわれ）に都を遷してしまいました。

「スミノエは名前が示すとおり難波の出自、母は応神の皇女・八田（やた）ではないかと。大伴や物部の支援を受けており、仁徳の有力な後継候補の一人であったと思われます」

「それを葛城が、自らの血を引く皇子を担いで大和に政権を奪い去ったということか」

「あるいは筑紫ヤマトの一族が、葛城と謀って近江の一族から王位を奪還したとも考えられましょう」

川島皇子と太安万侶は推測も交えながらそれぞれの考えを述べた。

「しかし葛城の陰謀など、我が国の歴史として残すには相応(ふさわ)しくなかろう」

「はい。つきましてはスミノエも皇后・イワノヒメの皇子であったこととし、イザホワケを仁徳の正当な後継ぎとして、次のように改めたいと考えております」

⇓（改）　仁徳天皇が崩御すると、長男のイザホワケ（十七代・履中天皇）が即位しました。

この時、弟のスミノエナカツヒコが謀反を起こしますが、履中天皇は大和の石上(いそのかみ)神宮に逃れ、もう一人の弟・ミヅハワケに命じて謀反を鎮圧させました。

　こうして大和の地・磐余に都を遷して国を治めることとなりました。

（三）雄略の粛正

＊＊＊　履中天皇は蘇我満智（まち）、物部伊莒弗（いこふつ）、平群木菟（つく）、円大使主（つぶらのおおみ）ら畿内の豪族を国政に参画させます。また、諸国に国史（ふみひと）と呼ばれる書記官を設置して国内の情報網を整備しました。

　履中の後はミヅハワケ（十八代・反正天皇）、更にその弟・ヲアサヅマワクゴノスクネ（十九代・允恭天皇）へと王位は継承されます。

　允恭天皇が亡くなると、第二皇子のアナホ（二十代・安康天皇）が後を継ぎました。葛城氏は仁徳の皇子・オホクサカを押し立てて対抗します。安康は根使主（ねのおみ）の讒言（ざんげん）を受けて叔父に当たるオホクサカを誅殺しました。挙句（あげく）、その妻を妃（きさき）にしていたのですが、翌年、それを知った連れ子のマヨワに仇（かたき）を討たれてしまいました。

「根使主とは何者なのか」

「和泉の豪族・坂本臣の祖先と言われており、外国からの使者の接待などを担っていたようでございます」

「安康はオホクサカの妹を弟・ワカタケルの妃にするつもりでした。しかし結納の品に目が眩んだ根使主が着服し、これをオホクサカのせいにして死に追いやったと伝えられております」

「本当のところは、葛城の画策を根使主が注進したことで安康がオホクサカを誅殺した、と考えるのが筋かもしれぬな」

「葛城としては、ここでも自らに近い皇子を物色していたのでございましょう」

しかし安康もオホクサカの子・マヨワに仇を討たれてしまう。

「おそらくは葛城がマヨワに、父親暗殺の真相を漏らして仕向けたに違いありませぬ」

「仇討(あだう)ちとはいえ天皇が暗殺されたのは初めてのこと、これは由々(ゆゆ)しき事態ではないか」

このまま史実として残して良いものか、天武は二人の目を覗き込んだ。

＊＊＊　安康天皇の後は、葛城氏に支えられた履中の皇子・イチヘノオシハが継ぐことになっていました。しかし安康の実弟・オホハツセワカタケルノミコト（二十一代・雄略天皇）は大伴氏ら連姓の豪族と手を組んで政権を奪い取り、マヨワや葛城氏ともども、抵抗する王家の一族まで根絶やしにしてしまったのです。

「イチヘノオシハは葛城の血筋でございました」

「大伴などの連姓は、葛城の専横(せんおう)を快く思っていなかったのであろう」

大伴氏とは、摂津国・河内国の沿岸地方を拠点とする軍事氏族であった。

「力ずくの勝負となれば、葛城に勝機は無かったのかもしれませぬ」

ここに長く権勢を誇った葛城氏は完全に潰（つい）え去り、替わって大伴氏が急速に台頭することとなる。

「しかしワカタケルは王家の一族に対してまで、何故にこれほどまでの粛正を行ったのでありましょうや」

葛城を滅ぼすだけであれば、何も王家にまで武力を用いる必要はない。

「聞くところによりますと、オホクサカの母はカミナガヒメ、日向の出自であったとか」

「応神天皇が自らの妃にとカミナガヒメを召し出したところ、その美しさに一目惚れしたオホサザキ（仁徳）が無理に頼んで譲り受けたとの噂もございましたな」

「一方、ワカタケルの母はオシサカノオオナカツヒメ、応神の血筋であった。おそらくはこれを機に、筑紫ヤマトに繋がる血脈を根こそぎ除こうと考えたのではないだろうか」

＊＊＊

雄略天皇は平群真鳥（へぐりのまとり）を大臣に、大伴室屋（おおとものむろや）と物部目（もののべのめ）を大連に任じて専制王権を確立しました。

雄略は最大の地域勢力を持つ吉備氏など、これまで連合的に結び付いていた地域国家群を軍事力で大和王権に臣従させていきます。

「平群とはどのような一族であったのか」

「大和国平群郷（奈良／生駒）を本拠地とする在地豪族で、当時は軍事氏族として勢力を拡大していたようでございます」

「大伴や平群という強大な軍事力を手にしたことで、ワカタケルは全国に覇（は）を称（とな）えることができたというわけか」

「この頃よりワカタケルは、自ら『大王（おおきみ）』を名乗るようになったと伝えられております」

＊＊＊　しかし、雄略に対する豪族の反発は次第に高まり、後を継いだシラカノオホヤマトネコ（二十二代・清寧天皇）の時代に反乱が起こります。豪族たちが旗印としたのは、雄略により父・イチヘノオシハを殺され、播磨（はりま）に逃れていた億計（オケ）と弘計（ヲケ）の兄弟でした。

兄弟は力を合わせて政権を奪い、先に弟・ヲケ（二十三代・顕宗天皇）が、ヲケが亡くなると兄・オケ（二十四代・仁賢天皇）が王位を継承しました。

「これは雄略によって粛正された筑紫ヤマトに繋がる一族の巻き返しかもしれませぬ」

しかし、これら皇統を巡っての争いはこの国の歴史として望ましいものではない。

「清寧天皇は生まれつき病弱でございました。つきましてはヲケ、オケの兄弟は、皇統を絶やさぬよう清寧自らが後継ぎとして探し出した、ということに致しとう存じまする」

「それが良かろう。しかしこの先、王位を巡る争いのことを考えると些か気が滅入るようだな」

（四）ヲホド招聘

＊＊＊　五世紀も終わりに近づいた四七五年、朝鮮半島では高句麗が百済に侵攻し、百済は首都・漢城（現ソウル）を陥とされて滅亡寸前にまで追い込まれました。

百済は倭国に援軍を求めましたが、時の倭王・武（雄略天皇）は筑紫の兵を形ばかり送っただけで大規模な出兵は行いませんでした。

「我が国は古くより百済との交易を重んじていたはず。援護しなかったのは何故にございましょうか」

「以前に高句麗と戦って大敗を喫したことがあったであろう。それに懲りて、国内で鉄を生産する技術（たたら製鉄）を手に入れていたのだ」

敢えて危険を冒(おか)してまで出兵することはなかった、ということか。

「では、その後の百済は如何相成(あいな)ったのでしょうか」

「百済では中興の祖として名高い武寧王(ムリョンワン)が即位した。すると漢江流域で高句麗を撃退し、なんと首尾良く国を立て直すことに成功したのだ」

「それは我が国にとって良かったのか悪かったのか、難しいところでございますな」

＊＊＊　顕宗、仁賢の時代になると平群氏が要職を歴任します。葛城氏は没落し、父・イチヘノオシハの殺害に与した大伴氏は政権から遠ざけられていました。大臣の平群真鳥は専横を極めて国政をほしいままにしていたのです。

しかし仁賢天皇が亡くなり、皇太子・ワカサザキが即位すると大伴金村を大連に任じます。ワカサザキの母は雄略天皇の娘、大伴氏とは近しい関係にありました。こうして大伴氏は再び権力を取り戻すことができたのです。

ワカサザキは皇太子を儲けないまま崩御しました。雄略の行った粛正がたたり、ここに王家の血脈は途絶えてしまいます。やむなく大伴金村の献策により、越前から近江にかけて統治していた豪族・男大迹王(ヲホドノオオキミ)を王家の婿として迎え入れることになりました。

ヲホドは近江国の生まれ、幼い時に父を亡くし母の故郷・越前国で育ちました。近江と越前は琵琶湖によって繋がり、日本海を通じた水上交通により各地の豪族とも密接に結びついていました。ヲホドはこの海運を掌握した強大な政治力・経済力によって、王家に並ぶ勢力を有していたのです。

「なるほど、ずいぶん曰わくありげな招婿（しょうせい）であるな」

「雄略以降、臣従を誓わされていた畿内の豪族が、筑紫ヤマトの一族と組んでワカサザキを暗殺し倭彦王（ヤマトヒコノオオキミ）を迎えようとした、という噂も残っております」

「ところが大伴金村がそれを阻止すべく大軍を差し向けたため、倭彦王は即位を固辞して逃げ出したそうにございます」

いよいよ川島皇子と安万侶は核心に向けて話を進めて行く。

「金村は相当に焦っていたようで、強引に越のヲホドと手を組んだと思われます」

「何故にそう考えるのか」

「ヲホドが即位したのは五〇七年のこと。大伴の拠点である河内国樟葉宮（くずはのみや）で即位したのですが、大和に入るまでおよそ二十年もかかっております」

「何やら、応神天皇が即位した時と似ておるな」

「畿外から王を迎え入れるなど、大和に王朝が誕生して以来初めてのことでございましょう」

「おそらくは平群や蘇我などの畿内の豪族は、蛮族の地・越のヲホドなど大王とは認めていなかったと思われます」

「とは言え、これは王朝交代があったということになろう。せっかく神の国として続いてきたものが、これではヲホドが天皇家の始祖ということになってしまうのではないか」

「そこで、でございます。神代の言伝えにあった『出雲の国譲り』の話を覚えておいででしょうか」

「出雲の大国主がアマテラスに敗れて国を差し出した時のことであろう」

「はい。戦に敗れたタケミナカタが逃れた先が高志（越）でございました」

「何が言いたいのだ」

「武内宿禰がタケミナカタを指すとすれば、その母は高志のヌナカワヒメでございます」

安万侶が続ける。

「越のヲホドは近江の生まれと言われております。一方、応神天皇も武内宿禰と近江の息長氏の姫との間に生まれた皇子でございます」

「応神天皇は即位の前に、越前の仮宮に滞在したという記録もございますれば」

川島の云わんとしたことが理解できた。

「なるほど、越のヲホドは応神と血の繋がりがあると考えられなくもないな」

「ワカサザキに子が無く、途絶えた皇統を継ぐべく『応神天皇五世の孫』とでもしておきましょうか、これを探し出して皇位に就けたことにしてはどうかと考えております」

「少々こじつけが過ぎるようではあるが、それもやむを得まい。しかし畿外から王を迎える事態となった顛末（てんまつ）については歴史にも刻んでおかねばなるまいな」

「つきましては大陸の故事に倣（なら）い、ワカサザキは民に非道の限りを尽くした悪徳の王として扱わねばなりますまい。諡号も『武烈』（二十五代）といたしまする」

「それもまた、やむを得まい。しかし、ワカサザキは暗殺された可能性もあるのであろう。名誉まで傷つけられては気の毒なことであるな」

国史のためとはいえ、後ろめたい気がしないでもない。

「ヲホドにつきましては、途絶えた皇統を継いだとして『継体』（二十六代）の諡を与えたいと考えております」

第五章　乙巳の変

天武十四年（六八五年）一月、天武天皇は『八色姓』と、新しく『冠位四十八階』を定めて律令制度を推し進めていた。

我が国に初めて『冠位十二階』が制定されたのは推古十一年（六〇三年）のこと。冠位は『氏』ではなく個人に対して与えられ、前代の氏姓制度とは異なり世襲の対象とはならない。家柄にこだわらず、貴族でなくても有能な人材を登用できるようにするためであった。

今回の改定では冠位を更に細分化するとともに、皇族には別の冠位を与えて諸臣の上に置いた。また『姓』においても皇族を上位に追加するなど、皇親政治の強化を図っている。

内裏の四方を囲む大垣にはうっすらと雪が降り積もっている。天武天皇は川島皇子ら皇族たちと朝の膳を囲んでいた。

歴史書の編纂もいよいよ半ばを超えてきた。

（一）蘇我の台頭

「興味深い事実がございます。ヲホドの登場と時を同じくして、蘇我が表舞台に顔を出すようになるのです」

「蘇我は雄略に滅ぼされた葛城の残党を取り込んで一気に勢力を拡大した、と聞いておったが」

「東漢氏（やまとのあやうじ）と結んで、大陸の文化や技術を用いて繁栄したようでございます」

東漢氏とは高句麗が南下した時、安羅（あら）（加羅諸国）から大勢の職人を率いて渡来し、飛鳥の南に根付いた豪族であった。

「蘇我は継体天皇の即位に際して、何らかの役割を果たしたものと存じます」

＊＊＊　五〇七年、男大迹王（ヲホド）は大伴氏の招聘（しょうへい）を受けて河内国樟葉宮（くすばのみや）で即位し、武烈天皇の姉にあたる手白香（タシラカ）皇女を皇后としました。この時、既に五十八歳でした。

しかし、平群氏を始め畿内の豪族たちはヲホドを大王（おおきみ）と認めるつもりはなく、大和に入ることもままなりません。当初はヲホドの招聘に前向きであった物部氏も中立的立場に移行し、将来に備えて軍事力の強化に精を出すようになっていました。

ヲホドは山背《やましろ》（京都）と大和の境にある筒城宮《つつきのみや》に居を移し、武力をもって乃楽山《ならやま》（平城山）を伺います。乃楽山は木津川西岸の丘陵で、大和盆地を北から伺う重要な拠点でした。近江のヲホドが大和に入るためには木津川流域を押さえなければなりません。

ここに乃楽山の争奪戦が始まります。ヲホドを担ぐ大伴軍は河内から、これを阻止しようと平群軍は大和から乃楽山を目指し、激しい闘いが繰り広げられました。しかし物部氏が突としてヲホドに加勢したことで、平群氏は大敗を喫して滅亡することとなりました。

「物部は何故、急にヲホドに加勢したのでしょうか」

「ここでヲホドに味方しておかねば大伴だけに権限が集まることになる。それは避けたい物部が機を見て陣営に加わった、ということでございましょう」

「物部は昔から勝馬に乗って勢力を拡大してきた氏族であったからな」

「そう言えば神武東征の折、主であったナガスネヒコを裏切ったニギハヤヒも、確か物部の祖先でございましたな」

＊＊＊「果たして新政権に大連《おおむらじ》が二人も必要とされるでしょうか」

これまで様子見していた蘇我氏が、畿内の豪族を束ねて物部氏に働きかけました。平群氏を滅ぼしたは良いが、このままヲホドが大和に入れば大伴氏が大連に任じられるのは間違いありません。大伴の下に付くことを嫌った物部は蘇我と手を組むことにしました。

物部は軍事氏族、蘇我は大蔵・文化の氏族、互いに補完し合える関係にありました。連と臣、将来に亘る連携は難しくとも、当面の敵が大伴氏であることは一致しています。

蘇我氏をはじめ畿内の豪族が決起したとの知らせを受け、ヲホドは筒城宮を出て一旦は山背の乙訓（おとくに）まで兵を引きました。一方、畿内の勢力も山背まで攻め上るだけの力はありません。越のヲホドと大伴氏の軍事力は侮れないからです。

事態は膠着（こうちゃく）状態に陥りました。


「物部の惣領（そうりょう）は武闘派の麁鹿火（あらかび）、大伴金村とは近しい関係にありました。しかし次代を狙う尾（お）輿（こし）は政略家であり、物部の一族は二つに割れていたようでございます」

「蘇我も惣領の駒（高麗）から息子の稲目（いなめ）に世代交代の時期にあった。おそらくは稲目から尾輿に働きかけたのであろう」

「駒（高麗）という名でございますが、蘇我は高句麗に祖先を置く一族だったのでしょうか」

だとすれば、これまで政治の表舞台に登場してこなかったというのも頷ける。

「古より王家に仕えた物部氏と結んだことで、蘇我の存在は次第に目を引くようになってまいりました」

（二）磐井の乱

＊＊＊五一二年、高句麗が南下して百済の北部を奪い取りました。百済は任那の上哆唎（オコシタリ）・下哆唎（アロシタリ）・娑陀（サダ）・牟婁（ムロ）に進出し、高句麗や新羅から守るためと称して四県の割譲（かつじょう）を要請してきました。

同盟を重んじた大伴金村は、物部麁鹿火ら豪族たちの反対を押し切ってこれを承諾したのです。

「百済が任那四県の割譲を要請してきたのは何故にございましょう」

「雄略天皇の時代、百済が高句麗に侵略されたにもかかわらず我が国が援軍を送らなかったことを覚えておるか。あの時、百済は独力で高句麗を撃退することに成功したのだ」

「では、任那四県の交易を維持するためには百済の要求を飲まざるを得なかったと……」

「どうやら我が国は随分と軽んじられていたようでございますな」

＊＊＊　朝鮮半島では高句麗の影響下にあった新羅でしたが、軍事体制の整備が進むにつれて自立した対外関係を模索するようになっていました。

この頃、筑紫の磐井(いわい)が新羅と同盟を結びます。磐井は独立国として、その勢力は筑紫全域を治めていました。畿内の乱れに乗じて、磐井は大和朝廷と朝鮮半島との交易を遮断する動きを見せ始めたのです。

「何故、新羅は磐井と結んだのでしょうか」

「高句麗が百済を手に入れれば、次に狙われるは新羅となろう」

倭国が乱れ、百済への軍事援助も儘(まま)ならないと見た高句麗が南下政策を激しくしていた。

「高句麗と百済による挟撃を恐れた新羅は、それに備えて筑紫の磐井に同盟を働きかけたと思われます」

＊＊＊　このまま膠着状態が長引いて百済が滅びるようなことがあれば、朝鮮半島との交易を磐井に奪われる恐れが出てきます。早急に王を立てて新羅・磐井連合に備えなければなりません。しかし畿内の豪族はヲホドの即位に反対してはいるものの、それに替わる王位継承者を立てているわけではありませんでした。

ここで蘇我稲目がヲホドに和睦を働きかけました。畿内の豪族を説得してヲホドを大和に迎え入れると共に、自らの領地に一人の王子の屋敷を与えて安全を保証したのです。

こうして即位から十九年も経った五二六年、ようやくヲホド（二十六代・継体天皇）は大和に都を定めることができました。継体天皇は自らを擁立（ようりつ）した大伴金村と併せて、物部麁鹿火も大連に任命しました。

「稲目はどのようにして畿内の豪族たちを説得したのでしょうか」

「彼らは北の蛮族が王位に就くことを生理的に受け入れられないようでしたが」

「ヲホドについては手白香（タシラカ）皇女を皇后としていたので何とか容認できたであろう。しかし二人の連れ子は論外であった。稲目は次の大王には手白香の産んだ皇子を就けるとでも約束したのではないか」

「そのようなことをヲホドは了承したのでしょうか」

「むろん合意などされてはおるまい。早期解決を目指すにはヲホドを大和に迎えることが先決としたのであろう」

「後々、それが問題になった時のことは……」

「二人の王子の屋敷を自らの領地に建てたのは、後に人質として押さえることもできると考えたからではないか」

　川島皇子たちも稲目の企みには唯々唖然（ただただあぜん）とするばかりであった。

「これを機に、稲目はヲホドから絶大な信頼を得たと聞いておりますが」

「しかし稲目の方は、ヲホドを繋ぎとしてしか考えていなかったようでございますな」

＊＊＊　五二七年、新羅が任那に向けて南下し、南加羅など三県を占拠しました。大和朝廷は百済に請われて、近江毛野臣（けなのおみ）六万の軍を救援に送ります。

　しかし新羅と同盟を結んでいた筑紫磐井の激しい抵抗に遭って進軍は阻まれてしまいます。朝廷は急ぎ物部麁鹿火を将軍に任命し、ようやく磐井の乱を鎮圧することができました。

　（注）ここでは「加羅」は朝鮮半島における地域、「任那」は倭国から見た支配地域として用いている。

　朝鮮半島との交易を介する博多湾、これに繋がる多々良川の流域を押さえ、大和朝廷は糟屋の屯倉（みやけ）を支配下に置くことができたのです。

「乱と呼ばれてはおりますが、当時としては一年半にも及ぶ大戦（おおいくさ）でした」

「任那割譲に反対していた物部が、百済の救援に出兵したのは何故にございましょう」

「このまま新羅に任那を奪われては朝鮮半島との交易が途絶えてしまう。これは大和朝廷として何としても防がねばならず、国軍であった物部の兵を派遣せざるを得なかったのだ」

大伴の軍は王家の近衛（このえ）兵的な位置づけでしかなかった。

「王家と磐井は任那との交易に際して、長らく軍事的にも同盟関係を結んでいたはず。何故急に反旗を翻（ひるがえ）したのでしょうか」

「これまで磐井は、筑紫ヤマトの流れを汲む王家とは互いに同胞意識を持っていたようだ。しかし王権が越のヲホドに取って代わられたことで、同じ独立豪族の磐井としても対抗意識が芽生えたのではないだろうか」

「この後、南加羅は如何相成ったのでございましょうや」

「新羅との交渉は行ったようだが、押し返すまでには至らなかった。何分にも、国内の状況がここまで乱れておってはな」

（三）仏教伝来

＊＊＊　継体二十五年（五三一年）、老齢であった継体天皇は嫡男（ちゃくなん）である勾大兄（マガリノオオエ）（二十七代・安閑天皇）に譲位しようと画策します。しかし継体天皇と北陸で儲けた二人の王子は、全国各

地に屯倉を設置するなどして豪族たちの反感を買っていました。

当時は群臣が新しい大王を推戴するのが常套で、譲位の前例はありません。蘇我氏はこれに反発する畿内の豪族を束ね、仁賢天皇の血を引く手白香皇女を母とする皇子（二十九代・欽明天皇）を立てて政権の座を奪い取りました。

「継体王朝は一代で滅び、元の皇統に戻ったということか」

「いえ、欽明も継体の皇子ですので、双方の血脈を有しているということでございます」

「そうであったな。しかし、欽明と二人の兄との間に争いなどは無かったのか」

「継体天皇と二人の王子は、ほぼ同じ時期に亡くなっております」

天武は小さく頷くと、目で先を促した。

「おそらくは継体が崩御するのを待って、蘇我を中心とした畿内の豪族が行動を起こしたものと思われます」

＊＊＊

欽明天皇は大伴金村と物部尾輿を大連に任ずるとともに、蘇我稲目を大臣に抜擢しました。すると直後に物部尾輿は朝鮮政策の失敗について大伴金村を糾弾します。大伴氏は失脚し、これによって物部氏と蘇我氏による二極体制が樹立されることとなりました。

「蘇我の目論みどおり、ということだな」

「はい。しかし歴史書におきましては安閑天皇の後、争わずして欽明天皇まで皇位が継承されたことにしておいた方が宜しいかと存じます」

継体天皇の血筋について、あえて後世に疑惑の種を残すことは得策ではない。

「それでは安閑は四年、続いてもう一人の王子も宣化天皇（二十八代）として三年ほど即位したことといたしましょう」

「それが良かろう。これで蘇我が表舞台に登場してきた経緯も良く理解できた」

＊＊＊　欽明期（六世紀中頃）、百済から仏教が伝来します。しかし旧来の神道を是とする物部氏や中臣氏などが強硬に反対したため、欽明天皇は蘇我氏に限って仏教の信仰を許すことにしました。
度々に亘る百済救援の見返りとして、医療など様々な大陸文化が仏教と共に我が国にもたらされました。その恩恵も認められ、仏教は次第にこの国の中に広まっていったのです。

「蘇我は大陸の文化を取り入れたいとする改革派、物部はしきたりを守るべしとする守旧派と捉えて宜しいのでしょうか」

「連姓である物部は祭祀権を有しておった。蘇我がこれに対抗するには、異国の仏教に頼るしかなかったのであろう」

「稲目は二人の娘を欽明天皇に嫁がせて、外戚として巧みに権力の中枢に割り込むようになりました」

＊＊＊

しかし次に即位した敏達天皇（三十代）は蘇我氏との繋がりはなく、排仏派の物部守屋たちが勢いづきます。当時は疫病が流行していましたが、守屋はそれを異教のせいであるとして仏教禁止令を発布し、仏像や仏殿を燃やすなど弾圧を強めました。

続く用明天皇（三十一代）は蘇我稲目の孫、蘇我の血を引く初の天皇です。当然のこと仏教を保護しますが、在位二年足らずで崩御してしまいました。

用明天皇の異母弟・穴穂部皇子は以前から皇位を望んでいました。物部守屋は穴穂部を即位させようと動きます。しかし蘇我馬子は守屋と結んだ穴穂部を殺害し、同じく蘇我小姉君を母とする泊瀬部皇子（三十二代・崇峻天皇）を擁立したのです。この争いは蘇我氏の圧倒的な勝利に終わり、ここに物部氏は没落することとなりました。

「朝廷から排仏派が一掃されたことで、晴れて馬子はこの国初の寺院・飛鳥寺（法興寺）を建立することができました」

「しかしこれは仏教を巡る争いと伝えられてはいるが、朝廷内における既存勢力『連』と新興勢力『臣』の争いと考えた方が当たっておるかもしれぬな」

「経緯はともあれ、仏教の普及と共に我が国に大陸文化が導入されたのは歓迎すべきことでございましょう」

＊＊＊　以後、大連に就く者はなく、ここに王家直参体制は崩壊してしまいました。王家の力は後退し、大臣である蘇我氏の権勢はますます強大になっていきます。

崇峻天皇は権力を欲しいままにする蘇我氏に反発を覚え、次の皇位を敏達天皇の皇子・押坂彦人大兄に継がせることにしました。

敏達、用明、崇峻は欽明天皇の皇子ですが、敏達は蘇我氏との繋がりがありません。これに危惧を抱いた蘇我馬子は、崇峻天皇を暗殺するという暴挙に出たのです。

「豪族が天皇を暗殺するとは前代未聞、許せぬことであるな」

「物部と争ってまで皇位に就けた天皇でございましたのに」

　二ヶ月ほど前のこと、猪を献上された崇峻天皇は「この猪のように憎い者の首を切りたいものだ」と口にしていたという。

「どうやら馬子は、崇峻天皇を傀儡（かいらい）として軽んじていたようでございます」

「彦人大兄は蘇我の血を引いておりません。蘇我にとっては存亡の危機であり、強引な手法に打って出ざるを得なかったのでございましょう」

　ここで川島が言い難そうに口を挟んだ。

「おかしなことに、崇峻天皇は暗殺された日、その日の内に埋葬（まいそう）されております」

「殯（もがり）は行われておらぬのか」

　殯とは死者を埋葬するまでの間、棺に安置して御霊（みたま）を弔（とむら）う行事である。天皇ともなれば、殯は数ヶ月の長い期間に及ぶのが通例であった。

「予め墓が用意されていたことになります。殺害の計画があったとしか考えられませぬ」

（四）日出ずる処の天子

＊＊＊　馬子は蘇我氏の血を引く厩戸（ウマヤド）皇子（後の聖徳太子）を擁立しようと考えます。しかし、厩戸はまだ十九歳でした。そこで押坂彦人大兄の即位を阻むため、敏達の皇后・額田部（ヌカタベ）皇女

（三十三代・推古天皇）を中継ぎに立てることにしました。

初の女帝です。額田部の父は欽明天皇、母は蘇我稲目の娘・堅塩媛（キタシヒメ）、彦人大兄を差し置いて皇位を継承できる唯一の人物でした。

「十九歳になっておれば、厩戸も皇位継承に支障があったとは思えぬのだが」

当時は兄弟継承が通例であったため、確かに即位する年齢は高めではあった。

「厩戸が即位できなかったのは、馬子と共謀して崇峻天皇を暗殺したのではないかとの噂が立っていたから、とも聞いております」

「額田部は実子の竹田皇子に皇位を継がせたいと考えていたようでございます」

「竹田はまだ幼く、中継ぎは額田部にとってもさぞかし好都合であったでしょうな」

「ということは、額田部が蘇我と謀った可能性もあるということか」

「はい。この件で蘇我が咎（とが）められたという形跡はございませぬゆえ」

しかし、竹田皇子は若くして亡くなってしまった。

「これは額田部の謀（はかりごと）、と読まれるような記述を残すわけにはまいらぬぞ」

天武天皇は肩を落として呟（つぶや）いた。

＊＊＊　五九三年、即位した推古天皇は厩戸皇子を皇太子に指名しました。厩戸は用明天皇の第二皇子で推古の甥に当たります。これ以後、彦人大兄は皇位から遠ざけられることとなりました。

　大陸との交易を重視した厩戸は、百二十年ぶりに隋への外交を再開します。一度目の派遣で倭国が蛮夷の国であることを思い知らされた厩戸は、『冠位十二階』『十七条憲法』を定めるなどして国家体制の近代改革を進めていました。

　六〇七年、二度目の遣隋使に小野妹子を派遣して、隋に対等な交易を求めたのです。

「これはよく知られた話である。我が国を『日出ずる処の天子』とし、隋を『日没する処の天子』として書状を宛てたのであったな」

「隋の天子は煬帝でしたか、さぞかしお怒りになったことでございましょう」

　天武や皇族たちは顔を見合わせて笑った。

「しかし、何故に隋との関係が拗れなかったのでしょうか」

「うむ。煬帝が気を取り直した背景には高句麗との争いがあった。我が国が高句麗の支援に回っては面倒と考えたのであろう」

「返書は小野妹子が百済で奪われてしまったとのことですが」

「いやいや、とても持って帰れるような代物ではなかったのであろう」

「もし親書を紛失でもしようものなら処罰は免れますまい。妹子は後に昇進さえしておりますれば、朝廷も承知の上のことであったかと存じます」

「何はともあれ、冊封を結ぶことなく交易を行えるようになったのは大きな成果でございました」

＊＊＊　まだまだ大陸には及ばないと痛感した厩戸皇子は、更に近代改革へと傾倒します。厩戸は斑鳩に条里制による大規模な都市を築き、ここに居を移しました。大陸の窓口となる難波湊と朝廷とを結ぶ大和川、これに面した斑鳩は水運の重要拠点です。更には五重塔を備える大寺院・斑鳩寺（法隆寺）も建立しました。

しかし六二二年、厩戸皇子が亡くなると、蘇我氏を抑えることができる者など他にはおりません。蘇我の専横は一段と甚だしく、その権勢は王家を凌ぐほどになってきました。

（五）上宮王家の滅亡

ここで、蘇我氏について改めて整理してみよう。

昔、朝鮮半島から渡来してきた一族が大国主に協力して出雲の国を創った。しかし筑紫ヤマトの侵略を受け、出雲はヤマトに服従を強いられる。この時、出雲を支えていた豪族の首長が武内宿禰、大国主と高志のヌナカワヒメとの間に生を受けていた。以後、武内宿禰は王家に側近として仕えた。

武内宿禰は出雲の須賀の出自、後に大和に至って蘇我氏の始祖となったと伝えられている。

大和に移り住んだ蘇我の一族は飛鳥盆地の南端に渡来人の集落を作り、半島から秦氏（はたうじ）や東漢氏（やまとのあやうじ）などを招いては稲作や製鉄、機織（はたおり）などの技術を取り入れて発展した。

大和には古くは朝鮮半島から渡来した葛城氏などの豪族が根付いていた。葛城氏は長きに亘り歴代王家の外戚として繁栄したが、雄略天皇により没落へと追い込まれてしまう。しかし継体天皇が即位すると、蘇我氏は旧葛城勢力を取り込んで勢力を拡大していった。

欽明天皇の時代になると、蘇我稲目は大臣（おおおみ）となり、娘を天皇に嫁がせて外戚として繁栄する。続く馬子は推古天皇の時代、厩戸（ウマヤド）皇子と力を合わせて大和朝廷を支えた。

稲目の後、馬子、蝦夷（えみし）、入鹿（いるか）と四代に亘り、蘇我氏はその財力、武力によって本拠地の飛鳥に天皇を誘致するほどの勢力を持つまでに至った。

＊＊＊　推古天皇が継嗣（けいし）を定めないまま崩御すると、後継候補は敏達の皇子・田村と厩戸の皇子・山背大兄（ヤマシロノオオエ）に絞られました。

蘇我蝦夷は田村皇子を後継に推しますが、蝦夷の叔父・境部摩理勢（さかいべのまりせ）は山背大兄を支持しました。摩理勢は馬子の時代に蘇我氏から独立して境部氏を名乗り、共に王家を支えた分家に当たります。

山背大兄が皇位につけば蘇我の惣領（そうりょう）を摩理勢に奪われてしまう、これを嫌った蝦夷は摩理勢を攻め滅ぼして田村皇子（三十四代・舒明天皇）を強引に即位させたのです。

「田村は敏達天皇の皇子なれば、蘇我との血縁など無かったはずでは……」

「もはや上宮王家（じょうぐうおうけ）（聖徳太子の家系）を除いては、誰であろうと蘇我に逆らえる者などいなかったということであろう」

この頃になると王家直参の連姓が没落したことで朝廷の力は弱まっていた。

「ところで蝦夷（えみし）という名ですが、北の蛮族と繋がりがあったのでしょうか」

「本名は『毛人（けびと）』、北方に住む毛深くて勇猛な人を意味する名前であったと聞く。蝦夷という字は蘇我が滅んだ後に当てられたものなのだ」

どうやら、蘇我は蛮族という印象を名前に被（かぶ）せたということのようだ。

＊＊＊　蘇我氏の実権は息子の入鹿に移っていました。

舒明天皇が崩御した時、入鹿は舒明天皇の第一皇子・古人大兄への皇位継承を画策しました。古人大兄の母は蘇我馬子の娘です。しかし、古人大兄は即位するに十分な年齢に達していませんでした。

もし山背大兄が即位することにでもなれば上宮王家が力を強めることになります。入鹿は中継ぎとして、舒明天皇の皇后であった宝皇女（三十五代・皇極天皇）を擁立しました。こうして入鹿は皇極の腹心として権力を振るうようになったのです。

大和朝廷は当時、部民制（べみんせい）から中央集権へと国家体制の近代改革を急いでいました。大陸・唐の侵攻にも備える必要があったからです。しかし各地の豪族はこれに反発し、山背大兄に支持が集まるようになりました。

この後六四三年、蘇我入鹿は山背大兄の住む斑鳩宮を襲撃しました。山背の一族は斑鳩寺にて自害するに至り、厩戸皇子の血を引く上宮王家は滅亡してしまったのです。

「山背の母は馬子の娘、蘇我の血脈でもありましたものを」

「朝廷において、入鹿と山背は激しく言い争うことが多かったように聞いております」

「ともに名家の二世、苦労知らずで育った者同士であったからの」

舒明天皇が即位して以来、上宮王家は政権から遠ざけられていた。

「馬子の時代までは、厩戸皇子と協力して王家を支えておりましたのに」

「蝦夷、入鹿の代になると、その驕(おご)りが頂点に達したのであろう。それにしても乱暴な手立てを用いたものよ」

（六）中大兄と中臣鎌足

＊＊＊　蘇我氏の専横はますます激しくなり、王家をはじめ各豪族の反発は日に日に増大していきます。蝦夷と入鹿は甘橿丘(うまかしのおか)に家を並べ、その周囲に柵を設けて丘全体を要塞化していました。蝦夷の家を「上の宮門(みかど)」、入鹿の家を「谷の宮門(はざま)」として、子供たちを「王子(みこ)」と呼ばせるようになりました。

ついに入鹿は皇極天皇に古人大兄皇子への譲位を迫るようになります。しかし皇極は、いずれは実子の中大兄(ナカノオオエ)皇子に皇位を継がせたいと考えていました。悩んだ皇極は弟の軽皇子(カルノミコ)に相談を持ち掛けます。

「中大兄という呼び名でございますが……」

「それは山背と古人の二人の大兄に次ぐという意味の通称なのだ。本名は葛城皇子と言った」

「では、葛城氏の流れを汲んでおられたのですか」

「何でも、乳母が葛城の縁者だったのでそう呼ばれておったとか。それ以上のことは聞いてはおらぬ」

本名の葛城に意味はなく、中大兄の呼び名の方が定着したということのようだ。

「それにしても当時の蘇我は大王の首をすげ替えたり、やりたい放題であったな。王家を乗っ取られるのではないかという危機感も半端ではなかった」

「この辺りはもう、父上の方がよくご存じでございましょう」

＊＊＊

軽皇子は阿倍内麻呂、蘇我倉山田石川麻呂（そがのくらやまだ）と謀り、入鹿の暗殺を画策します。軽は安部内麻呂と石川麻呂の娘を妃にしていました。

ある日、中大兄は軽皇子から私邸に招かれました。軽は中大兄の叔父に当たります。

「このまま蘇我の横暴を放置すれば、王家はいずれ滅ぼされてしまうであろう。入鹿は大王の座を手中にしようとしておる。次の標的は中大兄、そなたかもしれぬぞ」

軽皇子は中大兄に中臣鎌足（なかとみのかまたり）を引き合わせ、入鹿の暗殺計画を実行に移すよう仕向けました。

「中臣鎌足とは、いかなる人物でございましたか」

「初めは、質として倭国に送られていた百済の王子・豊障（ホウショウ）に文官として仕えていたようでございます」

鎌足は百済から渡来して、後に帰化した一族であった。

「若くして五経（儒教の経典）を習得するなど、その才を買われて中臣氏の養子に迎えられたと聞いておる」

＊＊＊　推古天皇の時代、厩戸皇子と蘇我馬子は近代改革を取り入れるにあたり、大陸・隋との交易を積極的に試みました。しかし大陸では隋が滅び、隋に替わる唐が朝鮮半島の併合を目指し南下を始めていました。

我が国もいずれ唐の脅威にさらされるという危機感があり、入鹿は従来の百済一辺倒を改め、唐や新羅も含めた全方位外交に向けて舵を切っていました。百済との同盟に軸足を置く鎌足にとっては由々しき事態です。

「中大兄にとって蘇我は王家の妨げになる。鎌足にとって唐を重視する入鹿は何としても除かねばならぬ相手であった」

「なるほど、父と鎌足はさぞかし馬が合ったことでございましょうな」

川島がたまに『父』と言うのは中大兄のことであり、大海人のことは『父上』と呼んでいた。

「当初、鎌足は軽皇子に接近しておった。しかし軽の器量に飽き足らず、次の大王と目される中大兄に取り入ろうと目論んでいたようだ」

「蘇我倉山田石川麻呂は蘇我一族の長老でございましょう。よくこのような謀（はかりごと）に与（くみ）したものですな」

「石川麻呂は入鹿の従兄であったが、何かと本家の風を吹かす入鹿とは蘇我氏の中で対立を深めておったのだ」

（七）入鹿暗殺

＊＊＊　六四五年、乙巳（きのと・み）の年、朝鮮半島から朝貢の使者が来日しました。
『三韓の調（みつのからくにのみつき）』の儀は朝廷で行われ、大臣の入鹿も必ず出席します。中大兄と鎌足はこれを好機と捉え、暗殺の実行日と定めました。

「三韓の調とは如何なるものにございましょう」

若い皇族がおずおずと尋ねた。

「馬韓、辰韓、弁韓の貢調使（こうちょうし）が天皇に謁見（えっけん）し、祝いの品の目録を奏上する儀式のことだ」

馬韓とは百済、辰韓とは新羅、弁韓とは加羅諸国、ここでは任那のことを指している。

「三国の使者が一堂に会して差し支えは無いのでございますか」

「三国が並んで奏上するのでは無い。この日は百済の調であった」

＊＊＊

いよいよ当日、飛鳥板蓋宮（あすかいたぶきのみや）、大極殿の中庭では三韓の調が行われています。

建物の陰には中大兄が長槍を、鎌足は弓矢を持って潜んでいます。暗殺の役を担う佐伯子麻呂たちは大太刀を隠し持って貢調使の中に紛れ込みました。

蘇我倉山田石川麻呂が奏上文を読み上げています。しかし刺客たちの膝はガクガクと震え、なかなか討ち掛かることができません。石川麻呂は緊張のあまり肩が震え、声も途切れ途切れになってきました。

入鹿はそれを不審がっている様子です。このままでは計画が露見してしまう、中大兄は意を決して中庭に飛び入り「やぁ」とばかり入鹿に斬り付けました。これを見て暗殺隊も続きます。

「私に何の罪があるというのでしょうか」

入鹿は必死で皇極天皇に訴えます。

「この者は皇族を滅ぼし、皇位を奪おうとした」

中大兄がそう叫ぶと、皇極天皇は黙って殿中へ退いてしまったのです。

入鹿はついに首を刎ねられてしまいました。

「しかし公の行事で、よくこのようなことが計画できましたな」

「入鹿は敵が多いことを自覚しておった。それ故に普段の警護は厳しく、とても暗殺など考えられるものではなかった」

「宮中の公式行事とあらば、入鹿も気を許したのでございましょうか」

「さすがは鎌足が仕組んだこと、抜かりは無かったようだ」

「皇極天皇はこの件についてご承知ではなかったと……」

声を押し殺すようにして天武が答える。

「軽々に申すことは出来ぬが、知らぬとは言い切れまい。何しろ公の行事なのだからな」

「天皇は入鹿に絶大な信頼を寄せていると思っておりましたが」

「言うまでも無いことであるが、母上（皇極）も加担していたなどと疑われるようなことがあってはならぬぞ」

＊＊＊　翌日、入鹿の父・蝦夷は舘に火を放って自害しました。私兵であった東漢氏も兵を引き、蘇我に味方する者はありません。ここに蘇我氏は滅亡に至りました。

古人大兄皇子は私宮へ逃げ帰りましたが、この時「韓人、鞍作を殺しつ」と述べた、という記録が残っています。

「父上はどのように加わっておいでであったか」

「私は中大兄に命じられて内裏の周囲を警護しておった」

「宮中でこのような事件が起きていることはご存じなかったのですか」

「いや、私は蘇我とも親しかったが故に、この謀は知らされておらなんだ」

これほどの大事なれば、ごく一部の者だけで計画を進めてきたのだろう。

「古人大兄の言った『韓人』とは誰を指してのことでしょうか」

「あの日、暗殺隊は百済の使者に扮しておったという。事情を知らぬ古人大兄は、てっきり使者の韓人が入鹿を襲ったと驚いたのであろう」

「では、鞍作とは……」

　鞍作とは、飛鳥大仏などを造った仏師の一族のことを言う。

「実は入鹿の本名は『鞍作』であった。入鹿という名も、蝦夷と同じく後に付けられたものなのだ」

「稲目の後、馬子、蝦夷、入鹿でございましたか、蝦夷はもとより馬や鹿などの獣（けもの）が名前に付けられるとは尋常（じんじょう）ではございませぬな」

　鎌足を始め百済から渡来した者たちにとって、蘇我には古より消しがたい恨みが残っていたのだろう。

「蘇我の後ろ盾を失った古人大兄は、自ら吉野に出家したと記録にありますが」

「身の危険を感じてのことであろう。しかし、後に中大兄に討たれてしまった。悪い人間ではなかったのだが、気の毒なことであった」

第六章　壬申の乱

「これからは伊勢の地が、我が民の心の拠りどころとなるであろう」

都から東南の方角、日が昇る常世国（とこよのくに）が伊勢であり、日の沈む西北が出雲、即ち黄泉国（よみのくに）である。

天武十四年（六八五年）秋、天武天皇は天照大御神（アマテラスオオミカミ）を祀る『神宮』を伊勢の五十鈴（いすず）川のほとりに移築した。娘を斎王として大御神に仕えさせる。

天武天皇は天照大御神を祖とする天皇家に、各地の神々を体系化して関連づけた。更には日本古来の神事を重視し、地方の祭りの一部を国家の祭祀に引き上げるなど、国家神道（こっかしんとう）を形成して天皇家の権力強化を加速していく。

紅に色づく飛鳥の宮より遥か東方を拝んだ後、天武天皇は感慨も深く川島皇子と二人、玉案（ぎょくあん）（高貴な机）を挟んで向かい合った。歴史書編纂の最後の要所とも言える『壬申（じんしん）の乱』、大海人（オオアマ）皇子と大友皇子の争いである。

川島は大友の異母弟、共に天智天皇の皇子である。歴史書を仕上げるにあたり、二人は忌憚（きたん）なく意見を交わしておかねばならなかった。

（一）難波遷都

＊＊＊　六四五年、中大兄皇子は中臣鎌足と謀って蘇我氏を滅ぼしました。皇極天皇は弟の軽皇子（三十六代・孝徳天皇）に皇位を譲ります。

天皇の座を手中にした孝徳天皇は、いまだ騒動の燻（くすぶり）が残る飛鳥を避けて難波に遷都しました。しかし皇極は難波には移らず、そのまま飛鳥に残ることになりました。

「何故に、孝徳天皇は難波に都を遷したのでしょうか」

「考えてもみよ。蘇我の本宗家を滅ぼして、飛鳥の者が何も言わず支持してくれると思うか。飛鳥には前政権の者たちが大勢残っておるのだぞ」

どうやら飛鳥を避けて、難波に残っている旧『連姓』を頼ったということのようだ。

「父（中大兄）がこの時に即位しなかったのは、それが理由でございますか」

「中大兄も即位を望んではおらなんだ。如何せん暗殺で手を汚したとあっては、穢（けが）れを祓（はら）う期間を設けねばならぬのでな」

「では、上皇が飛鳥に残られたのは……」

川島は皇極（後の斉明）のことを上皇と呼んでいた。

「うむ。彼らの不満を抑えるためであった。母上（皇極）は飛鳥の者からの信望が厚かったのだ」

「図らずも、軽皇子の思惑どおりに事が運んだと。しかし上皇を飛鳥に残したまま難波に都を遷すとなれば、豪族たちは両方に拠点を置かねばなりますまい。さぞかし物入りなことであったでしょうな」

＊＊＊　孝徳天皇は中大兄を皇太子に指命すると、阿倍内麻呂を左大臣（ひだりのおとど）、蘇我倉山田石川麻呂を右大臣（みぎのおとど）とし、中臣鎌足を内臣（うちつおみ）に任命しました。

唐の脅威に対抗すべく新政権は『大化』の元号を建て、『改新の詔（みことのり）』を発布し、班田収受や部民制の廃止など厩戸皇子に始まる近代改革を積極的に推進しました。しかし荘園制の廃止や新しい徴兵・徴税制度に対しては豪族の反発が大きく、中央集権への移行は思うように進みません。

また、孝徳天皇は阿倍内麻呂の娘・小足媛（オタラシヒメ）を妃として有間皇子を儲けていました。自らの皇子に皇位を継がせたいと考えるようになり、ひたすら権力基盤の強化に取り組み始めます。皇位を手にした孝徳に、もはや近代改革への情熱など見ることはできません。

「これでは何のために蘇我を討ったのか分からぬではございませんか」

鎌足の具申を受け、中大兄は孝徳を難波宮に残したまま、皇族や臣下の者を引き連れて飛鳥に戻ってしまったのです。


「孝徳天皇は己の権益を守ることばかりに精を出していたと……」

「母上としても、中大兄への繋ぎとして孝徳に皇位を譲ったという思いがあったであろう」

「父も鎌足も、孝徳に利用されたと思ったに違いありますまい」

それにしても、天皇を置き去りにするとは尋常ではない。

「孝徳に味方する者はいなかったのでしょうか」

「豪族たちも孝徳の治政には不満を抱えていたのであろう。皆、本音では飛鳥に戻ることを歓迎していたようであった」

＊＊＊　難波で孤立した孝徳天皇は自らに反旗を翻した中大兄には譲位せず、先代の皇極天皇に皇位を返上しました。皇極は重祚（二度目の即位）となります。（三十七代・斉明天皇）
翌年、孝徳天皇は失意のまま崩御しました。後に、嫡子である有間皇子も謀反の罪で処刑されてしまいます。

「再び飛鳥に戻ることに抵抗などは無かったのでしょうか」

「うむ。母上が再び皇位に就いたことで、我らも飛鳥に戻ることができたのだ」

「孝徳天皇はその翌年に崩御されたとのことですが、何か騒動でも……」

天武は固く目を閉じたまま、小さく首を横に振った。

「有間の件につきましては、蘇我赤兄の謀略とする噂を耳にしました。赤兄と言えば、父の陪臣ではございませぬか」

「赤兄は蘇我の一族だったので、常より己の身ばかりを案じておってな」

天武の言葉には明らかに侮蔑の意が込められていた。

「では父への忠誠を示すため、有間を罠に嵌めたと……」

「うむ、謀反の証拠を捏ち上げて密告したのだ。有馬にしてみれば、赤兄も蘇我を滅ぼした中大兄や鎌足を恨んでいるはず、と気を許したのであろう」

（二）白村江の敗戦

この頃（六六〇年）、朝鮮半島では唐が高句麗の抵抗に苦戦していた。高句麗が百済と組んで新羅に侵攻したため、新羅は唐に救いを求めた。唐は高句麗征伐を後に回し、新羅と連携して百済に攻め入った。まずは百済を手に入れて後、北と南から高句麗を挟撃せんとする、得意の「遠交近攻」の策である。

　百済は王都・扶余羅城（プヨナソン）を奪われ、ついに義慈王（ぎじおう）は降伏するに至った。

＊＊＊　中大兄皇子は百済を支援するため、斉明天皇に代わって筑紫の朝倉宮に遷幸（せんこう）しました。任那復興のためには百済を失うわけにはいきません。

　しかし、高齢であった斉明天皇はまもなく飛鳥宮で崩御してしまいます。対外情勢が緊迫している中、一旦は間人皇女（ハシヒト）を中天皇（ナカツスメラミコト）（中継ぎ）に立て、現在の体制を維持したまま称制（しょうせい）によって中大兄が政務を執ることになりました。間人は斉明の皇女、即ち中大兄の実の妹に当たります。

「間人皇女を中継ぎに立てたのは何故にございましょう」

「飛鳥に波風を立てぬためであった」

「父はまだ、大和では認められていなかったと……」

「飛鳥におればまだしも、離れた筑紫におってはやむを得ぬことであろう。それに、中大兄と間人の間には信頼の絆（きずな）が殊更に強いようであった」

天武は少し躊躇(ためら)いながら口にした。中大兄と間人には禁忌(きんき)の愛の噂があったのだ。

＊＊＊　百済では復興を掲げる蜂起(ほうき)が各地で起きていました。勇猛で名高い鬼室福信(キシツフクシン)をはじめ百済の王族や遺臣たちは、倭国に質として送られていた王子・豊障を国主に迎えて唐・新羅連合軍と戦うことを決意します。

六六三年、中大兄は豊障を百済に還(かえ)すとともに、三万を超える軍勢を二度に分けて朝鮮半島へ送り込みました。ところが百済復興軍の中に内紛が生じ、豊障は奸臣(かんしん)の讒言(ざんげん)に唆(そそのか)されて鬼室福信を誅殺してしまったのです。唐・新羅連合軍はこれを好機として水陸から連合軍の拠点・周留(スル)城に迫りました。

「幼くして倭国に質として送られ、鎌足の差配のもと何不自由なく育った豊障に、司令官としての素養など備わっていようはずもない。あろうことか敵が唯一恐れていた鬼室福信と衝突し、これを誅殺してしまったのだ」

川島は呆れて二の句が継げなかった。

＊＊＊　これを見て倭国は更に一万の水軍を救援に送ります。唐・新羅軍が集結している白村

江に突撃を仕掛けましたが、湾の入口で待ち伏せされ、袋のネズミとなって手痛い大敗を喫してしまったのです。

ここに、百済は完全に滅亡することとなりました。

「白村江の地形を理解していなかったとも、軍船などの装備に圧倒的な差があったとも聞かされておりましたが」

「つまらぬ言い訳であろう。そもそも我が軍は徴兵制度が成立していなかった。各豪族の私兵の寄せ集めに過ぎなかったのでな、統率が取れずに内部分裂を起こしていたのだ」

「父上が司令官となって救援に向かわれる、という噂も聞いておりましたが……」

大海人が水軍を率いておれば、このような事態は避けられたに違いない。

「確かにそのような話もあった。しかし中大兄は、私に兵を預けることに躊躇(ためら)いがあったようだ」

この期に及んでも中大兄は、大海人皇子に力が集まることを警戒していた。

「上皇（斉明）は筑紫には一度も行幸されなかったのでしょうか」

「高齢であったからな。それに、この出兵は中大兄と鎌足で決めたようなものであった」

「これほどの大敗を喫したともなれば、歴史書の中では上皇も筑紫の前線で共に戦われたことにしておいた方が宜しいのではないかと存じますが……」

　この敗戦により我が国は三韓の権益を失うこととなる。天武は大きく首を縦に振った。

（三）天智天皇の変節

＊＊＊　六六七年、近江大津宮へ遷都。

　翌六六八年、満を持して中大兄皇子が即位（三十八代・天智天皇）しました。

　同母兄・大海人皇子は『東宮』となり、兄弟が力を合わせて律令政治、班田収授など『改新の詔』で目指した改革を断行します。更には鎌足に命じて我が国初の戸籍『庚午年籍（こうごねんじゃく）』を作成し、徴税や徴兵制度など中央集権の仕組みを整えました。

　白村江では大敗を喫しましたが、逆に近代改革の大義名分を得ることにもなりました。この敗戦によって豪族の力は弱まり、国内の改革は急進的に実行に移されていきます。

　大海人皇子は宝皇女（後の皇極・斉明天皇）が舒明天皇に嫁ぐ前、高向王（タカムコノオオキミ）との間に生まれて漢皇子（アヤノミコ）と呼ばれていました。高向王とは用命天皇の孫のこと、東漢氏（やまとのあやうじ）の流れを汲んでいます。

　中大兄は大海人を政権に取り込もうと画策します。中大兄は蘇我を滅ぼしたことで、畿内の豪族から反感を持たれていました。大海人は蘇我・葛城系とも近しく、手を結べば政権の安定を得ることができます。これを確かなものにすべく、中大兄は娘を四人も大海人に嫁がせていました。

二人の仲を取り持ったのが中臣鎌足です。鎌足はこれら幾多の功績によって天智天皇より『藤原』の姓を賜り、後に『大織冠（たいしょくかん）』の位まで与えられました。

「近江に都を遷したのは何故にございましたか」

「朝鮮半島が唐の支配下に置かれれば、次の標的は我が国となろう。唐に対して防備を固める必要があったのだ」

「防衛であれば、対馬から大和に至る各所に防人（さきもり）を置き、土塁や水城（みずき）、山城などの施設を築いたと聞いておりましたが」

防人とは国境警備隊、水城とは長大な堤防のようなものである。

「近江は難波の湊から遠く奥まった天然の要害なのだ。東山道、北陸道、また西方に向かう交通路にも通じる要衝（ようしょう）であり、琵琶湖を通じて海にも出られる。有事に備えて攻撃にも防御にも適した土地に移ったということだ」

「飛鳥に戻る選択は無かったのでございますか」

川島は天武の目を覗き込む。天武はゆっくりと視線を外して、

「母上が亡くなったことで飛鳥に入ることが難しくなった。白村江の戦いで豪族たちは壊滅的な打撃を蒙(こおむ)っていたのでな、中大兄も辛い立場にあったのだ」

「他国からの脅威が迫っておれば、足下(あしもと)に不安を抱えるわけにはまいりますまい」

川島皇子は天武の気遣いに感謝した。

＊＊＊　即位から数年の後、天智天皇は第一皇子・大友を太政大臣に指名し、皇位を継がせる意思を明らかにします。

天智は目的の為には手段を選ばない男、このままでは大海人も古人大兄や有間皇子のようにならないとも限りません。大海人は先手を打つように、年老いを理由に自ら頭を剃って吉野へと出家してしまいました。

「これでは、虎に翼をつけて野に放つようなものだ」

大海人皇子を除きたいと考えていた中臣金(なかとみのかね)ら朝廷の者たちは、機会を逸して大いに嘆いたとのことです。

「私はこの国をそなたの父・中大兄とともに、厩戸皇子からの悲願であった近代改革を断行して周辺の国々に負けぬ強き国を築くつもりであった。しかし、中大兄は自らの皇子・大友に皇位を譲りたいと考えるようになったのだ。これは中臣の献策であった」

「鎌足とは、共に朝廷を支えてこられた間柄だと思っておりましたが」

「鎌足が生きておれば争いは避けられたかもしれぬ。しかし中臣を継いだ金は、若き大友を思いのままに操ろうと考えていた。それには私が邪魔だったのであろう」

　中臣金は鎌足の従弟であったが、鎌足ほどの度量を持ち合わせてはいなかった。

「この時、父上が隠居と称して吉野にまで退かれたのは何故にございましたか」

「近江には既得の権益にすがろうとする者ばかり溢れておった。吉野には心の底から私を慕う者たちだけが行動を共にしてくれたのだ」

(四) 天下分け目の戦

　唐は百済を支配下に置いて高句麗征伐に乗り出した。六六八年、ついに高句麗が滅亡。朝鮮半島は唐のもと、新たな支配体制が築かれつつあった。

　しかし六七〇年、新羅が決起する。旧百済領を併合し、地の利を活かした巧みな戦術によって唐と互角に渡り合っていた。

　このような状況下、倭国には唐、新羅の双方から友好を求める使者が送られてきていた。中臣ら親百済系にとって新羅は祖国を滅ぼした許すことのできない仇敵(きゅうてき)であり、近江朝廷は唐に食料や武器などの支援を行う動きを見せる。

「軍事支援を行うとなれば、また多大な負担を課せられる」

白村江の敗戦以来、近代改革で弱体化を余儀なくされた豪族たちの不満は頂点に達した。

＊＊＊　六七二年、壬申(みずのえ・さる)の年、天智天皇が崩御しました。中臣金ら朝廷の勢力は大友皇子を擁立します。大友は弱冠二十四歳で即位しました。

政権に不満を持つ者たちは大海人皇子を頼って吉野に集まりました。大海人は、まず美濃に使者を遣わして不破関（岐阜）を閉鎖すると、追っ手を封じて吉野を後にします。伊賀、伊勢、尾張、美濃その他、東国では豪族の信を得て兵力を集めることに成功しました。

長男である高市皇子も近江を脱出、鈴鹿関で大海人と合流しました。大海人は関ヶ原にある小高い丘の上で出陣式を行うと、軍勢を二手に分けて大和と近江に攻め入ったのです。

「あの時、高市皇子らはよく無事に近江から脱出できましたな。警備も厳しかったでしょうに」

「十市(トオチ)の計らいであった。よく彼らを逃がしてくれたものだ」

十市皇女は大友皇子の妃である。しかし大海人が最も愛した額田女王（ヌカタノオオキミ）との間に儲けた皇女でもあった。高市や大津皇子ら愛する弟たちが処刑されるのは忍びなく、秘かに脱出の手引きをしたのであった。

高市皇子はこの時十八歳、この後、大海人を勝利に導く大活躍をする。

＊＊＊

大海人皇子率いる東軍と大友皇子（近江朝）率いる西軍、天下を二分する大戦（おおいくさ）が始まりました。

東国に通じる関を封じられた大友側は、吉備、筑紫に兵力動員を命じる使者を送りました。しかし西国の豪族は白村江の敗戦によって弱体化しており、兵を送る余裕などありません。大海人の部隊は息長の横河で戦端を開き、以後連戦連勝、近江に向けて進撃を続けます。瀬田橋で近江朝廷軍が大敗すると、ついに大友皇子は首を吊って自害することとなりました。

ここに『壬申（じんしん）の乱』は幕を閉じました。

「私は近江での不穏な空気を察して吉野に逃れ、更に東国へ脱出して兵を挙げた。後はそなたも知ってのとおりであるが、ここでも多くの血が流れてしまった。私は、このようなことはこれで最後にしたいと思っている」

天武は大きくため息をついた。苦々しい思いが込み上げてくる。

「父上の思いは十分に承知いたしております。つきましては、歴史書には次のように記述したく考えております」

⇓（改）　大海人皇子は天智天皇より後継を託されていました。しかし天智は自らの皇子・大友に即位させようと心変わりします。

天智は今際（いまわ）の際（きわ）に大海人を枕頭（ちんとう）に呼ぶと、「この国をお前に託す」と要請します。ここで首を縦に振れば身に危険が及ぶと悟った大海人は、大友皇子を後継に推挙すると自らは隠居を願い出て吉野に出家してしまいました。

天智天皇が崩御すると、大友皇子を担ぐ者たちが大海人を討つべく挙兵しました。追っ手を逃れた大海人は東国の勢力を結集し、逆に大友を討ち滅ぼしたのです。

「如何でございましょう」

即位した大友皇子を倒して皇位を奪ったのでは宜しくない。天智天皇が崩御すると後継を巡る争いが生じ、やむなく大友たちを迎え撃ったように見せ掛けている。

「ありがたいことじゃ。そなたには面倒をかけて済まぬことと思うておる」

川島は天智天皇の第二皇子であったが、大海人の皇女・泊瀬部を妃としていた。実直な性格で、敬愛する義父が後世に非難を浴びることのないよう細心の注意を払っている。

「更には念には念を入れて、父上を父・中大兄と両親を同じくし、『太皇弟』として後継を託されていたということにしても宜しいでしょうか」

これであれば正当な後継は大海人皇子であり、中大兄の心変わりや大友側の動きの中で争いが勃発したことになる。

＊＊＊　翌六七三年、大海人皇子は飛鳥に都を戻し、浄御原宮で即位（四十代・天武天皇）しました。天武天皇は律令の制定を命ずる詔を発するとともに、新城の造営、富本銭の鋳造、国史の編纂など様々な改革に着手します。

朝鮮半島では新羅が唐を撤退させることに成功しました。この後、大和朝廷は新羅との関係を重視し、遣唐使など大陸との通交はしばらく途絶えることとなりました。

大友皇子の即位については、この時点では歴史書から割愛された。しかし一千年の後、明治時代になって、大友は短い期間とは言え正式に即位（三十九代・弘文天皇）したと認められることとなる。

東西を二分する天下分け目の戦といえば『壬申の乱』と『関ヶ原の戦』。天智天皇を豊臣秀吉に重ねれば、皇子・大友は秀頼、さすれば大海人皇子は天下を狙う徳川家康に当たろうか。中臣氏や石田三成らの参謀は若き主君を立てて闘うが、共に大敗を喫することとなる。

戦の場所は関ヶ原。大海人が兵士に桃（厄除け）を配って出陣を誓った丘は、後に家康が陣を構えた『桃配山』。

戦の後に都（政所）は遷る。近江から飛鳥へ、大坂から江戸へ、歴史は繰り返す。

第七章　巨星墜つ

朱鳥（あかみとり）元年（六八六年）、天武天皇は歴史書の完成を見ることなく崩御した。

「これからの世は、豪族などに好き勝手されることの無きよう、我ら王家が力を合わせて政を行わねばならぬ」

吉野で誓った願いも虚しく、皇太子・草壁と大津皇子との間に皇位継承の問題が生じる。

自らの血を分けた草壁皇子を皇位に就けたい皇后・鸕野讃良（ウノノサララ）は、大津皇子に人望が集まることを恐れ、自らの目の黒い内にと謀反の濡れ衣を着せて誅殺した。しかし身体の弱かった草壁は、即位の前に病没してしまう。

このような経緯のもと、皇位に就いたのは鸕野讃良自身であった。

（一）藤原の復権

鸕野讃良（四十一代・持統天皇）は天武天皇の皇后である。と同時に、天智天皇の皇女でもあった。夫・天武を支えた「蘇我・葛城系」と父・天智を支えた「藤原氏」、その双方の支持を受けて即位するに至った。

天智天皇の時代、中臣鎌足はその功績により『大織冠』の位と共に、出身地「藤井が原」にちなんで『藤原』の姓を与えられた。しかし天武天皇の時代に移ると、壬申の乱で大友皇子を支持した中臣氏は政権から遠ざけられていた。

持統は父・天智を支えた藤原氏との距離が近い。持統の意を汲んで大津皇子の謀殺を仕組んだのは鎌足の次男・藤原不比等（ふひと）であった。持統は不比等を重用し、ここに藤原氏は復権を果たすこととなる。

持統天皇は天武の意志を継いで、数々の政策を実行に移した。

六八九年、この国初の令『飛鳥浄御原令（きよみはら）』を制定する。

また六九四年には造営が進んでいた『新益宮（あらましのみや）』に都を遷した。天武天皇の悲願であった、長安を手本とする条坊（じょうぼう）を備えた本格的な都である。後にこの新都は『藤原京』と名付けられた。鎌足の出身地、藤井が原に造営されたことによる。

更には舎人（とねり）皇子に歴史書の編纂を命じる。天武天皇が没し、数年の後、川島皇子も亡くなったことで編纂作業は宙に浮いていた。舎人は天武の第六皇子、父の思いを引き継いでこの事業に取り組むこととなる。

大宝元年（七〇一年）、我が国で初めて「律」と「令」を備えた『大宝律令』が完成した。藤原不比等らの監修によるものである。

不比等は、初めは『史（ふひと）』歴史を記録する者、いつしかそれが『不比等』並べて比ぶるべからず、に変わっていた。後には天皇家の外戚として律令を思いのままに操るようになる。こうして藤原氏がこの国の事実上の支配者となる構図が誕生した。

（二）締め出された出雲

ある日、舎人皇子は藤原の屋敷に招かれた。

不比等は朝堂の頂点に立っていた。舎人は皇族とはいえ、政務についての実権は不比等が握っている。

「歴史書を拝見しました。なかなかよく書けております。但し、一つだけ気になる処（ところ）があるのですが」

不比等が話を切り出した。

「どのようなことでございましょう」

「出雲の件は、果たして我が国の歴史にとって必要なのでしょうか」

何か言いたげな舎人を目で制し、不比等は言葉を続けた。

「神代の言伝えを読みますと、この地における王朝は『筑紫ヤマト』と『出雲』の双方を祖とするように思えまする。応神天皇の父・武内宿禰は出雲の出自、蘇我氏の始祖とされております。ならば蘇我を滅ぼした天智天皇や我が父・鎌足は、天皇家の祖先に弓を引いた逆賊ということになるのではありませんか」

思わぬ指摘を受けて舎人は言葉を失う。

「貴殿の父・天武天皇も『万世一系』、戦のない平和な国を目指されていたのでございましょう。ならば、出雲の存在は我が国の歴史にとって好ましくないのでは」

「とは言え、出雲の国創りはよく知られた言伝えでありますれば、除するわけにもまいりますまい」

不比等はこの日の会談に備えて既に考えを温めていた。

「では、こうしては如何でしょう。せっかく集めた神代の言伝えは、この国の成り立ちを示す『神話』として編纂する。更に、その中から必要な件を抜き出して『正史』に盛り込む、ということにしては」

確かに、不比等の指摘は尤（もっと）もなことであった。

我が国『日本』の天皇家は天照大御神（アマテラスオオミカミ）に連なる『ヤマト』の子孫であって然るべき。ここに『出雲』が加わると万世一系、その整合性が取りづらくなる。神功皇后を無理やり臺與に重ねてはいるものの、やはり不自然さは残っている。舎人は不比等の指摘を受け入れ、歴史書を二つに分けることに同意した。

一つは『古事記』として、神代の言伝えをもとに天皇家の祖先が神であること、天皇家の礎となる国家神道（こっかしんとう）の成り立ちを主眼として書き綴（つづ）る。出雲の国創りも記載するが推古天皇の治世まで、即ち『乙巳の変』が起きる前までの記述に止（とど）める。

もう一つは『日本書紀』。我が国の正史として万世一系、神代から持統朝に至るまでの記録を、出雲については国創りの件（くだり）を割愛して編纂することとした。

更に記述方法も、古事記は国内に言伝えを残すために倭文調とし、日本書紀は大陸や半島の国々を対象として漢文調にて記すこととした。

(三)　聖徳太子の神格化

日を改めて、不比等から再び要請があった。

「蘇我をもっと『悪』として記述することはできませぬか」

父・鎌足の所行が、後世になって逆賊の汚名に晒されることを殊更に恐れている。

「後に『大化の改新』と言われる政治改革は、本来であれば厩戸皇子とともに蘇我氏が手掛けた功績として然るべきものでございます。あまり事実を曲げて伝えるのも如何なものかと存じますが……」

「そうは申されるが、貴殿の父・大海人皇子が大友を滅ぼした件も、かなりの手が加わっているように見えまする」

これも不比等の指摘のとおりであった。大海人を無理やり中大兄の実弟に仕立て上げている。こうなれば舎人としても知恵を絞らざるを得ない。

「山背の父・厩戸皇子は誰もが認める立派な方でございました。しからばその功績を高らかに謳って『東宮聖徳』或いは『上宮太子』などの称号を贈り、神格化することと致しましょう。聖徳を神にも並ぶ『善』と位置づければ、その子孫を滅ぼした蘇我は永遠に『悪』ということになりましょう」

「さすがは舎人殿、それは誠に素晴らしき思案でございます」

「更には『厩戸は生まれながらにして言葉を発し、成人すると一度に何人もの訴えを聞き分け、これから先に起きるであろうことまで予知できた』、くらいのことも付け加えておきまする」

（四）この国の礎

我が国の歴史を考える上で、ベースとなるのは『島国』ということである。

古くは北海道はサハリンと、九州北部は朝鮮半島と繋がっていた。日本の周辺には四つのプレートが折り重なっており、盛り上がったところが日本、ずり落ちたところが日本海、ざっくり言えばそんなところであろう。

日本海は大きな湖のように、越を中心に西は出雲から東北は蝦夷まで水運によって繋がっていた。更には琵琶湖を介した大和を含め、三つの国が交わるところが三国（みくに）（東尋坊のあたり）である。

越前、越後とは、三国を越す手前と後ろのこと。越には愛発（あらち）の関があり、これに不破（岐阜）と鈴鹿（三重）の関を加えて『三関（さんげん）』という。これが即ち、当時の『この国』の防衛ラインであった。

峻険な山脈と三関によって仕切られた東側は『東国』（関東）と呼ばれた。

大和朝廷には一つの皇統の中に二つの血脈が存在していた。

一つは、卑彌呼が没した後、日向の臺與が筑紫ヤマトを乗っ取り、出雲や安芸、吉備などを併合しながら東に進み、南の紀伊から大和に入って葛城や蘇我など後に『臣』を姓とする在地豪族と組んで王権を打立てた、神武から天武天皇に通ずる血脈である。

もう一つは、出雲の武内宿禰を祖とする一族が日本海を通じて越から近江に進出し、難波に根付いていた大伴や物部ら『連』姓と共に王朝を構成した、応神、継体から天智天皇に通ずる血脈である。

この二つの血脈がある時は手を組み、ある時は皇位を巡って争いを繰り返してきた。

天武天皇が崩御すると皇后・鵜野讃良が即位した。皇位を継ぐ予定であった草壁皇子が早世したため、孫の珂瑠（かる）皇子（四十二代・文武天皇）に譲位するまでの繋ぎである。

天武天皇と天智の皇女・鵜野讃良との間に生まれた草壁皇子、ここに長く対立する二つの血脈が統合されるはずであった。これこそが天武の願った争いの無い平和な国の第一歩である。

ここは何としても、両方の血を引く草壁の子・珂瑠に皇位を継承させねばならない。

正史となる日本書紀は七二〇年、元正天皇の時代に舎人親王の手によって奏上された。

一方、古事記はそれに先んじて七一二年、元明天皇の命を受けた太安万侶によって奏上された。この時、一つだけ手が加えられた。高天原から地上を治めるべく降臨したニニギはアマテラスの孫と位置づけられたのである。

この天孫降臨の加筆は鵜野讃良をアマテラスに、珂瑠皇子をニニギに重ねることで、天武の他の皇子を差し置いて孫の珂瑠に譲位することについて、神代に前例を設けて正当性を裏打ちしようと考えたものであった。

鵜野讃良には後に『持統』の諡号が贈られた。即ち、皇統を維持統合したという意味を持つ諡である。

海に囲まれた限りある国は何よりも自然の脅威を恐れ、人間の力では制することのできない自然を神々と並べて崇拝した。災いに見舞われた時には神の怒りを鎮めるべく祭（祀り）を奉納し、民の心を一つにして苦難を乗り越えていく。

民の間に争いが生じれば代表者によって雌雄を決する。大将が討たれればそこで勝負は終わり、勝った方は敗れた者を思いやる。闘いが長引けば、双方が滅びることとなる前に、神の子孫である天皇の勅によって和睦が結ばれる。

天武天皇の思いを汲んだ『万世一系』、天皇家を神々の子孫として位置づけることで、ここに平和な国の『礎』が築かれた。

それから一千年以上の時をかけて、私たち『日本人』が醸成されたのである。

（完）

〈付〉日本書紀　概要

巻	時代	内容
第一	神代上（かみのよのかみ）	神々の誕生、天地創造、アマテラスとスサノオ、出雲の国創り
第二	神代下（かみのよのしも）	大国主の国譲り、天孫降臨、海幸彦と山幸彦、磐余彦（イワレビコ）の誕生
第三	初代・神武天皇（カムヤマトイワレビコ）	神武東征、長脛彦との戦い、ニギハヤヒの裏切り、橿原宮造営
第四	欠史八代（2～9代）	綏靖天皇、安寧天皇、懿徳天皇、孝昭天皇、孝安天皇、孝霊天皇、孝元天皇、開化天皇 天皇家の神秘的な権威付け、神事に関する様々な伝承起源など
第五	第10代・崇神天皇（ミマキイリビコ）	疫病を鎮め、四道将軍を派遣。課税を始めて国家体制を整える
第六	第11代・垂仁天皇	伊勢神宮の建立、大規模な灌漑事業、相撲や埴輪など神事の起源を整備
第七	第12代・景行天皇	九州に遠征し熊襲・土蜘蛛を征伐、各地に日本武尊（ヤマトタケルノミコト）を遣わして国内を平定
	第13代・成務天皇	国造や稲城の設置、国郡の境を定めるなど国家運営の基礎を築く
第八	第14代・仲哀天皇	再び朝廷に背いた熊襲征伐に向かうが、神託に従わなかったため翌年に崩御
第九	神功皇后（オキナガタラシヒメ）	仲哀天皇の皇后。朝鮮半島に出陣し新羅、高句麗、百済を服属 筑後に戻って誉田別（ホムダワケ）（応神天皇）を産み、畿内に凱旋する

第十	第15代・応神天皇（ホムダワケ）	難波に王朝を開き、渡来人を用いて農耕、酒造、土木治水などの国造り 百済より秦氏の祖先・弓月君（ゆづきのきみ）が渡来、養蚕や機織りなど大陸の文化導入
第十一	第16代・仁徳天皇	池堤の構築、大規模な土木事業を行うなど善政を敷く 百済と親交を結び、新羅、高句麗と抗争
第十二	第17代・履中天皇	住吉仲（スミノエ）皇子が謀反、弟の瑞歯別（ミズハワケ）皇子（反正天皇）に命じて誅殺 大和の磐余（いわれ）に都を遷す。諸国に国史（ふみひと）を設置し情報網を整備
	第18代・反正天皇	履中が崩御した翌年に即位、兄弟継承の始まり
第十三	第19代・允恭天皇	更にその弟・允恭天皇へと皇位は継承。氏姓制度改革を進める
	第20代・安康天皇	根使主（ねのおみ）の讒言に唆（そそのか）されて叔父の大草香皇子を誅殺 その妻を妃とするが、翌年にその子・マヨワにより暗殺される
第十四	第21代・雄略天皇（ワカタケルノミコト）	大伴氏と手を組み、葛城氏を滅ぼして軍事力で専制王権 吉備など、連合的に結び付いていた地域国家群を大和王権に臣従させる
第十五	第22代・清寧天皇	後継の皇子がなく、雄略に殺された市辺押磐の子・億計（オケ）、弘計（ヲケ）の兄弟を播磨で探し出す
	第23代・顕宗天皇（ヲケ）	兄弟で譲り合い、先に弟の弘計が即位。善政を敷く
	第24代・仁賢天皇（オケ）	高麗より皮の工匠などの手工業者を招き、民衆を愛する政治を執る
第十六	第25代・武烈天皇	平群真鳥が国政を専横、大伴金村が平群を滅ぼす 武烈は人民に非道の限りを尽くし、後嗣のないまま若くして崩御

第十七	第26代・継体天皇（ヲホドノオオキミ）	５０７年、応神天皇五世の子孫で越前を統治していた男大迹（ヲホド）を大王に迎える 新羅と争う百済に援軍を送るが、九州の豪族・筑紫君磐井が反乱 即位してから大和に都を定めるまで約20年も要する
第十八	第27代・安閑天皇	関東から九州まで大量の屯倉（王家の直轄領）を設置。４年で崩御
	第28代・宣化天皇	即位の後、３年で崩御。蘇我氏の台頭、仏教の伝来
第十九	第29代・欽明天皇	５３９年、即位すると大伴金村と物部尾輿を大連に、蘇我稲目を大臣に任ずる 任那四県を割譲した大伴金村は失脚、物部氏と蘇我氏の二極体制に
第二十	第30代・敏達天皇	敏達天皇は廃仏派寄り、仏教禁止令を出し仏像と仏殿を燃やさせる 物部守屋が勢いを増し、崇仏派の蘇我馬子と対立
第二十一	第31代・用明天皇	蘇我稲目の孫でもある用明天皇は崇仏派。在位2年足らずで崩御
	第32代・崇峻天皇	物部守屋は穴穂部皇子の即位を謀るが、穴穂部は蘇我馬子によって殺害される 物部氏は没落。泊瀬部皇子（崇峻）が即位するも、後に馬子に暗殺される
第二十二	第33代・推古天皇	５９３年、初の女帝。敏達の皇后、欽明の皇女、母方の祖父は蘇我稲目 甥の厩戸皇子（聖徳太子）を皇太子に。「冠位十二階」「十七条憲法」を制定 ６０７年、小野妹子を隋に派遣する
第二十三	第34代・舒明天皇	推古天皇が崩御すると蘇我蝦夷は田村皇子を擁立、蘇我氏の専横が激化 入鹿は政敵の山背大兄王（聖徳太子の御子）を攻め、上宮王家を滅ぼす
第二十四	第35代・皇極天皇	６４５年、中大兄皇子、中臣鎌足らが宮中で蘇我入鹿を討つ（乙巳の変） 皇極は同母弟の軽皇子（孝徳天皇）に皇位を譲る

巻	代・天皇	概要
第二十五	第36代・孝徳天皇	難波宮に遷都。大化の改新。中大兄皇子を皇太子に指名 中大兄は難波宮に孝徳を残したまま飛鳥に戻り、孝徳は皇極に皇位を返上
第二十六	第37代・斉明天皇	６５５年、皇極が重祚。政治の実権は皇太子の中大兄皇子（天智）が執る 新羅と唐に侵略された百済に人質の豊障を返還、王に立てて出兵 ６６３年、白村江の戦いで唐と新羅の連合軍に敗北
第二十七	第38代・天智天皇	６６７年、近江大津宮へ遷都。翌６６８年、即位 大海人皇子を「東宮」とし、律令政治、班田収授などの近代改革を断行 第一皇子・大友皇子を太政大臣とし、皇位を継承させる意思を示す
	第39代・弘文天皇	天智天皇が崩御すると後継に立てられ、大海人皇子の討伐に動く
第二十八	第40代・天武天皇（上）	６７２年、挙兵を決意。東国に逃れて豪族を結集する 戦に勝利し、大友皇子を自害に追い込む（壬申の乱）
第二十九	〃（下）	６７３年、即位。倭に変えて国号を「日本」と定め、君主の号を「天皇」とする 日本古来の神の祭りを重視、地方的な祭祀の一部を国家の祭祀に引上げる 律令体制の基礎を定め、「歴史書」編纂事業を開始する 親百済的だった前代と異なり、親新羅外交を進める
第三十	第41代・持統天皇	６９０年、皇太子・草壁が病没すると天武の皇后・鸕野讃良（ウノノサララ）が即位 ６９４年、条坊を備えた本格的な「藤原宮」を造営 舎人親王に命じて歴史編纂事業を進めるなど、天武の政策を忠実に引き継ぐ ６９７年、珂瑠（かる）皇子（文武天皇）に譲位。自らは初の太上天皇（上皇）となる

第二話　「源氏三代」滅亡の真理

序章　文覚上人

建仁三年（一二〇三年）七月、鎌倉。

二代将軍・源頼家が病となり、その後、北条時政によって嫡子・一幡と、頼家を支えていた比企一族が討ち滅ぼされた。頼家は時政の領地・伊豆国修善寺に幽閉されてしまう。

京では文覚上人が謀叛の疑いで対馬国へ流罪とされた。

・・・・・流罪はこれで三度目じゃ。今度ばかりは儂も生きては戻れまい。
ところで御主は何者じゃ。こんな儂に何か用がお有りかな。

何ぃ！「源氏が三代で滅びてしまった理由を知りたい」じゃと？

何を申す。これから千幡（後の実朝）が子を儲ける望みとて残っておるではないか。

しかし北条がおってはな、頼家の二の舞にならんとも限らぬわな。

良かろう。儂ももう長くは生きられまい。これまで見てきた限りのことは話して進ぜよう。


遠い昔のことであるが、儂は『北面武士』であった。鳥羽院の皇女・統子内親王（上西門院（もんいん）にお仕えしておったのだ。四宮（しのみや）（後白河）の姉君に当たるお方でな、それで四宮をはじめ清盛や義朝とも顔馴染みになったというわけじゃ。

ある時、儂は不覚にも同僚の奥方に横恋慕（よこれんぼ）してな、誤って女を刺殺してしもうた。それで武士を辞めて出家したのだ。あれは十九の時じゃった。若気の至りとは言え慚愧（ざんき）の念に堪えぬことであったわい。

第一章　源氏と平家

平安の時代、皇位継承の安定を意図して各天皇は多くの皇子を儲けていた。しかし実際に皇位を継承できる皇子はごく僅かに限られる。当然のこと、その道を閉ざされた皇族が多く溢れることとなる。

これらの皇族がその身分を離れ、姓を与えられて臣下となった。『臣籍降下（しんせきこうか）』と言う。これが源氏や平氏などの始まりである。

・・・・・「何故に源氏は『源家』と呼ばんのか」、じゃと？

それを言うなら平氏が『平家』と呼ばれておる所以（ゆえん）、まずはその辺りから語ってやらねばなるまいな。

源氏は八一四年、嵯峨天皇が皇子・皇女ら八人に『源』の姓を与えて臣籍降下させたことに始まる。嵯峨源氏は公卿（くぎょう）となり、源信（まこと）、源常（ときわ）、源融（とおる）は左大臣にまで昇った。後に続く天皇もこれに倣い、源氏には祖とする天皇別に二十一の流派がある。

武家源氏の源流となったのは清和源氏、第五十六代清和天皇の孫・経基王の系統である。経基の長男・源満仲が摂津国多田で武士団を形成し『摂津源氏』と呼ばれるようになった。満仲の子である頼光・頼信の兄弟は藤原摂関家に仕え、後に頼信は相模守を受領する。源頼義、義家ら代々の嫡男は陸奥守に任じられ、義家は東国に武家源氏の基盤を築いた。

・・・・・満仲の長男・頼光は大江山の鬼退治で知られておるが、実は和歌の達人としても名高く公家との交流も多かったそうじゃ。一方、三男の頼信は根っからの武人でな、河内守に任じられて『河内源氏』と呼ばれるようになっておった。

八幡太郎義家の勇猛は広く聞こえておるじゃろう。陸奥守となって清原氏の内紛を見事に平定（後三年の役）したのだが、朝廷からは「私闘である」との扱いを受けてしもうた。当時朝廷で実権を握っていたのは左大臣・源俊房と右大臣・源顕房でな、共に公卿として繁栄を築いていた『村上源氏』の兄弟であった。あれは武家源氏・義家の勢いを恐れた村上源氏の陰謀に違いない。

しかしこの時、義家は私財を投げ打って武士たちの功労に報いたのじゃ。人望も大変に厚くてな、鎌倉党の景正などは大倉谷の辺り一帯を義家の館として進上したという。

義家は河内源氏・頼信の孫、この系統から輩出された頼朝や義経は、紛れもなく武家源氏の嫡流ということじゃ。

平氏は八二五年、桓武天皇の第五皇子・葛原親王の子女が『平』の姓を賜ったことに始まる。

桓武天皇が築いた平安京にちなんで平氏と名付けられた。

平氏には四つの流派があり、武家平氏として活躍が知られるのは高望王の流れ『坂東平氏』である。坂東平氏は上総から下総（千葉）、常陸（茨城）にかけて東国に広く勢力を誇った。

・・・・・坂東平氏と言えば『平将門』が頭に浮かぶじゃろう。父・良将（良持）が亡くなった時、京で奉仕していた将門の隙を狙って叔父たちが下総の領地を奪おうと企てた。この争いは将門が勝利したのだが、勢い余って東国に独立政権を樹立するに至ってしもうた。

この乱を平定したのが同じ一門の平貞盛であった。将門の従兄に当たる男でな、当時は京に上って出世しておったそうじゃ。その妾腹の四男・維衡の子孫が後に伊勢に移り住んだ、これを『伊勢平氏』と言う。

平清盛はこの伊勢平氏から輩出されておるのでな、残念ながら桓武平氏の中では傍流に過ぎんのだ。即ち清盛一族は武家平氏を代表する存在ではないのでな、一つの家系として『平家』と呼ばれておるというわけじゃ。

第二章　武者の世

（一）治天の君

藤原氏が朝廷を牛耳っていた摂関政治の時代が終わりを告げ、時は天皇の父が実権を握る院政の時代へと移っていく。

白河天皇は応徳三年（一〇八六年）、当時八歳の善仁(たるひと)親王（堀河天皇）に譲位して『太上天(だいじょう)皇』（上皇）となるが、幼帝を後見するため『白河院』と称して引き続き政務に当たっていた。

・・・・・　そもそも上皇とは何ぞや。

皇位継承の安定のためとは言うがな、早い話が己(おのれ)の血筋に皇位を継承させせんがため、「自らの目の黒いうちに我が子に譲位してしまえ」という魂胆(こんたん)が見え見えであろう。これが院政の始まりなのじゃ。

白河上皇の後、院政を布く上皇は『治天(ちてん)の君』、即ち事実上の君主として君臨した。その一方で天皇は、まるで『東宮(とうぐう)』（皇太子）のようになってしもうた。

院の権勢を弓矢で支える集団が台頭してくる。それが二つの武士団、源氏と平氏である。武士たちは院御所の北側の部屋の下に詰め、上皇の身辺を警衛し、あるいは御幸に供奉した。これを『北面武士』と言う。

武力を持たない院や摂関家は競って武士たちを雇い、それぞれ直属の兵を組織して自らの身を守るようになる。しかし武士に昇殿が許されることはなく、公家との身分の差は天と地ほどに大きなものであった。

・・・・・当然のこと、院側は政治の実権を巡って藤原摂関家と対立することになるわな。院は摂関家の勢力を削ぐべく虎視眈々と機会を狙っておったので、その矛先は摂関家に仕える源氏にも向けられることになったのじゃ。

朝廷は東国の八幡太郎義家、その嗣子・義親を、あろうことか西国辺境の対馬守に任じた。すると直後の一一〇一年、「義親が九州で略奪を行い官吏を殺害した」との訴えが届けられたのだ。何があったのかは儂には分からぬが、東国の義親を慣れぬ西国に配したこと自体、源氏の勢力を削ごうとした白河院の謀ではないかと疑うておる。

この乱を制圧したのが伊勢平氏の平正盛であり、この後、白河上皇は平氏を重用した。

一方、源氏は摂関家ともども厳しい立場に置かれることになる。折悪しく、義家の後を継いだ義忠が身内の内紛で暗殺されるなど、源氏は凋落の一途を辿ることとなった。

源氏の若き棟梁となった源為義は嫡男・義朝を関東に、八男・為朝を鎮西（九州）の領主に預けた。都で権勢を誇る平氏に対して、地方を足掛かりに劣勢の挽回を目論んでのことである。

・・・・・

平正盛の嫡子・忠盛は白河院が祇園女御の元へ通う時も警護に侍っておった。後に女御の下げ渡しを受けたのだがな、この時、腹の中にいたのが清盛であった。みるみるうちに平氏が出世を遂げた、というのも理解できるじゃろう。

一方、為義は摂関家の長者・藤原忠実を頼って、次男の義賢を「日本一の大学生」とも言われるほど将来を嘱望されていた頼長（忠実の三男）に奉仕させた。義賢は後に木曽義仲の父となる男なのだが、かなりの美男子であったそうじゃ。何せ頼長は、男色の趣味が激しかったというからの。

（二）保元の乱

白河上皇は自らの子を身籠もった藤原璋子（待賢門院）を養女にして、あろうことか孫の鳥羽天皇に下げ渡した。ここに生まれたのが顕仁親王（後の崇徳天皇）である。

白河上皇は寵愛する顕仁がまだ五歳の時、鳥羽天皇に無理やり譲位を強いた。実権は法王となった白河が握ったままであり、鳥羽は上皇になったとは言え何の権限も与えられなかった。

永治元年（一一四一年）、白河法皇が崩御。ようやく実権を手にした鳥羽上皇は、今度は崇徳天皇に譲位を迫り、寵愛する得子（美福門院）との間に生まれた体仁親王（近衛天皇）を即位させた。

・・・・・　この時、体仁は三つになったばかりじゃぞ。しかも約束では崇徳の皇太子となるはずだったのが、譲位の宣命には『皇太弟』と記されておった。天皇が弟とあっては、崇徳は院政を執ることができぬであろう。

崇徳はまだ二十歳を過ぎたばかり、いよいよこれからという時に引退に追い込まれてしまったのじゃ。これは鳥羽の策略、というより復讐と言った方が当たっておるかもしれんな。

しかし一一五五年、重病を患っていた近衛天皇が十七歳の若さで崩御した。皇太子の定めもなく、再び皇位を巡っての争いが勃発する。この時、後継者としては崇徳の第一皇子・重仁親王が有力であった。もし重仁が即位すれば、崇徳の院政が復活することとなる。

摂関家においても対立が生じていた。関白・藤原忠通は後嗣に恵まれなかったため、異母弟の頼長を養子に迎えていた。しかし実子が生まれたことで、摂関の地位を我が子に継承させたいと望むようになる。

頼長を寵愛する父・忠実は、忠通の『藤氏長者』を剥奪してこれを頼長に与えた。更に摂関の地位も頼長に改めるよう奏上するが、鳥羽法皇は忠通を『関白』に留任させたまま、一方で頼長には『内覧』の宣旨を下した。

・・・・・　鳥羽法皇は崇徳を「叔父子」と呼んで嫌っておった。崇徳は鳥羽の第一皇子ではあったが、祖父・白河法皇の子であれば鳥羽にとっては叔父に当たるわけじゃからの。崇徳に政権を渡したくない鳥羽法皇は、美福門院が養子としていた守仁親王に白羽の矢を立てたのじゃ。守仁は鳥羽にとっては孫に当たる。

関白・忠通も崇徳上皇による院政を阻止せんと、守仁の擁立に向けて動き出した。対立する忠実・頼長父子は崇徳の近臣じゃ。もし重仁が即位することにでもなれば、忠通は関白の地位を失うことになるかもしれんのでな。

摂関とは摂政（せっしょう）と関白の総称じゃ。摂政は幼い天皇を後見して政務を行う重職だが、関白は成人した天皇の相談役のようなものでな、実権を持たない名誉職にすぎんのじゃ。一方、内覧とは『令外官（りょうげのかん）』、即ち律令に規定のない官職なのだが、帝に代わって先に太政官（だいじょうかん）の文書を閲覧するという重要な職務なのだ。

関白と内覧が並立するなど前代未聞じゃ。普通は関白がその職務を行うのだがな、これを別々に置いたのは摂関家の分断を謀る好機と捉えた法皇の策略、そう考えるのは儂の思い過ごしであろうかの。

鳥羽法皇は守仁親王に皇位を継がせる決断をし、中継ぎとして父である雅仁（まさひと）親王（後白河天皇）を即位させた。

しかし翌・保元元年（一一五六年）、鳥羽法皇が崩御した。するとここで、後白河の近臣・信西と関白・忠通の間に主導権争いが起こる。摂関家に関わる事態も予想され、忠通は対立していた父・忠実や頼長に接近した。

分裂していた摂関家が一体となって上皇側に付くとなれば、後白河・信西の側は一気に窮地に追い込まれることになる。鳥羽院の初七日法要が終わると、後白河天皇は「頼長に謀反の疑い有り」として藤原家の広大な邸宅・東三条殿を没収した。

・・・・・　四宮（後白河）は皇位など考えもしておらなんだ。崇徳と同じく待賢門院璋子を母とするが、鳥羽が寵愛する美福門院得子所生の六宮・近衛天皇が即位したことで、帝への道はとうに閉ざされておったのでな。

守仁は四宮の子であったが、産みの母が早くに亡くなったため美福門院が引き取って養育していた。四宮はあのとおり今様（いまよう）狂いで、周囲からは「うつけ」などと蔑まれておったからの。しかし父である四宮が皇位に就いておらぬのに守仁を即位させるなど前例の無いことでな、やむなく四宮を中継ぎに置く次第となったのじゃ。

四宮には信西という切れ者が付いておった。信西とは鳥羽法皇の側近でな、四宮の乳父（めのと）だったのじゃ。公家の位は低かったのだが、四宮を担いで見事に皇位を手にすることに成功しおったわい。

崇徳上皇は鳥羽法皇の遺言により葬儀に立ち合うことさえ許されなかった。上皇は後白河方の襲撃を恐れ、鴨川を挟んで東にある統子内親王（上西門院）の御所・白河北殿に逃げ込んだ。

崇徳上皇と頼長は忠実の家人であった源為義に加え、強者の呼び声高い為朝を鎮西から呼び戻し、更には興福寺ら南都(なんと)僧兵にも援軍を頼んで身構えた。

崇徳の動きに対抗して後白河・守仁陣営も御所の南東にある高松殿に陣を構え、隣接する東三条殿には鳥羽院に仕えていた源義朝や源頼政、更には足利義康らの東国武士団が続々と召集された。両陣営は鴨川を挟んで対峙(たいじ)する。

・・・・・　双方の戦力が拮抗していたので清盛の動向がカギとなった。清盛の亡父・忠盛は重仁親王の後見であり、義母とは言え池禅尼(いけのぜんに)は重仁の乳母だったのでな、崇徳は平氏も味方に加わるはずとの望みをかけておった。しかし清盛は信西と手を組んで四宮方に加勢することに決めたのじゃ。

この時、清盛の叔父・忠正は亡き兄・忠盛の意志を継いで崇徳の陣営に加わった。清盛は家督を継ぐと、忠正一派の台頭を警戒して所領や郎党を取り上げたりしていたのでな、平家の中も一枚岩とは言えなかったのじゃ。忠正としては「どちらが勝っても良いように」、と考えた上でのことかもしれんがな。

いよいよ戦が始まった。後白河方が夜襲を仕掛け、崇徳方は白河北殿に籠もって応戦する。

戦いは兵力に勝る後白河方が優勢であったが、御所の土塀の内から為朝が得意の強弓(ごうきゅう)をもって寄せ手を脅かし戦況は膠着(こうちゃく)した。

為朝の奮闘に焦りを覚えた義朝は、風上にあった藤原家成の屋敷に火を放つという禁じ手を用いる。火は御所まで燃え広がり、たちまち上皇方は総崩れとなった。

この戦の最中(さなか)、藤原頼長は流れ矢を首筋に受けるという深手を負ってしまう。南都・興福寺に下っていた父・忠実を頼るも、藤原家に害が及ぶことを恐れた忠実は流行病(はやりやまい)と称して開門せず、頼長は門前で舌を噛んで自ら命を絶った。

崇徳上皇は讃岐(さぬき)に配流(はいる)され、二度と京の地を踏むことはなかった。八年後の一一六四年、崇徳は深い恨みを抱えたままこの世を去った。

・・・・・・合戦の前夜、双方ともに戦評定(ひょうじょう)が開かれるわな。清盛が天皇方に付いたことで形勢不利となった上皇方では、源為朝が夜襲を主張したそうな。しかし頼長は厳格と言うか早い話が堅物(かたぶつ)でな、「国の行方を決する戦いに奇襲などもっての外」と却下したのじゃと。一方、天皇方でも義朝が同じく夜襲を献策したのだが、信西はあっさりとこれを採択しおった。ここが謂わゆる勝負の分かれ目じゃな。

この後、藤原摂関家では忠実や頼長の所領などが没収された。忠実が愛息・頼長を見限ってまで家を守ろうとしたのだがな、結局は忠通が関白の地位を維持できただけで、先々摂関家は衰退の道を辿ることとなってしまうのじゃ。

後白河に敵対した武士に対する処罰、それは厳しいものであった。信西の差配によるものだが、平忠正に対しては清盛に、源為義に対しては実子の義朝に斬首（ざんしゅ）の命が下されたのじゃ。

これが後に信西自身に跳ね返ってくるとはな、この時には思いも因らなんだであろう。

（三）平治の乱

保元の乱とは即ち、皇位を巡る皇室内の争いと、摂関家内部の主導権争いが絡まって起きた内紛であった。この乱に勝利した後白河天皇は、荘園（しょうえん）整理を主たる内容とする『保元新制』を発令して天皇親政の確立を図った。これら一連の流れに糸を引いていたのが信西であった。

ここにもう一つ別の政治勢力が台頭してくる。美福門院を中心に、東宮・守仁の擁立を図る一派である。もともと後白河天皇は守仁親王が即位するまでの中継ぎとして実現したものであった。美福門院は信西に働きかけ、後白河は守仁（二条天皇）に譲位させられることとなる。

・・・・・朝廷ではまたしても後白河院政派と二条親政派の対立が始まりおった。全くもって懲りぬ連中よのう。
　今は四宮に仕える信西も元はと言えば鳥羽法皇の側近じゃで、美福門院とは深い繋がりを有しておった。四宮としては、自らを支える近臣の育成が急がれておったのじゃ。とは言え、よりによって信頼などという阿呆を抜擢するとはな。


　平治元年（一一五九年）、信西の専横に不満を持つ後白河院の近臣・藤原信頼らと二条天皇親政派が手を組んで兵を挙げた。平清盛が一族を引き連れて熊野に参詣した隙を突いての反乱であった。

　信頼に同心した源義朝の軍勢が院の御所・東三条殿を襲撃し、後白河の身柄を内裏の東にある一本御書所に移して幽閉した。二条天皇も清涼殿の一廓に軟禁状態にされてしまう。

　信西は山城国田原まで逃れたが、発見され自ら喉を突いて自害した。信西の首は京に戻され、獄門に晒された。

・・・・・信頼の一門は武蔵や陸奥を知行地としていたのでな、義朝ら源氏の一族とは繋がりを深くしておった。義朝も保元の乱の後、報奨や身内への後始末について信西を深く恨んでおったからの。

熊野で都の異変を知った清盛は、帰京すると信頼に名簿(みょうぶ)を提出して恭順の意を示した。ところが朝廷では、今度は信頼の専横が始まる。これに反発した二条親政派の藤原経宗(つねむね)、惟方(これかた)は秘かに清盛に接触を図り、二条天皇を清盛の邸である六波羅(ろくはら)へと逃がすことに成功した。天皇を手中にしたことで平家こそが官軍となった。兵の数に勝る平家軍は六条河原において源氏軍を討ち破った。

・・・・・信頼らには大義がなかった。これでは信西憎しの者が集まっての反乱に過ぎぬであろう。二条の近臣にとっては、信頼が信西に替わって権力を欲しいままにするのでは全く意味が無いということだわな。信頼の阿呆は、酒に浮かれている隙に天皇を奪われてしまったのじゃと。

四宮は変わり身が早いでな、信頼や義朝らをさっさと切り捨てて反乱者として追討の宣旨を下しおった。四宮にしてみれば、自らの院政を妨げていた信西が廃されて一応の成果は手にしたということであろう。

この戦いによって長年に亘り繰り返されてきた天皇家や摂関家内部の争いが、武力でもって一気に片付けられてしもうた。即ち、ここが武者の世の始まりじゃと言うても相違あるまいて。

第三章　平清盛

(一) 平家にあらずんば

一一一八年、清盛は伊勢平氏の棟梁である平忠盛の長男として生を受けた。生母は白河法皇の寵愛(ちょうあい)を受けた祇園女御(ぎおんのにょうご)である。忠盛は後に正室・池禅尼との間に家盛、経盛、教盛、頼盛などの子供を儲けた。

清盛は祇園女御の庇護(ひご)の許(もと)に育てられ、十二歳で従五位下(じゅごいのげ)・左兵衛佐(さひょうえのすけ)に叙任される。

・・・・・・女御が白河法皇から忠盛に下げ渡された時、既に法皇の子種を宿しておったという話をしたであろう。つまりは清盛は法皇のご落胤(らくいん)、正室の子でもないのに嫡男として扱われた理由はここにあったのじゃ。

法皇に忠誠を誓う忠盛は武家でありながら唯一昇殿を許されてな、源氏は大きく差をつけられることとなってしもうた。

清盛は成人すると高階基章の娘との間に嫡男・重盛と基盛を、継室に迎えた平時子との間に宗盛、知盛、徳子（後の建礼門院）らを儲けた。

一一五三年、忠盛の死後、平氏一門の棟梁を継ぐ。

・・・・・時子の父・平時信は鳥羽法皇の判官代でな、信西らとともに院庁の実務を担当しておった。その伝手もあって清盛は、四宮の側近となった信西と姻戚を結ぶことになったのじゃ。

清盛は安芸守に任じられると、瀬戸内の海運を支配下に置いて宋との貿易に乗り出した。平家の繁栄を支えたのは日宋貿易で生み出された経済力と言っても過言ではない。彼奴の才覚には脱帽するほかあるまいて。

その頃からであろうかの、宮島の厳島神社を殊更に信仰するようになったと聞いておる。

保元の乱（一一五六年）では後白河天皇の陣営に加わって勝利した。この後、清盛は播磨守に任じられるなどめきめきと頭角を現していく。

平治の乱（一一五九年）では源氏を撃破した。この戦いで信西を失うが、亡き盟友に替わって自らの政治的地位を高め、武士として初めて公卿（正三位）に昇進した。

　一一六一年、後白河上皇が最も寵愛する滋子（時子の妹、建春門院）との間に憲仁親王（後の高倉天皇）が誕生した。すると後白河の近臣が憲仁の立太子を画策する。この動きに二条天皇は激怒し、平時忠（時子の弟）、教盛、藤原成親らを解官して後白河院政を停止させた。

・・・・・　継室の時子が二条天皇の乳母であったことから、清盛は天皇の後見として中納言になっておった。ところが後白河の院庁の別当でもあったのでな、上皇と天皇の双方に仕える難しい立場に置かれていたのじゃ。

　この時、さすがは清盛じゃな、二条天皇への支持を明確にして厚い信任を勝ち取ることに成功した。更には関白・近衛基実に娘・盛子を嫁がせて、摂関家とも緊密な関係を結びおった。

　一方で政治から排除された四宮への配慮も怠ることなく、蓮華王院（三十三間堂）を寄贈するなどして磐石の体制を築いたのじゃ。

二条天皇に順仁親王（六条天皇）が誕生した。

体調を崩していた二条天皇はわずか二歳の順仁に譲位し、二十三歳の若さで崩御した。後継の六条天皇は幼少のため、近衛基実が摂政として政治を主導することとなる。清盛は大納言に昇進して娘婿である基実を補佐した。

一一六七年、清盛は武士として初めて太政大臣に任じられる。家督・重盛は権大納言に昇格、他にも四人の公家を輩出するなど平家一門の隆盛はここに頂点を極めた。

・・・・・近衛基実が急死すると、清盛は基実の領していた摂関家領を後家の盛子に相続させた。あの頃は、平家のやりたい放題じゃった。

「平家にあらずんば人にあらず」とか、平時忠がほざいたそうな。

（二）鹿ヶ谷の陰謀

翌一一六八年、清盛が病に倒れ一時は危篤にまで陥った。これを好機と後白河上皇は六条天皇をわずか五歳で退位させ、自らの六宮・憲仁（高倉天皇）に皇位を継承させた。

病から回復した清盛はこれまでの悪行を償うとして出家し、福原に造営した別荘・雪見御所に住まいを移した。かねてからの念願だった厳島神社の整備に取り組むとともに、大輪田泊を修築すると、ここを拠点として日宋貿易の拡大にも力を注いだ。

翌年、後白河上皇も出家して法皇となる。

・・・・・四宮、恐るべし。またしても表舞台に返り咲きおったわい。

近衛基実が死に、清盛が病に伏すと、四宮自らが実権を手にすべく孫の六条天皇に譲位を強いて、寵愛する建春門院所生の憲仁を即位させたのじゃ。

更には清盛の娘・徳子（建礼門院）を中宮に迎えさせてな、暫くは四宮と清盛の蜜月な関係が続いた。この頃の京は最も平穏な時期であったと言うても良かろうかい。

しかし一一七六年、建春門院が死亡する。

建春門院の死は平家にとって大きな痛手であった。後白河の寵姫として法皇と高倉天皇を結び、清盛の義妹として朝廷と平家とを結ぶ鎹とも言える存在を失うこととなった。これを境に清盛は、後白河法皇をはじめとする院政勢力と次第に対立を深めていく。

この頃、院の側近・藤原成親の知行地・尾張の目代（代官）が、延暦寺領の日吉神社の神人と諍いを起こした。叡山は成親と目代の処罰を要求するが、後白河は一旦は寵臣の成親を庇う。しかし叡山は強訴に及び、やむなく成親は解官されることとなった。

続いて院の寵臣・西光（藤原師光）の息子・師高が加賀白山の寺を火にかけるという事件が起きる。これに叡山は強訴し、師高の流罪を求めた。西光は後白河に讒訴して、逆に天台座主の明雲（みょううん）を伊豆に配流とさせた。

この時、源頼政の兵が護衛して京を出発したのだが、あろうことか途中で明雲を衆徒に奪回されるという失態を演じた。

当時の加賀白山は寺社勢力が蔓延（はびこ）っておったのでな、加賀守となった師高が国領に建てられた寺を焼き払ったのだ。

しかし平家はこの揉め事に対して、積極的に朝廷に協力しようとはせなんだ。実のところ清盛が出家した時、明雲を導師として頼んでおったのでな。頼政殿があっけなく明雲を奪われたのも、おそらくは筋書きのとおりだったのではなかろうか。

朝廷にとって叡山と清盛が手を組むのは好ましいことではないわな。四宮はさぞかし頭を痛めたことじゃろうて。


治承元年（一一七七年）、鹿ヶ谷（ししがたに）にある俊寛（しゅんかん）の山荘に、後白河院の側近である藤原成親や西光らが集まり平家打倒の謀議が開かれた。討手（うって）には摂津源氏・頼光の流れを汲む多田行綱に白羽の矢が立てられた。

しかし行綱が清盛に密告したことで、謀は露見することとなる。中心人物であった西光は処刑され、俊寛らは鬼界ヶ島へ流罪に処せられた。陰謀に加担した藤原成親は備前国に流罪となり、配流先で殺されてしまう。

・・・・・この陰謀の裏には四宮の影が見え隠れしておった。叡山と平家を戦わせ、両者が疲弊したところに源氏の生き残りをぶつける。どちらが勝とうが武士の力を削ぐことができるという企みであったろう。しかし所詮は絵に描いた餅に過ぎぬでな、行綱はあわてて清盛の元へ駆け込んだのじゃ。

この山荘は俊寛のものと言われておるが、持ち主は法勝寺執行の静賢法印であった。前の執行であった俊寛が、静賢に山荘を提供させたことのようだ。静賢とは信西の息子でな、亡き盟友の子まで巻き込まれて清盛の怒りは頂点に達したのであろう。

後に大赦が行われた時、俊寛は一人だけ赦されず島に残されたと伝えられておる。しかし実のところは既に島で死亡しておったらしい。清盛は俊寛一人に罪を被せる形にして幕引きを図った、ということのようじゃ。

成親は後白河の寵臣であったが、妹を清盛の嫡子・重盛に、娘を重盛の嫡子・維盛に嫁がせておってな、平家にとっても文字どおり身内の中の身内であった。

この頃、左近衛大将・藤原師長が昇進し、空いた席を巡って成親ら三人の公家がしのぎを削っていたそうじゃ。成親は清盛の支持を期待していたのだろう。ところが左大将に決まったのは清盛の嫡男・重盛でな、更にはその弟・宗盛までが右大将に任じられたのだ。成親には清盛に裏切られたとの思いが強かったのではなかろうか。

清盛は建春門院に続いて朝廷との仲立ちを失うこととなってしもうた。

（三）東国の反乱

一一七八年、高倉天皇に入内（じゅだい）した娘の徳子に言仁（ことひと）親王（後の安徳天皇）が誕生した。天皇家の外祖父となった清盛は後白河法皇の引退を画策する。

しかし翌年、後白河は基実の後家・盛子（清盛の娘）が死亡すると直ちにその荘園を取り上げ、更に七月、重盛が病死すると知行国であった越前国を没収した。人事においても二十歳の近衛基通（基実の嫡男）を差し置いて、八歳の松殿師家（まつどのもろいえ）を権中納言に任じた。

清盛は福原から大軍を率いて上洛するや、後白河法皇を鳥羽離宮に幽閉する。ここに後白河院政は完全に停止されることとなった。（治承三年の政変）

・・・・・　この人事は摂関家嫡流の地位を松殿家に継承させるものでな、近衛家に肩入れしている清盛が激怒するのは当然のことであった。清盛は高倉天皇の名のもと強権をもって反平家の院近臣を全て解任し、替わって関白として近衛基通を任官したのじゃ。

これは平家による政変（クーデター）と断じても間違いではなかろう。

一一八〇年、高倉天皇が譲位し、言仁親王（安徳天皇）が践祚（せんそ）した。名目上は高倉上皇の院政だが、実態は清盛の傀儡（かいらい）政権である。東国においても清盛の締め付けは激しくなり、当然のこと全国には反平家の動きが広がっていく。

後白河の第三皇子・以仁（もちひと）王は源頼政と謀って挙兵を決意すると、全国の源氏に向けて平家打倒を促す『令旨（りょうじ）』を発した。以仁王と頼政は平家軍の追討を受けて早々に敗死したが、令旨は既に各地に届いており、源頼朝や木曾義仲などの源氏勢力が東国で兵を挙げた。

清盛は平維盛を総大将とする四千の軍を関東に派遣したが、富士川で相対した源氏の連合軍は四万にも達しており、維盛は交戦もせぬまま撤退してしまう。これに加えて寺社勢力、特に園城寺や延暦寺の一部にも反平家の動きがあり、清盛は守りに適さない京を放棄して福原に都を遷した。

・・・・・『令旨』というのは皇太子や親王が用いるものでな、天皇の『勅（ちょく）』や『宣旨』、上皇の『院宣』ほど重きが置かれるものではない。しかし東国の武士は平家への不満が募っておったので、これを掲げて挙兵へと起ち上がったのじゃ。

　伊勢平氏の流れを汲む清盛や弟・頼盛らは、福原、厳島、太宰府（だざいふ）など西国を拠点とする武家政権を構想して福原に陣を敷いた。これに対し、次世代を担う嫡男・重盛や宗盛らは都育ちだったのでな、貴族社会における権力の掌握を目指しておった。やがては京への還都を主張して清盛と衝突するようになるのじゃ。

京を捨てた平家から人の心も離れてゆく。

清盛はやむなく京に戻って頼朝討伐の宣旨を下させる。近江や美濃などを平定すると最大の敵・南都の制圧に乗り出した。しかし興福寺や東大寺などへの焼討ちでは数千もの市民が犠牲となり、大仏の殆（ほとん）どを焼失させる惨事となって清盛は仏敵の汚名を着ることとなる。

治承五年（一一八一年）閏二月、平家の行く末を憂いながら清盛は死の床に付いた。

第四章　源義朝

一一二三年、義朝は清和（河内）源氏の棟梁・源為義の長男として生まれる。白河天皇の時代、源氏は一族の内紛により凋落の一途を辿っていた。都に勢力を張る平氏に対し、為義は嫡男・義朝を関東に、八男・為朝を鎮西（九州）の領主に預けて源氏の再興を目指した。

・・・・・　少年期に関東に下ることになった義朝は、上総氏の養君として育てられた。そこで相模の三浦義明や大庭景義ら有力な在地豪族を傘下に収めてな、高祖父・頼義以来ゆかりの鎌倉は亀谷（扇谷）に館を構えたのじゃ。

若くして南関東の武士団を統率したということで、義朝の活躍は都にも知られるようになっておった。

義朝は一一四五年、熱田大宮司・藤原季範の娘・由良御前を妻に迎えて京に進出した。妻の実家の後ろ盾を得て鳥羽院や関白・藤原忠通に接近する。

由良御前との間には嫡男である頼朝（三男）、義門（早死）、希義が生まれる。更に近衛天皇の中宮・九条院呈子の雑仕女であった常盤を側室に迎え、今若（後の阿野全成）、乙若（義円）、牛若（義経）を儲けた。

・・・・・　義朝は三男の頼朝を嫡男と定めた。由良御前の実家は院の近臣だったのでな、京で正妻にしたというわけじゃ。

鎌倉では三浦氏の女との間に長男・義平、相模の大豪族・波多野氏との間には次男・朝長を儲けておった。それで鎌倉を義平に任せて京に上って来ることができたのだ。そうそう、他に六男・範頼の母は、確か磐田の遊女であったわい。

鳥羽上皇は寺社勢力の鎮圧や院領支配を確かなものとするため、東国武士団を率いる義朝を従五位下・下野守に任じた。

近衛天皇が崩御したことで、守仁親王を養子とする美福門院や関白・忠通らの勢力と、崇徳上皇派の藤原忠実・頼長父子らとの対立が激しくなる。義朝は忠実に仕える父・為義や為朝、頼長に仕える義賢らと袂を分かつこととなった。

・・・・・　義朝は検非違使に過ぎない父・為義の立場を超えてしまったのじゃ。ただでさえ関係が上手くないところに、仕える先まで対立したために源氏の勢力は真っ二つに分かれてしもうた。

保元元年（一一五六年）、崇徳上皇と後白河天皇の争いが生じる。義朝は天皇方として東国武士団を率いて参陣し、味方の勝利に大きく貢献した。

義朝は自らの戦功に替えて敗者となった父・為義らの助命を訴える。しかし信西はこれを却下、義朝は父や幼い弟たちの首を斬らせられた。

・・・・・　保元の乱では、誰が見ても義朝の戦功が第一であった。しかし清盛が播磨守に補任されたというに、義朝は左馬頭に出世しただけで知行国の加増はなかった。おそらく信西は清盛を味方に引入れるに際して相当な約定を交わしていたのであろうな。

源氏は義朝の父・為義や為朝ら兄弟など、一族の大半を失うこととなった。これに対し平家は清盛の叔父・忠正を失っただけで、勢力のほとんどを温存できておった。抜け目のない信西はな、自らの権力を維持せんがために清盛と手を組んだに違いない。信西に対する義朝の不満は膨らんで当然じゃろう。

乱からおよそ二年の後、後白河天皇は譲位を求められ守仁親王（二条天皇）が即位した。すると今度は院政派と二条親政派の軋轢（あつれき）が生じ始める。

平治元年（一一五九年）、清盛が熊野詣（くまのもうで）で京都を留守にした。その隙をついて義朝は後白河院の近臣であった藤原信頼と謀り、三条殿を襲撃して信西を討ち取ることに成功した。

・・・・・　義朝の軍勢は子息の義平、朝長、叔父・義隆、信濃源氏の一族などであった。しかし鎌倉から参陣した義平は以前に叔父・義賢を滅ぼしたことで「悪源太（あくげんた）」と悪名を馳せておったのでな、僅かな兵しか集めることができておらなんだ。
　義平は清盛の帰路を討ち取るよう強く求めたのだが、信頼の阿呆はこれを退けおった。嫡男の信親が清盛の娘と婚姻関係にあったので、清盛も我れに従うはずと気を許していたようじゃ。


信頼は院と二条天皇を幽閉するが、二条親政派は天皇を六波羅（ろくはら）の清盛邸へ脱出させることに成功する。天皇を平家に奪われて義朝らは一転賊軍となった。

清盛は内裏（だいり）が戦場となるのを防ぐため義朝を六波羅に引き寄せる作戦を立てる。嫡男・重盛や弟・頼盛、更には源頼政らが並んで源氏の軍勢を待ち受けた。義朝は決死の覚悟で六波羅に迫るが、兵数で大幅に上回る平家軍の迎撃を受け、ついに六条河原にて壊滅的な敗北を喫することとなった。

・・・・・　義朝は再起を図るべく勢力基盤が残っている東国を目指した。しかし尾張国まで辿り着いたところで家人の騙し討ちに遭うてな、第一の郎党・鎌田政清とともに殺害されてしもうた。

この時、一緒に逃げていた嫡男の頼朝が一行からはぐれたのだが、これが後々に吉と出るのだから世の中とは分からんものじゃ。

第五章　頼朝（前）

（一）源氏の嫡男

一一四七年、河内源氏・源義朝の三男として生まれる。母は熱田神宮大宮司・藤原季範の娘・由良御前。義朝の正妻であり、頼朝は三男ながら源氏の嫡男とされた。

保元元年（一一五六年）、父・義朝は平清盛らと共に後白河天皇に従って崇徳上皇方に勝利した。この時、頼朝は十歳。

平治元年（一一五九年）、二条天皇親政派と後白河院政派の対立が深まる中、義朝は院の近臣・藤原信頼らと謀って信西の排除を狙い三条殿焼き討ちを決行した。しかしこの戦いで平家に敗れた源氏一門は京を落ち、義朝は尾張国で討たれてしまう。

頼朝は義朝一行とはぐれて逃避行（とうひこう）を続けたが、尾張国を知行地としていた平頼盛の郎党・宗清に捕縛された。

・・・・・

頼朝には数人の乳母が付けられていたが、主には武蔵国の比企（ひき）の尼に養育されておった。源氏の嫡男として、京の文化・教養と併せて関東武士の精神をも身に付けさせようとの配慮からであろう。

平治の乱が起きる前には右兵衛佐に任じられてな、この頃から『佐殿』と呼ばれるようになっておったのじゃ。

頼朝が上西門院の蔵人（秘書的な業務）を務めていたこともあり、院とその近臣であった熱田大宮司家が清盛の継母・池禅尼に助命を働きかけた。

「幼き者の命を奪うは仏の道に反しましょうぞ」

池禅尼は懸命に清盛に訴える。

「源氏の血を引く男子を生かしておくことなど、できようはずがありませぬ」

清盛は継母の願いを撥ねつけた。

他にも、頼朝の姉を妻としていた一条能保が叔父の藤原基家を頼って平頼盛に願い出た。基家は頼盛の娘を妻としていた。

「信西と同じ所行をしたとあっては、後々に禍根を残すことにもなりまするぞ」

頼盛もまた母・池禅尼とともに頼朝の助命に奔走した。

・・・・・　頼朝は既に元服（げんぷく）を済ませて戦にも参陣しておった。とても助命など望める立場ではなかったのだが、おそらくは上西門院が四宮を通じて強く清盛に働きかけたのであろうよ。

信西は死刑を復活したことで武士の恨みを買うたのでな、これが自らの命を縮めたと言うてもあながち間違いではあるまい。頼盛の諫言（かんげん）を受けて、さすがの清盛も死刑は避ける方に傾いたようじゃ。

時を同じくして、平家の目を逃れていた常盤御前が三人の稚児（ちご）を連れて自ら出頭してきた。都で一二を争う美女と言われた常盤が、自らの身を呈して子供たちの助命を懇願する。清盛は池禅尼や頼盛の嘆願を採り上げて頼朝を伊豆へ配流とし、常磐の子である今若・乙若・牛若の三人は仏門に入ることを条件に命を助けることにした。

・・・・・　義朝が寵愛した女を手に入れる、勝者となった清盛の欲望もさぞかし疼（うず）いたことじゃろう。しかし常盤の子ばかりを許して女を自分の物にしたとあっては周囲に示しが付かんからな。

頼朝という奴は、ほんに運の強い男じゃて。平頼盛の郎党に捕まったことが、まずもって幸運であったわい。頼盛は忠盛の正室・池禅尼の実子でな、清盛やその嫡男・重盛ら一族とは微妙な距離があったのやも知れぬ。

後に平家が源氏に敗れた時のことじゃがな、頼盛は一族と共に西国に落ちずに頼朝を頼った。頼朝も命の恩人を温かく迎え、頼盛は東大寺で出家して心静かに生涯を終えたという。

(二) 蛭ヶ小島

頼朝は伊豆の蛭ヶ小島(ひるがこじま)へと流された。この時、十四歳。

頼朝の乳母・比企禅尼の娘婿である安達盛長が側近として仕えた。また、源氏方に従ったことで所領を失っていた佐々木定綱ら四兄弟が従者となって奉仕した。

比企氏は武蔵国比企郡（埼玉県比企郡）を領した藤原秀郷(ひでさと)の末裔(まつえい)を称する関東の豪族である。禅尼は頼朝の配流とともに領国に戻り、金銭的にも頼朝の生活を支えた。

・・・・・　伊豆の知行国主は源頼政殿、国司は息子の仲綱であった。平治の乱では平家側に付いて戦ったことで清盛の信頼が殊のほか厚くてな、頼朝を監視するには同じ源氏の一門の方が都合良かろうとして命じられたのじゃ。

蛭ヶ小島と言うが、これは島ではない。海に突き出た伊豆半島の山の中のことでな、配流とは言うても比較的自由な生活が認められておった。もちろん政治的な活動を除いてのことではあるがの。

比企の尼は頼朝の世話を安達盛長、伊東祐清（すけきよ）、河越重頼の三人の娘婿に頼んだ。中でも安達盛長は自らも蛭ヶ小島に移り住んで、頼朝の家人となって世話をしたのじゃ。頼朝より十歳ほど年嵩（としかさ）ではあったが、盛長は家人としての立場をわきまえておったのでな、決して政治の表舞台に顔を出すことはなかった。


頼朝は伊豆の豪族・伊東祐親の管理下にあった。伊東祐親は大番役として京に出仕していたが、その間に頼朝は三女・八重姫と通じて男子・千鶴丸を成す。都から戻った祐親は激怒し、平家への聞こえを恐れて赤子を轟ヶ淵（とどろきがふち）に投げ捨てた。

頼朝は同じく伊豆の豪族であった北条の館へと逃亡する。北条家の主・時政もこの頃は京に上っており、頼朝はここでも時政の長女・政子とあらぬ仲となった。

・・・・・　頼朝はまさに都の貴公子、伊豆の山中では若い女にとって光輝く存在じゃった。「掃き溜めに鶴」と言っては言い過ぎであろうかの。

伊東祐親は頼朝の暗殺も考えたようだが、比企の尼の三女を妻としていた祐清（祐親の次男）が何とか無事に逃がしてくれた。じゃが時政にとっても一大事、慌てて政子を伊豆国目代であった山木兼隆に嫁がせようと縁談を持ち出した。

この時、時政の嫡男・宗時が妹の政子に味方した。北条家の内々のことは既に宗時が仕切っておったのでな、時政としても頼朝が北条の入婿となることを認めざるを得なかったのじゃ。

宗時は以前より頼朝とは気脈を通じていた。北条は板東平氏、清盛と同じく平貞盛に連なる平直方の家筋なのだが、関東を蔑ろにして都で権勢を振るう伊勢平氏に対しては不満が鬱積しておったのじゃろうて。

平治の乱で源氏が敗れた後も、東国では依然として在地豪族が所領を治めていた。北条が源氏の御曹司を婿に迎えたことで、東国武士は俄然、源氏の動きに注目を集めるようになる。二条天皇が崩御して清盛が大納言に昇進すると、いよいよ東国に知行国体制を布こうと動き出す。武蔵、駿河、上総、下総、相模と、順々に平家の郎党を国司に任命し始めた。危機を感じた東国の豪族は互いに姻戚を結んで連携を強化するなど、反平家の機運が一気に高まっていく。

・・・・・　東国武士とは言うても、源氏の一族は上野の新田や下野の足利くらいしかおらなんだ。土肥、秩父、上総、千葉、三浦、大庭などの有力豪族は、平将門の乱の後、桓武平氏・良文の子孫が各地で武士団を構成したものでな、即ち、坂東の豪族のほとんどが平氏だったので居住地を姓にしておったというわけじゃ。

　今でこそ源氏と平氏が対立しているように言われるがな、昔の東国では必ずしも争っていたわけではないのだ。あの八幡太郎義家も、源頼義と平直方の娘との間に生まれておるのじゃからな。

　直方は昔（一〇二八年）、平忠常が房総で乱を起こした時、京から追討使として派遣されたのだが頓と鎮圧できないでいた。これを後任の源頼信が平定してくれたのでな、直方は娘を頼信の嫡子・頼義に嫁がせたのじゃ。それ以後、坂東の豪族は東国の国司を歴任した頼義や義家と主従の関係を結ぶなどして親しくしておった。

　坂東の豪族は桓武平氏の直系なのでな、「清盛なんぞの伊勢平氏は元を辿れば傍流に過ぎぬ」と侮っていたということじゃ。

北条館には後に家人(けにん)となる土肥実平、天野遠景、大庭景能など伊豆や相模の若者が集まり、頼朝を囲んでは巻狩り（武芸訓練）なども行われるようになっていた。また、公家の三善康信（乳母の甥）からは、弟の康清を通じて定期的に京の情報ももたらされていた。

この頃、文覚(もんがく)上人が後白河上皇の不興を買って伊豆に流されてくる。

・・・・・あれは四宮の近臣であった藤原光能(みつよし)が、頼政殿に頼んで儂を伊豆に送るよう仕組んだ狂言だったのじゃ。確か、「神護寺興隆のため荘園(しょうえん)の寄進を上皇に強請した」とかいう訳の分からん罪であったかの。

儂は頼政殿を棟梁とする渡辺党の一味なのでな、平家に怪しまれんように罪を着せられて頼朝の元へ送り込まれたというわけじゃ。そこでは四宮の心中や、今は亡き義朝の無念を語っては頼朝に挙兵を促しておったわい。

（三）挙兵

治承元年（一一七七年）、後白河の近臣による『鹿ヶ谷の陰謀』が発覚し、清盛は法皇を鳥羽離宮に幽閉した。

治承四年（一一八〇年）、後白河の第三皇子・以仁王が全国の源氏に平家追討の令旨（りょうじ）を発し、源頼政と共に兵を挙げた。しかし平家の素早い追討を受け、王と頼政は早々に敗死してしまう。

しかし令旨が全国各地の源氏に行き渡った時、まだ「以仁王と源頼政が敗死した」という情報は届いていない。しかも令旨には「平家を討った暁には東国の独立を認める」という、関東の武士の念願が約束された一文も含まれていた。

令旨を見た清盛は、先手を打って国中に源氏討伐の命令を発した。平家の軍勢が伊豆に迫ってくる。こうなっては頼朝としても起ち上がるしかない。

京の勤めを終えた三浦義澄、千葉胤頼（たねより）らが、領国に戻る途中で北条館に立ち寄った。義澄は相模の豪族・三浦義明の次男、胤頼は千葉常胤の六男、頼朝は彼らに挙兵の意志を伝えて参陣を要請する。頼朝三十四歳、伊豆に流されて実に二十年の歳月が過ぎていた。

・・・・・

時政としては頼朝の首を取って差し出すことも考えたであろうな。しかし政子はもちろん、後嗣であった宗時らは平家の世が続くことを望んではいなかった。三浦や千葉の若い者の思いも同じであったろう。

頼朝の芸の細かいところはな、一人ずつ呼んでは相手の性格に合わせて挙兵への協力を求めたことじゃ。そりゃ頼まれた方は、「自分だけにこのような大事を打ち明けてくれたのか」と感激するわな。皆が頼朝を担いで平家と戦うことを決意した、というのも頷けるであろう。

その年の夏、北条時政らが韮山に在る伊豆国目代・山木兼隆を襲撃してこれを討ち取った。頼朝軍は石橋山に陣を敷く。その正面には平家方・大庭景親の二千余騎が待ち受け、後方からは伊東祐親が迫ってきた。

頼朝は源氏譜代の家人である三浦氏を頼り、父・義朝が庇護を受けた上総を目指す段取りを立てていた。しかし天候が荒れて三浦軍の合流が遅れてしまう。頼朝は惨敗を喫して僅かな従者と共に山中へ逃げ込むこととなった。

この時、平家の大庭軍に属していた梶原景時が漁船を用意して、頼朝を真鶴岬から安房国に向けて脱出させることに成功した。

・・・・・　大庭景親は平治の乱では源氏に付いて闘うも、許されて平家の恩を受けておった。代官として駿河国府を支配していたのでな、清盛の命を受けて頼朝の前に立ち塞がったのだ。しかし梶原景時は、鎌倉党の後裔として頼朝の傘下に加わることを決意していた。頭の切れる男でな、このような事態も想定して秘かに準備を整えておったのじゃ。

地図を頭に思い浮かべてみるが良い。陸路で伊豆から相模、武蔵、下総を経由して上総まで達するには相当な時間と労力を要するであろう。しかし、船で伊豆半島から三浦半島、房総半島へと向かえば意外と容易いとは思わぬか。

頼朝としても、東国に逃げるだけでは将来の展望が開けぬわな。令旨に応じて平家と一戦を交えた、という証(あかし)を残さねばならんじゃろ。この難局を切り抜けて、生きて上総に辿り着けるかが勝負の分かれ目であった。

しかし、この戦いで北条氏の後嗣・宗時が討ち死にしてしもうた。頼朝が最も頼りにしていた男であったに、返す返すも残念なことじゃった。以後、次男の義時が頼朝の近くに侍(はべ)ることとなる。幼き頃より江間(えま)の地を与えられ、江間義時と名乗っておったらしい。

頼朝は相模沖で三浦義澄・義村親子、和田義盛らの軍と合流して安房に上陸した。

ここで上総の広常と下総の千葉常胤に使者を送った。常胤から参陣するとの返答があり、上総を抜けて下総へと進む。下総国府で千葉一族が合流、それを見た上総広常が二万の兵を率いて参陣してきた。

挙兵から二ヶ月、頼朝は三万を超える大軍とともに、かつて父・義朝や兄・義平ゆかりの地である鎌倉に入った。

・・・・・　上総氏は昔、父の義朝を養育した立場だったのでな、頼朝の傘下に入るべきかどうか迷っておったようじゃ。

上総広常二万の参陣、それは何よりも嬉しかったことであろうよ。しかし頼朝は諂うことなく、凜とした態度で広常の遅参を咎めたそうじゃ。広常は頼朝の人物を高く評価し、配下に加わることを決めたという。

(四)東国の独立

以仁王の令旨を手にして各地の源氏は兵を挙げる時期を伺っていた。頼朝の挙兵を聞いて木曾義仲ら信濃源氏、武田信義ら甲斐源氏なども起ち上がった。東国反乱の報告を受けた清盛は、平維盛率いる追討軍を派遣する。

頼朝はこれを迎え撃つべく鎌倉を発し、甲斐源氏と合流すると富士川を挟んで平家軍と対峙した。

・・・・・　維盛の兵四千に対して、源氏の連合軍は四万にも上っておった。まさか源氏の軍勢がこれほどまでに膨らんでいるとは、清盛も予想だにしていなかったようじゃ。

決戦前夜、平家の中から数百の兵が秘かに川を渡って投降してきた。これに驚いた水鳥が羽音を立てて飛び立ってな、源氏が攻めてきたと勘違いした平家軍は戦わずして這々（ほうほう）の体（てい）で退却したという。


頼朝はこの勢いに乗って長年の悲願であった京への進軍を企てた。しかし上総広常、千葉常胤、三浦義澄ら重臣が「京への進出は時期尚早」と諫言する。関東には常陸の佐竹氏を始め、上野の新田氏など未だ頼朝に従わない勢力が残っていた。

頼朝は武田信義を駿河国、安田義定を遠江（とおとうみ）国の守護に任ずると、軍を引いて東国の平定に乗り出した。

・・・・・頼朝を支えた者のほとんどは坂東平氏の流れを汲んでおったからな。平家との戦より、東国の独立の方が優先であった。
東国で従わぬ者は、皮肉なことに源氏ばかりじゃ。頼朝は早速にも佐竹を討伐して、没収した所領を勲功に応じて分け与えた。これまで所領の安堵（あんど）や給付は朝廷の権限であったはず。東国において頼朝がこれを行ったことで、坂東の豪族たちは頼朝に従うようになったのじゃ。

東国とはな、京から見ると都の防衛線となる『三関』（愛発、不破、鈴鹿の三つの関）の向こう側のことじゃ。

一方、東国の独立を目指す坂東武者にすれば『箱根の坂』の東側を言う。駿河から尾張にかけては中間地帯なのでな、駿河を武田信義、遠江を安田義定に託すことで良しとした。一応は源氏の一族であったのでな。

この頃、下総では異母弟、あの常磐が産んだ今若が京から参じておった。後に政子の妹を娶り、実朝の乳父となった阿野全成のことじゃ。また黄瀬川の宿所には、藤原秀衡の許を頼っていた義経も奥州から駆け付けていた。

鎌倉に戻ると早速に和田義盛を『侍所』の別当に任じた。侍所とは軍事と警察を担う役所のこと。挙兵から三ヶ月、ついに頼朝は鎌倉に幕府を開設するに至った。

・・・・・　新田と足利についても、少し語っておかねばなるまいな。
両家は共に八幡太郎義家の四男・義国の子孫なのじゃ。義国の領地は下野国足利でな、上野の女との間に長男・義重を、信濃の女との間に次男・義康を儲けておった。

義国の寵愛が義康にあると知った義重は弟に宗家を譲り、母方である上野国新田の家を継いで「新田太郎」を名乗るようになる。これにより足利家は義康が継ぐこととなった。新田家の紋は「一引（ひとつひき）」、足利家の紋は「二引（ふたつひき）」、即ち長男と次男を表わしておる。これを見ても、この頃は両家の関係が良かったことが伺えるであろう。

　ところが頼朝が挙兵した時、新田は気位（きぐらい）が邪魔をしてか兵を動かさなんだ。それで先々冷遇されることになってしもうた。一方の足利義康は頼朝の縁者を妻としてな、その子・義兼は北条政子の妹を娶（めと）るなど、鎌倉に恭順する姿勢を示して勢力を確かなものとしていったのじゃ。

第六章　源頼政

一一〇四年、源頼光の系統である摂津源氏・仲政の長男として生を受ける。摂津国渡辺（大阪市中央区）を基盤とし、京の滝口武者の一族である嵯峨源氏・渡辺氏を郎党にして大内守護（皇室警護の近衛兵）の任に就いていた。

一一三六年、頼政は家督を譲られると従五位下に叙される。鳥羽院に仕え、寵妃の美福門院や院近臣の藤原家成などと繋がりを深くした。

・・・・・　頼政殿は大江山の鬼退治で知られる源頼光の子孫でな、こちらも御所に出没する鵺（ぬえ）を退治したことで名を馳（は）せた。鵺とは「頭は猿、胴体は狸、虎の手足を持ち、尾は蛇（くちなは）」という怪鳥だそうな。

　頼光と同じく頼政殿もまた、優れた歌人としても世に知られておったのじゃ。

平治元年（一一五九年）、後白河院の近臣・藤原信頼が源義朝と謀り、平清盛が熊野参詣中という軍事的空白を突いて兵を挙げた。しかしこの戦いで源氏は平家に敗れ、頼朝は捉えられて伊豆に配流とされる。

この時、源頼政は平家側に付いて勝利に貢献した。

・・・・・　美福門院に仕えていた頼政殿は六波羅で二条天皇を護（まも）っておったところ、義平から攻撃を受けて源氏の軍と闘うはめになったのじゃ。

頼政殿は摂津源氏、同じ源氏の一族ではあったが東国に拠点を置く義朝ら河内源氏との親交は深くなかった。なんと保元の乱の前年には、関東で義朝の長男・義平と争って討ち死にした義賢の長男・仲家（木曾義仲の兄）を養子にしておった。如何なる経緯だったのかは知らんがな。

この頃、頼政殿は五十七歳。三年後には正五位下に任じられ、遅まきながら初めて昇殿を許された。清盛は実直な頼政殿を信頼し、頼朝を頼政殿の所領・伊豆に配流して監視させた。源氏の一族である頼政殿を介して東国を掌握しようと考えていたのであろう。

源氏が敗れた後も頼政は、平家の政権下で中央政界に留まっていた。大内守護として嫡男の仲綱とともに二条天皇・六条天皇・高倉天皇の三代に仕える。しかし二条天皇が亡くなると清盛の専横は激しさを増し、地方では豪族などの不満が高まっていた。

治承元年（一一七七年）、後白河法皇の側近である藤原成親、西光らによる『鹿ヶ谷の陰謀』が発覚し、清盛と法皇の対立が深まっていた。清盛は法皇を鳥羽離宮に幽閉し、高倉天皇から言仁親王（安徳天皇）へ譲位させて外戚政治を始める。後白河は近臣であった藤原光能に命じて、第三皇子・以仁王と源頼政に助けを求めた。

治承四年（一一八〇年）、以仁王は平家追討の令旨を発し、源行家に託して東国に雌伏する源氏一族に挙兵を促した。

・・・・・　光能は以仁王とは姻戚関係にあった。また、閑院流藤原氏の徳大寺公能の猶子となっていたのでな、歌を通じて頼政殿とも親しくしておったのじゃ。

光能と頼政殿は以仁王に平家打倒を働きかけた。以仁王は安徳が即位したことで皇位継承の望みが絶たれておったからな。

しかし挙兵の計画が平家に漏れ、以仁王は三井寺（園城寺）に逃れた。平家は以仁王の引渡しを要請するが、寺側はこれを退けて王を保護する。頼政も兵を集めて三井寺に入った。

平宗盛が追討の兵を向けると、三井寺だけでは兵が足りないとみた以仁王は興福寺を頼って南都を目指した。頼政は平等院に陣を敷き、宇治川を挟んで平家軍を待ち受ける。しかし平家の大軍の前に、以仁王と頼政は早々に敗死してしまった。

・・・・・　まずは三井寺や南都・興福寺の僧兵を頼って四宮を救い出し、平家打倒の後には以仁王を掲げて政権を手にせんとする計画を立てておった。これが早々と平家側に漏れたのはな、あの行家のせいなのじゃ。行家は東国に向かう途中、行く先々で令旨をひけらかしてはチヤホヤされて喜んでおった。これでは計画が露見するのも当たり前であろうが。

　行家とは為義の十男でな、平治の乱では義朝に味方して戦った。戦に敗れて熊野に潜伏しておったところ、頼政殿から全国の源氏に書状を届ける役目を仰せつかったのじゃ。しかし頼政殿ともあろう御方が、何故このような男を召し出したのであろうかの。

　この時、平頼盛が、八条院の養子となっていた以仁王の第一王子を三井寺の長吏（ちょうり）・円恵法親王（ほっしんのう）に預けた。円恵とは後白河の皇子・八条宮のこと、以仁王とは同腹であった。三井寺は後に平家の焼討ちに遭うが、一宮は北陸に逃れて後に『北陸宮』を称するようになる。

・・・・・　頼政殿について、もう少し話しておかねばなるまいな。

鹿ヶ谷の事件の後、七十四歳にして念願の従三位に昇叙したのだが、この昇進は相当に破格の扱いであった。清盛が頼政殿の長年の功績に報いて奏請したものでな、頼政殿も清盛には心から感謝しておった。

頼政殿は清盛とは良い関係を保っていた。しかし、後を継いだ宗盛らは源氏の一門を蔑ろにすることが目立つようになってきた。既に出家して家督を嫡男の仲綱に譲っていたのだが、いつしか没落した源氏を代表する立場となっておったのでな、倅たち、或いは源氏の行く末を案じて乾坤一擲、文字どおり老骨に鞭打っての大勝負に出たのじゃろうて。

挙兵した時、頼政殿は御年七十七になっておった。本来であれば喜寿を祝って平穏な老後を楽しんでいたはずなのにな。先祖の頼光は摂津源氏・満仲の嫡男、摂津源氏こそが清和源氏の嫡流だという矜持（プライド）もあったのじゃろう。平家の風下に甘んじてきた自らの人生を清算しようと考えたのかもしれんな。

源平の合戦は頼朝の挙兵から始まったように伝えられておるがな、伊豆に流されていた罪人に全国の源氏や関東の武士が一斉に呼応などするわけがなかろう。源氏の挙兵は、まさに頼政殿こそが立役者だったのじゃ。歴史に名を残すことができなかったのが残念でならぬわい。

第七章　木曾義仲

（一）北陸宮

源義仲は木曾義仲の名で知られる。河内源氏の一族・源義賢（よしかた）の次男で、源頼朝、義経とは従兄弟にあたる。

義賢は父・為義と共に藤原忠実・頼長父子に仕えていたが、京では後白河に仕える関白・藤原忠通と、崇徳上皇派の頼長らとの対立が激しくなる。為義は後白河に味方する嫡男・義朝が京にいる隙を突いて、義賢を東国に下向させ領地を手に入れようと画策した。義賢は秩父氏の婿となって上野（こうずけ）で勢力を伸ばし、当時関東を支配していた義朝・義平父子と武蔵国を巡って争うようになる。

一一五五年、義朝の命を受けて鎌倉を預かっていた長男・義平が、畠山重能（しげよし）ら近隣の豪族を率いて義賢を襲った。勝負は義平軍の圧勝に終わるが、この時、畠山に属する長井の別当・斎藤実盛が、義賢の嫡男である当時二歳の駒王丸（後の義仲）を匿（かくま）って信濃に逃した。

・・・・・　武蔵国長井は両方の勢力の中間に位置していたのでな、実盛は義賢にも仕えたことがあったのだ。重能から駒王丸の処分を預けられたのだが、「幼子を殺すは忍びない」として乳母の夫である木曾の中原兼遠（かねとお）に託したのじゃ。

　この後、保元の乱が起こり頼長ら崇徳上皇派は滅びてしまうのじゃが、義仲は中原氏の庇護のもと木曾の山中でのびのびと育てられたと聞いておる。

　治承四年（一一八〇年）、後白河の第三皇子・以仁王（もちひと）が全国に平家打倒を命じる令旨を発した。源行家が諸国の源氏に挙兵を呼びかけ、関東では伊豆に流されていた頼朝が決起した。

　頼朝は従兄とは言え父の仇（かたき）・義朝の嫡男、これに後れを取るわけにはいかない。義仲は父・義賢が本拠としていた上野国に進出、多胡氏など亡き父ゆかりの豪族を結集して平家方にあった越後に兵を進めた。

・・・・・　越後では折悪しく領主・城資永（すけなが）が急死してな、更には清盛が没したという知らせも続いたので動揺を隠せないでいた。兵力は義仲軍の四倍を超えておったのだが、義仲は横田河原の戦いでこの大軍を打ち破り、越後勢を傘下に飲み込んで北陸へと向かったのじゃ。

越前には出家して南都に潜んでいた以仁王の一宮が逃れてきていた。義仲はこの宮を『錦の御旗』に奉じる計画を立てる。この地に御所を造ると宮を還俗させ、同時に元服もさせて『北陸宮』を名乗らせた。

・・・・・この義仲の動きには頼朝も焦ったことであろう。源氏の棟梁の行方にも拘わる問題であるからな。

ちょうどこの頃、所領を巡って頼朝と不仲になっていた行家と、頼朝と対立して常陸を追われた志田義広、二人の叔父が義仲の元に身を寄せておった。頼朝は両叔父の成敗を要請したが当然のこと義仲は拒否するわな、するとこれを口実に頼朝は大軍を率いて信濃へ進軍する構えを見せたのだ。

義仲はまだ十一歳の嫡子・義高を、頼朝の長女・大姫の婿として鎌倉に送ることで和議を成立させた。義仲は四宮から平家追討の院宣を受け取っていたのでな、とりあえず頼朝とは和睦しておいて、平家を討って京に入った後に北陸宮を掲げて後見になれば良いと考えておったようじゃ。

頼朝は関東を平定すると朝廷に和睦の提案をする。しかし平家は、後嗣の宗盛が清盛の遺言に従って和睦を拒否、京の防衛を強化すべく維盛率いる大軍を北陸の平定に向かわせた。

寿永二年（一一八三年）、越中に入った義仲は、倶利伽羅（くりから）峠の戦いで北陸追討軍を討ち破った。平家軍四万に対し義仲軍五千、しかし平家の大軍を峠に誘い込み、夜襲で一気にこれを殲滅（せんめつ）した。

……北陸は京の台所を支えておったのでな、ここを源氏に押さえられては平家としても都を落ちるしかないわな。

「倶利伽羅峠の戦いでは『火牛の計』を用いたのか」、じゃと？

そんなものは大陸の書物の中に出てくる話であろうよ。大軍を討ち破るにはな、何と言っても夜襲に限るのじゃ。

（二）法住寺合戦

義仲は比叡山を味方に付けると、その軍勢をもって京の町を包囲した。平家の中に動揺が走り、隙を見て後白河法皇は比叡山に脱出する。法皇に見限られた平家は、安徳天皇とその母・

建礼門院を伴って西国へと逃れた。

平家を駆逐した義仲は従五位下・左馬頭に任じられ、流人であった頼朝の立場を超えることとなる。

・・・・・　義仲は京を囲む時、西方だけは開けておいたのじゃ。都を戦場にはせぬように、との配慮でな。
宗盛は当然のこと、四宮も伴って西国に落ちるつもりでいた。幼い天皇と『三種の神器』を押さえてはいても、四宮を京に残したままでは院政を復活させるであろうことは目に見えておるからな。しかし四宮は平家の目を欺いて、まんまと比叡山に逃亡しおった。


平家が京を去った後、御所に戻った後白河法皇は高倉上皇の皇子、当時四歳の尊成親王（後の後鳥羽天皇）の践祚を決めた。安徳の腹違いの弟である。

しかし義仲は、「以仁王の令旨があってこその平家追討であり、北陸宮こそが正当な後嗣である」と強硬に主張した。

・・・・・　義仲は以仁王の一宮を新帝に立てて、後白河の独裁を改めさせる考えであった。しかし四宮は院政の復活を目論んでおったのだから、そりゃ対立も生じるわな。

　皇位継承への介入は『治天の君』の権限侵犯に当たるでな、「武士にあるまじきこと」と朝廷の反感を買うこととなった。四宮は邪魔になった義仲に節刀(せっとう)を与えて、平家追討のため西国に向かうよう命じたのじゃ。

　西国では平家が体制を立て直しており、義仲は苦戦を強いられていた。

　一方で法皇は頼朝に上洛を要請する。平治の乱で失った位階(いかい)を復すると、東海・東山両道諸国の支配権まで与えた。

　その弟が大将となり数万の兵を率いて上洛するという。このまま頼朝の軍勢を京に入れたのでは平家との挟撃に遭う恐れがある。義仲は平家との戦いを切り上げて急ぎ京に戻った。

・・・・・　安徳天皇が即位してからというもの、高倉上皇が崩御(ほうぎょ)、清盛も死没、更に京は二年に亘り干ばつや洪水に見舞われるなど悪しきことが続いておった。大凶作となって餓死した者が道に溢れるほどじゃった。

　悪いことに、義仲の軍勢は宋銭を用意しておらなんだ。京は貨幣経済が進んでいたのでな、銭が無いと食糧の調達さえも思うようにならんのじゃ。やむなく略奪を繰り返すなどして都の治安を悪化させてしもうた。

後白河法皇は院宣に背いて京に戻った義仲を責め、平家討伐の最後通牒（つうちょう）を行った。しかし義仲は西国には向かわず、京で頼朝と雌雄を決する覚悟を決める。

法皇は比叡山や三井寺の協力を得て僧兵を集め、摂津源氏・多田行綱や美濃源氏・源光長らを味方に付けて法住寺殿（ほうじゅうじどの）に籠もり義仲の襲撃に備えた。

義仲は御所を襲って法皇を拘束する。この戦いで比叡山の座主・明雲や三井寺の長吏・円恵法親王ら、法皇に味方した者たちはことごとく討ち取られてしまった。（法住寺合戦）

……この頃既に、朝廷に居場所のなくなった北陸宮は戦を避けるため法住寺殿を出て嵯峨に隠棲（いんせい）しておった。義仲に支えられて京に戻れたのだが、その義仲が朝廷と対立してしまってはな、静かに御所を去るほかあるまいて。

義仲は平家と同盟を結んで頼朝に対抗しようとも画策したのだが、当然のこと宗盛はこれを拒否した。そりゃ、平家としては京を追い出された相手じゃからな。

義仲は強引に自らを征東大将軍に任命させると、頼朝討伐の宣旨を引き出した。

翌年（一一八四年）、範頼が東国から援軍を率いて義経と合流、範頼軍は近江瀬田から、義経軍は山城田原から義仲軍を攻撃した。義仲は宇治川や瀬田での戦いで惨敗を喫し、ついに粟津で討ち死にしてしまう。享年三十一。

・・・・・　朝敵となった義仲に味方する者などおらんわな。打つ手が無くなった義仲は北陸に逃れようとしたのだが、それも適わなんだ。

義仲は源氏の御曹司として木曾の軍勢を預けられておった。清廉で心温かき武将でな、中原兼遠の息子ら木曾四天王と呼ばれた家臣たちは最後の最後まで義仲と行動を共にしたと言う。

一方の頼朝は流人だったのでな、自らの家臣など持ってはおらなんだ。北条など東国の豪族に支えられての挙兵とあっては、相当に気も遣わねばならんかったであろう。生い立ちを見れば分かるじゃろう。田舎育ちの義仲は苦労人の頼朝に比べて脇が甘くてな、とても政治的に太刀打ちできる術など持ち合わせてはいなかったのだ。

第八章　義経

（一）牛若丸

源義経の幼名は牛若、九郎の通称から明らかなように源義朝の九男に当たる。母は常磐御前、近衛天皇の中宮である九条院呈子の雑仕女（宮中の下級女官）であった。当時、鳥羽院の許で出世を遂げていた義朝が見初めて側室に迎えていた。

……常盤と言えば「義朝が千人の女の中から百人の美女を選び、その中から更に十人に絞って、十人の中で最も聡明で美しい一人を選りすぐった」と言われたほどの女じゃった。当時、近衛に入内していた呈子と多子が、帝の気を引こうと張り合って美女たちを集めておったのだがな、常磐はその中でも特筆の存在であったと聞いておる。

平治の乱に敗れた義朝は平家に討たれた。老いた母を捕らえられた常磐は、三人の幼子を伴って清盛のもとに出頭した。

「私の身はどのようになろうとも構いませぬ。この子たちの命ばかりはお助け下さい」

幼い三人は出家を前提に命だけは助けられ、常盤は清盛のものとなる。長兄の今若は醍醐寺へ、次兄の乙若は園城寺へ預けられた。

・・・・・　今若と乙若とは、後の阿野全成と義円のことじゃ。後に以仁王が挙兵した時、義円は園城寺の長吏である八条宮の坊官となっておった。令旨を伝達した行家と行動を共にしてな、墨俣川の戦いで平家軍の前に討ち死にしてしもうた。

清盛が九条院呈子の権大夫に任命された。呈子の計らいにより常盤は清盛から解放され、後白河院の近臣・一条長成に再嫁した。

当時二歳と幼なかった牛若は、しばらくは母のもとで育てられ、十一歳になって鞍馬寺に預けられた。

・・・・・　鞍馬寺は都に近い。しかも古くから源氏との繋がりが深くてな、源氏の残党が入れ代わり立ち代わり訪れては牛若を鍛え上げたそうじゃ。源氏を応援する者は、彼らのことを『鞍馬の天狗』と称して周囲を欺いておった。

寺では『遮那王（しゃなおう）』と呼ばれた牛若だったが、父が平家によって殺されたと知ると打倒平家の志を抱いて武芸に傾倒していった。しかし、この様子を平家に知られては困るわな。鞍馬寺は強引に遮那王を出家させようとしたのじゃ。

十六歳になった遮那王は、僧になることを拒否して鞍馬寺を出奔（しゅっぽん）する。奥州藤原氏宗主で鎮（ちん）守府（じゅふ）将軍であった藤原秀衡（ひでひら）を頼って平泉を目指した。奥州に向かう途中、遮那王は自ら元服して『義経』と名乗った。

平泉には藤原三代、百年近くに亘って都市的な様相を持った貴族社会が構成されていた。義経は二十二歳までの六年間、この地で養われることとなる。

・・・・・秀衡の舅（しゅうと）は藤原基成、母が再嫁した一条長成の親戚筋に当たる。常磐は夫の長成から基成を通じて、秀衡に遮那王の保護を打診した。秀衡にすれば平家に対抗し得る源氏の御曹司を手元に置くことができるでな、二つ返事でこの話を受け入れたのじゃ。

天狗の一味に頼政殿の縁者で深栖（ふかす）頼重という者がおってな、頼政殿は頼重に遮那王の逃亡を助けるように命じた。平家が遮那王の出奔（しゅっぽん）を把めば、全国に手配を布くであろうことは想像に難くないからの。

遮那王は下総に下る頼重の一行に紛れ込んだ。そして下総からは「金売り吉次」の一団に身を隠して秀衡の待つ奥州へと急いだ。吉次とは奥州で産出された金を京で売る商人でな、京に上ると必ず鞍馬寺に参拝していたので頼重とは顔なじみであったらしい。

奥州に向かう途中で元服したのはな、追われている自分が平泉で元服したとあっては秀衡に迷惑が掛かると考えたからじゃ。秀衡はその細かな気配りに深く感銘を受け、殊更に義経を厚遇したと聞く。

(二) 平家追討

治承四年（一一八〇年）、以仁王の令旨を受けて兄・頼朝が兵を挙げた。富士川の合戦で平氏を敗走させた頼朝は黄瀬川（静岡）に帰陣する。こうした京や東国の動きは平泉にももたらされ、「時は来たれり」とばかり義経は勇んで奥州を後にした。

・・・・・　藤原秀衡は佐藤継信・忠信兄弟ら数十騎を義経に同道させた。これらの兵は平泉の選りすぐりでな、義経は奥州藤原氏の期待を背負っての参陣であった。

この時、義経は二十二歳、頼朝より丁度一回り下になるのじゃな。二人は手に手を取って、涙ながらに再会を喜んだという。

しかし、鎌倉に戻ったところで最初の事件が起きる。

鶴岡八幡の宝殿の上棟式で、頼朝は義経に祝いの馬の引き手を命じた。馬の引き手、それは家臣の役目である。義経は雑務を仰せ付けられたことに不満を露わにした。頼朝はその場で義経を厳しく叱責した。

・・・・・　義経には、自分は将軍の弟だという驕りがあった。しかし頼朝にとっては義経も家臣の一人に過ぎぬのじゃ。義理の親であり、決起の頼みでもあった北条時政でさえ家人として扱っておったでな。

平家は身内ばかりが栄華を極めたことで、周囲の不満が高じて滅亡へと繋がった。本領も無く譜代の家臣を持たない頼朝はこれを他山の石としてな、自らを支える家人を身内同様に大切にしておった。家人に「御」の字をつけて『御家人』と呼ぶようにしたのもそれが故のことであろう。

これから始まるであろう木曾義仲や平家との戦を考えると、源氏軍の大将には直系である範頼や義経を据えざるを得ない。何かと頼朝の弟としての風を吹かす義経には己の立場、即ち家臣の一人であるということを理解させておかねばならなかった。加えて周囲の御家人たちにも、その事をきっちりと示しておく必要があったのじゃ。

京に派遣された義経は、範頼と合力して義仲を討ち取った。

一方、平家は日宋貿易の拠点としていた太宰府で再起を図っていた。屋島では阿波水軍と手を結び、清盛の三回忌には数万の大軍を福原に再結集させるまでに勢力を回復していた。福原は背後を峻険な山に守られ、前面は海、水軍を擁して海戦を得意とする平家にとって鉄壁の要塞である。

源氏は範頼を総大将とする三千騎が平家軍と対峙した。

寿永三年（一一八四年）、範頼が正面の浜から、義経は山を迂回し崖（鵯越）を降って後方から襲い掛かる。平家は這う這うの体で四国の屋島へと逃げ帰った。（一の谷の戦）

・・・・・範頼は頼朝の異母弟に当たるのだが、頼朝の信頼は殊更に厚かった。母の身分が低かったため、常日頃より言動をわきまえておったのでな。しかし、戦ではあまり良いところが無かったようじゃがの。

実はこの時、四宮は平家を源氏と競わせようと企んでいたのじゃ。それで和平を問う使者を平家に派遣しておった。義経が攻め込んだ時、ちょうど平家は武装を解いていたところでな、寡兵(かへい)であった源氏が大軍を擁する平家を倒せたのは、このような偶然が味方したからでもあろう。

（三）腰越状

この戦いの後、範頼は鎌倉に戻った。一方、義経は後白河法皇の要請に応じて、京に残って治安の維持に当たることとなった。

頼朝は東国の独立を目指し、御家人が鎌倉の承諾なく官位を賜(たまわ)って朝廷に仕えることを固く禁じていた。この方針は朝廷にも伝えられていたが、義経は左衛門少尉(さえもんのじょう)・検非違使(けびいし)に任じられ、昇殿まで許されるようになる。ちなみに義経を示す判官(ほうがん)とは、左衛門少尉の通称である。

・・・・・　四宮は義経の性格を見抜いておったのであろう。官位を与えて手懐け、頼朝の対抗馬にしようと画策した。有力な武将同士を反目させて力を削いでいくというのは朝廷の常套(じょうとう)手段じゃからの。京の事情を知らぬ義経は簡単に嵌(は)められてしもうた。

「東国が独立を果たすには朝廷に人事権を握られぬこと」、あれほど頼朝が言うておったに。あろうことか義経に従う後家人二十三人もが共に任官を受けてしまうとはな、四宮が義経を直属の軍として抱えようと考えていたのは見え見えであろう。
　目付として同道していた梶原景時が再三に亘って辞退するよう諫めたのだが、義経は「法皇に認められた」と舞い上がってしもうてな、「官位を賜るのは源氏のため」と主張して言うことを聞かなかったのじゃ。

　頼朝は義経を平家追討軍からはずし、鎌倉から再び範頼を総大将として西国に派遣した。しかし平家は水軍を擁しており範頼は苦戦を強いられる。やむなく頼朝は京の義経を出陣させた。逸る義経は屋島に向かうと、奇襲を仕掛けてわずか三日で平家を追い落としてしまう。平家を見限った伊予や紀伊の水軍が次々と源氏に味方し、壇ノ浦の戦いで安徳天皇は祖母の二位の尼（時子、清盛正室）に抱かれて入水、平家の公達も次々と西国の海に沈んだ。

・・・・・　頼朝は範頼に、やみくもに兵を動かさぬよう指示を与えていた。安徳天皇や建礼門院を無事に保護し、三種の神器を取り戻すことを第一と考えておったからじゃ。
　ところが義経は、壇ノ浦では船の漕ぎ手を射殺すという武士にあるまじき禁じ手を用いて強引に平家を追い詰めた。その結果、三種の神器のうち八咫鏡と八尺瓊勾玉は戻ったものの、天叢雲剣は海の中へと消えてしもうた。

四宮によって践祚した尊成親王（後鳥羽天皇）ではあったが、帝を示す三種の神器は依然として安徳天皇が保持していた。これを手に入れて四宮との交渉を有利に運ぼうと考えていた頼朝の狙いは、義経の短兵急な行動によって台無しにされてしまったのじゃ。


義経が平宗盛を捕らえた功により、頼朝は従二位へと昇った。

文治元年（一一八五年）、義経は捕えた宗盛父子を引き連れて意気揚々と相模国に凱旋する。しかし義経を待ち受けていたのは、頼朝から出された「鎌倉に入ること許さず」との下し文であった。

平氏追討で義経の補佐を務めた梶原景時から「義経が内挙を得ずに朝廷から任官を受けた」とする弾劾状が届いていた。他にも範頼の管轄への越権行為、東国武士たちへの勝手な処罰など、義経の専横を訴える報告が次々と入ってくる。

頼朝は義経を腰越に止め置き、宗盛だけを呼んで謁見した。義経は異心なきことを訴える（腰越状）も聞き入れられず、宗盛父子を伴って帰洛を命じられる。

・・・・・

人質を京に護送する途中、義経は頼朝の命に従って宗盛父子を斬った。

しかし京に戻った義経は、朝廷から賜った所領や権限を全て頼朝に没収されたことを知る。義経は頼朝を深く恨み、

「鎌倉に怨みを成すの輩は義経に属くべし」、そう言い放って叛意を明らかにしたのじゃ。

義経は女に対しても奔放じゃった。義経は頼朝の勧めにより有力後家人である河越重頼の息女と結婚していた。しかしその半年後、平家が壇ノ浦に没した後、よりによって敵将であった平時忠の娘を京で娶ったのだ。かつての平家の地位を義経が継承しようとした動き、とも疑われよう。とうてい頼朝が容認出来るような話ではないわな。

(四) 義経無念

京では、叔父の行家が義経の許に身を寄せていた。頼朝は梶原景時の嫡男・景季を遣わして行家の追討を求めるが、義経はこれを拒絶する。

……行家は以前、鎌倉では頼朝に所領をねだるも拒否され、同じく甥の義仲の幕下に走った。しかし官位や序列を巡って義仲とも不仲となり、しばらく京を離れておった。口先だけは達者な男でな、四宮には気に入られていたようじゃ。義仲が討たれると再

び京に呼び戻されていたと言う。

行家は頼朝や義仲の叔父として、諸国源氏のまとめ役を自負しておった。しかし叔父とは言うても為義の十男じゃで、頼朝とは五つほどしか違わんわな。末っ子気質しか持たぬ行家など、源氏の嫡男たる頼朝にとって如何ほどの存在でもなかったということじゃ。

鎌倉に戻った梶原景季の報告を受けた頼朝は、義経が行家を通じて朝廷と繋がっていると断じる。義経暗殺を謀って家人・土佐坊昌俊を京へと送った。土佐坊ら六十余騎が義経の邸を襲うが、夜討ちは失敗に終わる。捕らえた昌俊から襲撃が頼朝の命であることを聞き出すと、義経は後白河法皇に頼朝追討の宣旨を求めた。

これに対し頼朝は、自ら出陣して駿河国黄瀬川まで軍を進めた。後白河法皇は京が戦場になることを避けるため、義経に九州の、行家には四国の平定を命じた。義経は兵力の増強を目指し九州に向けて船出するが、暴風のために難破して摂津に押し戻されてしまう。

頼朝の怒りの激しさに、後白河法皇は一転、義経追討の院宣を出した。義経一行は吉野や南都に潜伏するも、頼朝の追捕が厳しくなり散り散りとなる。愛妾の静御前も吉野山で捕らえられ、各地に潜んでいた行家や郎党たちも次々に討ち取られた。京に見捨てられた義経は、藤原秀衡の庇護を求めて奥州へと逃れて行く。

・・・・弟の討伐に頼朝自らが出陣、これは頼朝の覚悟を周囲に見せつける絶大な効果があった。対する義経も兵を挙げたのだが、味方する武士は集まらなんだ。義経は己のために戦っておるだけでな、頼朝が掲げる「東国の独立」のような大義がなかったのじゃ。

頼朝は「京が義経に味方するならば大軍を送る」と恫喝した。四宮としては義経追討の院宣を出さざるを得なかったのであろう。しばらくは叡山や南都興福寺などと連携して義経を匿っていたのだがな、それも長くは続かなんだ。義経に平泉に向かうよう勧めたのは四宮だったのではなかろうか。

一一八七年、藤原秀衡が急死した。翌年、義経の平泉潜伏が発覚すると頼朝は、奥州藤原氏に対して義経追討の宣旨を下すよう朝廷に奏上する。

秀衡は国衡・泰衡・忠衡の三兄弟に「義経を将軍に立てて奥州の独立を守れ」との遺言を残していた。しかし家督を継いだ泰衡は再三に亘る頼朝の要求に屈し、父の遺言を破って衣川館に住む義経主従を襲撃した。（衣川の戦い）

文治五年（一一八九年）、泰衡の兵に館を囲まれた義経は、戦うことをせず自害して果てたという。享年三十一。

・・・・・　奥州藤原氏は東国の豪族をはるかに上回る武力と財力を有しておった。頼朝にとっては、まさに背後に潜む虎というわけじゃ。敵対する気配こそ見せていないものの、これが義経を受け入れたとなれば話は変わるであろう。

秀衡は頼朝の勢力が奥州に及ぶことを警戒していたのでな、名門の血筋を立てて鎌倉に対抗しようと考えておった。しかし秀衡の急死を受けて跡を継いだ泰衡は、まだ十分に義経との信頼関係を築けてはおらなんだ。

義経は戦場では目覚ましい働きをした。木曾義仲との戦では大将の範頼に先んじて京を制圧し、平氏との戦においては一の谷の嶮岨(けんそ)な鵯越(ひよどりごえ)を馬で駆け降り、壇ノ浦では弓矢で船頭や水夫を射るなどして勝利を引き寄せた。しかし、それらは目の前の敵を撃破するだけの奇策でしかなかったのじゃ。

生い立ちのせいもあろうな。幼き頃は鞍馬山で天狗を相手に武芸に励み、鞍馬を出た後は裏街道を歩いてやっとの思いで奥州まで辿り着いたと言うからの。義経に源氏の大将としての資質を求めるなど所詮は無理な話であった。

片や頼朝は、元服するまで源氏の嫡男として都で高度な教育を受けていた。伊豆に流された後も比企氏の援助で書物なども届けられてな、旧友が尋ねてきては都の情勢や政治のあり方などを語り合っておった。頭でっかちではあったが、理性が情に勝る冷静沈着な理想主義者に成長していたのじゃ。

義経の悲劇は、頼朝が武者の世として描いていた理想の姿を理解することができなんだ、それに尽きると言えようの。

第九章　頼朝（後）

（一）幕府創設

治承五年（一一八一年）閏二月、平清盛が世を去った。

「東国は源氏の支配となし、西国は平氏の任意になし、両国の長官は朝廷より任ずるが宜しいでしょう」

頼朝は後白河法皇に和議を求める書状を送った。

・・・・・　以仁王が討ち死にし、令旨の対象であった平清盛までいなくなってしもうた。大義を失っては頼朝としても動きを止めざるを得ないわな。

頼朝は、当時はまだ反乱軍の立場にあった。四宮の宣旨に基づく源氏討伐軍と戦えば、自らが朝敵となってしまうじゃろう。ここは朝廷に平家との和睦を求め、西国においては今まで通り荘園などの権限を預けてやれば良い。それと引き替えに、東国における所領管理などを認めさせようという腹づもりだったのじゃ。

清盛の後継者である平宗盛は清盛の遺言を理由に頼朝の提案を拒否、北陸に攻撃の矛先を向けた。これを木曾義仲が討ち破り、平家一門を都から追い落とした。これにより頼朝が東海道・東山道を、義仲が北陸から山陰にかけて、平家が安芸より西の山陽道および鎮西を支配する三国分立の様相が出現する。

しかし大軍を率いて入京した義仲は、北陸宮の即位を求めて後白河法皇や廷臣たちの反感を買ってしまう。法皇は義仲に平家追討を命じて西国に送ると、一方で頼朝には上洛を要請した。頼朝はその要請を断るも、朝廷に恭順の意を示す書状を送った。

これにより朝廷は、「平家追討における勲功の一は鎌倉（頼朝）殿、二に木曾（義仲）殿、三に新宮（行家）殿」と定めた。

・・・・・　実を言えばこの頃、頼朝は東国の平定に手一杯でな、とても京に上るゆとりなど無かったのだ。とは言え義仲に京を握られたくはないのでな、「平家が押領していた院や公家の領地を朝廷に返還する」とまでの返書をしたためたのじゃ。

その見返りとして頼朝は、北陸までも含めて東国を管理下に置くことを求めた。

「義仲は鎌倉の代官に過ぎぬ。嫡男を鎌倉で預かっているのが何よりの証拠じゃ」、とまで言うてな。これで義仲の動きは完全に封じられてしもうた。

四宮は頼朝の勅勘を解くと、平治の乱で失った従五位下・右兵衛佐に官位を戻し、東海道・東山道、更には事実上の北陸の支配権まで認めたのじゃ。


一一八四年二月、東国の平定を成し遂げた頼朝は、範頼と義経を大将に任じて数万騎の軍勢を京に送り込んだ。

義仲は平家との戦いを切り上げて京に戻ると、後白河法皇を拘束して強引に頼朝追討の宣旨を出させた。しかし粟津の戦いで範頼・義経軍に討たれてしまう。

・・・・・　実は京に大軍を送るに当たってのことだがな、鎌倉では上総広常が頼朝の側近・梶原景時によって暗殺されるという事件があった。上総に大きな勢力を持つ広常は、日頃から東国の豪族の代表として頼朝への御意見番を自負していた。
「源平の争いは板東武者の知るところにあらず」などと言うてな、京への進出に真っ向から反対しておったのじゃ。広常の暗殺は頼朝の指示によるものか、或いは景時の機転によるものか、いずれにしても阿吽の呼吸であったと言えようのう。

範頼・義経の源氏軍は壇ノ浦の戦いで平家を滅ぼした。しかし義経は内挙を得ずに朝廷から任官を受けたことで鎌倉への帰還を禁じられてしまう。義経は頼朝に反旗を翻し、後白河法皇に頼朝追討の宣旨を求めた。

頼朝は義経を討つべく駿河国黄瀬川に着陣した。一方の義経には兵が集まらず、戦わずして京を落ちることとなる。

文治元年（一一八五年）、頼朝は北条時政を代官として千騎の兵を与えて入京させた。頼朝の怒りを恐れた朝廷は、慌てて義経・行家追捕の院宣を諸国に下した。

・・・・・　相変わらず、四宮の変わり身は早いわな。

頼朝は義経と行家を捕らえるためとして、全国に追捕使（後の守護）の設置を認めさせた。この任命権を公文所（後の政所）に付与したことで、鎌倉に全国を統治する機能が整うこととなったのじゃ。

更に現地の有力豪族を地頭に任命した。守護・地頭というのは知行地の軍事・行政官のことでな、地頭は頼朝に奉公することで領地の所有が保証されるという仕組みが出来上がった。即ち「ここに封建制度が確立した」、と言うても良かろうかい。

鎌倉幕府は侍所、政所、問注所で構成されている。侍所は御家人を統率する機関として、政所は知行国の財政・行政を担当する機関として設置された。問注所は裁判を扱う検察のような役割を担っている。

侍所の初代別当は和田義盛、政所と問注所はそれぞれ京から大江広元、三善康信など源氏と繋がりの深い公家が任命された。三善康信の母は頼朝の乳母・比企禅尼の妹。流人として伊豆国にあった頼朝に、弟を通じて月に三度、京の情勢を知らせるなどの協力を惜しまなかった。

大江広元は頼朝と親しかった兄・中原親能の勧めで早くから京を離れ、頼朝の代官として貴族との交渉などに活躍した。

・・・・・「いよいよ鎌倉幕府の始まりですね」、じゃと？

『幕府』とは何か？　聞き慣れない言葉じゃな。政を行う所？　それなら公文所のことじゃろかい。

確かにこの年、鎌倉に統治機構が整ったことは間違いない。しかし、依然として朝廷の組織の中に組み込まれておったことも確かじゃ。細かな理屈は分からんがな、鎌倉が朝廷から独立した武家政権を樹立できたと言えるのは、四宮が死んで、頼朝が『征夷大将軍』に任じられた時からであったと儂には思えるのだが。

（二）奥州征伐

東国の支配を認められた頼朝であったが、西国においては平家に与えられていた武家の権限を継承して王朝国家を守護する立場にあった。

同一一八五年十二月、頼朝は『天下の草創（そうそう）』として院近臣の解官、議奏公卿（ぎそうくぎょう）による朝政の運営、九条兼実への内覧宣下を三つの柱とする廟堂（びょうどう）改革を突きつけた。

翌年三月、兼実は氏長者（うじのちょうじゃ）となって摂政に宣下されると、頼朝を後ろ楯として王朝国家の新たな体制を模索する。

・・・・・　頼朝の目的は院の独裁を牽制することでな、九条兼実とは特に面識はなかったようじゃ。兼実は藤原忠通の庶子（しょし）で、清廉な人物であり故実に通じた教養人であるとの評判を見込んで推薦したと聞いておる。平家と親密だった近衛家や木曾義仲と結んだ松殿家を好まなかった、という事情もあったじゃろうがの。

義経が奥州に逃れたことを知ると、頼朝は朝廷に奏上して藤原秀衡の後嗣・泰衡に義経追討の宣旨を下させた。泰衡は衣川館に住む義経を襲い、義経主従を自害へと追いやってしまう。

・・・・・　頼朝は、義経を追い詰めれば逃げ込むところは平泉しかないと予測していた。むしろ、奥州に攻め入る口実を待っておったのじゃろう。奥州藤原氏は金を産出するなど財力も高く、独立国として百年にも亘る栄華を誇っておった。西国を支配する朝廷と平泉が手を結べば、鎌倉は挟撃に晒（さら）される恐れがあったのでな。

とは言え頼朝としても、出羽入道の異名を持つ秀衡が健在なうちは安易には手が出せないでいた。しかし秀衡の死後、鎌倉に対する主戦派と恭順派の間に諍（いさか）いが起こり、奥州十七万騎とも恐れられた勢力は二つに割れておったのだ。

頼朝は抜け目がないでな、朝廷の命をもって泰衡に義経を討たせようと考えた。こちらから奥州に攻め入れば、泰衡と義経が遺言のとおり一体となって歯向かってくる恐れがあろう。そこで両者の間に楔（くさび）を打ち込むという策を採ったのじゃ。

更に頼朝は、義経を匿（かくま）った罪で泰衡追討の宣旨を朝廷に求めた。宣旨は留保されているにも拘（かか）わらず、頼朝は自ら千騎を率いて奥州へと向かった。

八月八日の石那坂（いしなざか）の戦い、続いて十日にかけて行なわれた阿津賀志山（あつかしやま）の戦いにおいて頼朝率いる源氏軍は奥州軍を撃破した。（奥州合戦）

九月三日、泰衡は自らの郎党の裏切りにより討たれ、その首は頼朝の元へ届けられた。

・・・・・　頼朝が出陣した時、四宮は「既に義経は討たれた」として泰衡追討の宣治は出しておらなんだ。何しろ平泉には随分と世話になっておったのでな。しかし頼朝はそれに構わず、自ら兵を率いて奥州の征伐に向かったのじゃ。

武勇に名高い異腹の兄・国衡が阿津賀志山に防塁を築いて守っておったのだが、激戦の末に頼朝軍がこれを突破すると泰衡は平泉の館に火をかけて逃げ出してしまった。

朝廷はあわてて頼朝の元に宣治を送り届けたのだがな、既に泰衡が討たれた後のことであったわい。

清衡が建立した中尊寺、基衡の毛越寺、秀衡の無量光院は幸いなことに焼けずに残った。中尊寺金色堂、そこには藤原清衡、基衡、秀衡、奥州に栄華を築いた三代の遺体が安置されている。更には泰衡の首も清衡の棺の隣に置かれている。

古くは一〇五一年、陸奥の安倍頼良が奥州南端の衣川を越えて南進してきた。朝廷は源頼義を陸奥守に任じ、出羽の清原氏と連携してこれに勝利する。（前九年の役）

一〇八三年、清原氏に内紛が起こる。陸奥守となった源義家がこれを鎮め、清衡が奥州藤原氏の初代当主となった。清衡とは前の戦で安倍氏と組んで戦った藤原経清の遺児である。敗戦の後、母が再嫁して清原氏の元に入っていた。（後三年の役）

以後、清衡は本姓の藤原を名乗り、京の藤原摂関家に金や馬を献上するなど朝廷とも良好な関係を築いた。

・・・・・

元々、奥州藤原氏は源氏と敵対する気持ちなど持ってはおらなんだ。秀衡とすれば、平家が西国、源氏が東国、自らは奥州を治める三国分立が望ましいと考えておったはず。しかし平家が滅亡したとあっては、源氏の血筋を受け入れることで奥州の独立が安堵されれば良いとの思いがあったのではなかろうか。

中尊寺は奥州藤原氏の菩提寺（ぼだいじ）、本来であれば破却されて当然じゃろう。しかし頼朝には奥州討伐の大義が無かった。八幡太郎義家が後ろ盾となって築かれた奥州、これを頼朝は謀略をもって滅ぼしてしまったのだからな、その罪の意識もあって大切に保存したのであろうよ。

（三）征夷大将軍

一一八九年、奥州藤原氏を討滅し、後顧の憂いがなくなった頼朝はようやく上洛した。翌年には権大納言・右近衛大将に任じられる。

建久三年（一一九二年）三月、後白河法皇が崩御。同年七月、即位した後鳥羽天皇によって、頼朝はようやく念願の『征夷大将軍』に任ぜられた。

・・・・・・四宮は「うつけ」と言われておったが、中継ぎとして即位してから四十年近くも権力の中心にあった。頼朝をして「天下一の大天狗」と言わせしめた四宮であっても、歳には勝てんということじゃな。

頼朝が与えられた右近衛大将とは王家の侍大将のことでな、四宮が頼朝を自らの支配下に置いておきたいと考えてのことであろう。頼朝は一旦はこれを受け入れたが、数日のうちにその職を辞して鎌倉に戻ってしまったのじゃ。東国にいては職責を全うできないというのが表向きの理由ではあったが、実際には朝廷の組織に組み入れられることを嫌ってのことであろう。

頼朝が望んでおったのは大将軍の地位であったが、四宮は言を左右にして最後まで認めなんだ。四宮が亡くなったことで頼朝は大将軍の宣下を賜り、鎌倉に在って全国の武士を統率する名目を手にした。父・義朝が平家に敗れて三十年余り、名実ともに「武者の世」が訪れたと言っても過言ではなかろう。

しかしここが頼朝の頂点とでも言うべきか、この後、少しずつ流れが変わってゆくのじゃ。

翌年、頼朝の大将軍就任を祝って『富士の巻狩り』が行われた。この時、曽我の兄弟が父の仇であった工藤祐経を討つという事件が起こる。（曾我兄弟の仇討ち）

この時、曾我兄弟は何故か頼朝までも襲った。更には「事件に巻き込まれて頼朝が討たれた」、との誤報が鎌倉まで伝わってくる。

・・・・・工藤祐経（すけつね）は昔、平重盛に仕えていたが、上洛している間に本領の伊東庄を叔父の伊東祐親（すけちか）に占拠された。これに深い恨みを抱いた祐経は刺客を放ったのだが、その矢は祐親ではなく、隣にいた嫡男・河津祐泰（すけやす）を貫いてしまったのじゃ。

残された祐泰の二人の息子は母が再嫁した曾我の里で苦労を重ねてな、兄の一萬丸は曽我の家督を継いで曾我十郎祐成（すけなり）と名乗った。弟の箱王丸は箱根権現社に稚児（ちご）として預けられたのだが、出家を嫌い縁者にあたる北条時政を頼って出奔(しゅっぽん)し、元服して曾我五郎時致(ときむね)と名乗っておった。

伊東祐親とは、かつて娘を巡って頼朝と対立した伊豆の豪族じゃ。やがて平家に与した祐親は没落し、頼朝に従った工藤祐経は伊東庄に戻っておった。曽我の兄弟は富士の巻狩りでその祐経を見つけ、寝所を襲って仇討ちを果たしたというわけじゃ。

さて、曾我兄弟の最大の支援者は同じ伊豆の豪族・北条時政であったのだが、この事件は何を意味しておるのだろうか。兄・十郎が工藤祐経を討とうとする隙をついて弟の五郎が頼朝を暗殺し、範頼が将軍に就いた後に兄弟は助命される、という筋書きが立てられていたという噂もあった。

頼朝が討たれたとの誤報が鎌倉に届いた時、嘆く政子に対して範頼が、「後には私が控えておりますので御心配めされますな」、と慰めたそうじゃ。この言葉が後に謀叛の疑いを招いたとされておる。範頼はしばらくの後、伊豆へ流罪とされた。伊豆と言えば時政の領地、謀叛の証拠を隠すために範頼を幽閉したのかもしれん。

頼朝の弟である範頼ほどの者を動かせるとすれば、それは時政ぐらいしかおらんだろうて。その後、範頼の消息はぷっつりと途絶えてしもうた。

（四）死の裏側

その頃、九条兼実は廟堂（びょうどう）に君臨し、娘を後鳥羽天皇の中宮に入れるなど政治の実権を握っていた。しかし丹後局（高階栄子（たかしな））や権中納言・土御門（つちみかど）通親を中心とする反兼実派が結集される。丹後局は後白河法皇の寵愛を受け覲子（きんし）内親王を産んでいた。通親は内親王の勅別当に補（ほ）されて、生母である丹後局との結びつきを強めた。

一一九五年の始め、頼朝は政子や頼家、大姫らを伴って再び上洛した。名目は東大寺再建供養であったが、真の目的は娘・大姫を後鳥羽の後宮に入れるべく朝廷への根回しであったという。頼朝は丹後局や土御門通親と面会し、大量の贈物や荘園の安堵など朝廷工作を活発に行った。

同年夏、中宮（兼実の娘）が出産したが女子であった。しかし秋には後宮に入っていた通親の養女が男子（後の土御門天皇）を出産する。通親は権大納言となり、近衛基通を平家以来の関白に戻して親鎌倉派の兼実を失脚させた。

・・・・・　頼朝が大姫を後鳥羽天皇の後宮に入れる画策をしたという噂じゃがの、朝廷では兼実の娘・任子と通親の養女・在子が帝の寵愛を巡って張り合っている時であった。

その上に大姫の入内など、あり得た話とは儂には思えぬがな。

源通親はあの村上源氏の嫡流、即ち公卿でな、当時は権中納言に昇進して土御門を名乗っておった。平家全盛の頃には清盛の姪を娶り、平家が滅ぶと妻を捨て今上帝（後鳥羽）の乳母を室に迎えて丹後局に近づいたという欲の塊じゃ。

頼朝と通親を結びつけたのは一条能保であろう。頼朝の姉を娶っておったのだが九条兼実とは犬猿の仲でな、通親と丹後局は兼実を関白の座から追い落とそうと大姫の縁談を餌に能保に近づいたに違いない。

頼朝もその辺りの事情はわきまえておったのだろうな、古式に則ったふりをして一旦は辞退したようだ。儂が思うに頼朝としては、大姫を帝の兄弟である守貞親王か惟明親王に嫁がせ鎌倉に招聘して頼家の後ろ盾にできれば良い、ぐらいに考えておったのではないだろうか。

しかし大姫は若くして死んでしもうた。以前、頼朝と義仲が対立した時、頼朝は大姫の婿として預かっていた義仲の嫡子・義高を処刑したじゃろう。大姫は義高を将来の夫と思って仲睦まじく暮らしておったのだが、その時から精神を病んでしまったのだ。政子も義高を可愛がっておったのでな、義高に手を下した家人を捕まえて梟首したという。

いやぁ、政子は恐ろしいほどに気の強い女じゃからの。以前に頼朝の浮気がバレた時もな、女を匿っていた御家人の屋敷を自らの家人をもって打ち壊したのじゃ。すると今度は頼朝がその家人を処罰した。夫婦喧嘩なら二人の間でやってくれれば良いものを、源氏と北条が離反するわけにはいかんということだろうな。しかし巻き込まれた御家人にとってはえらく迷惑なことじゃわい。

建久九年（一一九八年）正月、通親は為仁親王（土御門天皇）の践祚を強行した。後鳥羽天皇は譲位して上皇となり、通親は天皇の外戚となって権勢を強めていく。

大姫が亡くなった後、頼朝は妹の乙姫の入内を求めるようになる。一条能保の嫡男・高能の働きにより、正式に「女御に任ずる」旨の宣治が発せられた。

その年の暮れ、頼朝は相模川で催された橋供養からの帰路で体調を崩したという。

翌年正月、頼朝死去。享年五十三。

・・・・・「このままでは平家と同じように朝廷に取り込まれてしまうのではないか」

朝廷に擦り寄る頼朝に対し、鎌倉では御家人たちが不満を募らせておった。

頼朝の死因は落馬による傷の悪化などと言われておるがな、東国武士の頼朝が馬から落ちるなど考えられぬことじゃわい。頼朝は長く糖尿を患っておった。橋供養から戻った後は床に伏して養生していたのだが、この時に誰かが毒を盛ったのではないかなどという噂も流れていたようじゃ。

実はこの頃、有力御家人である北条氏と比企氏の間に対立が激化しておった。これまでは比企を重んじる頼朝と、北条を実家とする政子によって何とか釣合いが保たれていたのだがな。しかし比企を乳母とする嫡男の頼家が順当に跡を継いだとなれば、北条が没落の道を辿ることは想像に難くないであろうが。そう思いたくはないが、時政や政子には頼朝の死期を早める動機があったことは確かなのじゃ。

第十章　頼家

（一）御家人との対立

一一八二年、源頼朝の嫡男として鎌倉の比企能員（よしかず）の屋敷で生まれる。幼名は万寿。頼家の乳母は比企尼の次女（河越重頼室）など、主に比企氏の一族から選ばれた。

・・・・・　政子は自らの手で育てることを望んだのだが、源氏の嫡男としての教養を身に付けさせるためとして、頼朝は自分を養育した比企氏に預けることを決めたのじゃ。おそらく頼朝は北条に権力が集中することを避け、比企氏にとっては頼朝の後継を囲い込めるという狙いがあったのであろう。

生まれながらの『鎌倉殿』である頼家は、古今に例を見ないほどの武芸の達人として成長していった。

建久十年（一一九九年）正月、父・頼朝が死去。頼家は十八歳で家督を相続する。

さっそく頼家は、初期の『鎌倉殿沙汰』の如く、全ての訴訟を自らが差配する制度に改めた。しかし三ヶ月の後にはこの制度は停止され、十三人の御家人による合議制が布かれることになった。

・・・・・　鎌倉殿沙汰とはな、頼朝が直に訴訟を成敗する、謂わば将軍権威の象徴であった。所領の安堵と訴訟の差配、この二つを駆使することで御家人たちは将軍に忠誠を尽くすわけじゃからの。

しかし幕府の所領が全国に広がるにつれて訴訟案件も増え、頼朝でさえ重要案件以外は諸機関に決定を委ねるようになっておった。頼家は過去の制度を復活して自らの権威を高めようと考えたのだがな、大量に押し寄せる案件に一人で対処できるはずもなかろう。訴訟の成敗は滞り、御家人たちの不満が噴出することになったのだ。これを補うべく、北条氏をはじめ有力御家人による合議制が導入されたというわけじゃ。

京では、一条能保・高能父子に仕えていた後藤基清、中原政経、小野義成ら三人の武士が土御門通親の襲撃を謀った。しかし謀は未遂のまま、三人は頼家の差し向けた兵により捕えられた。三名とも左衛門尉であったことから『三左衛門事件』と呼ばれている。

・・・・・　通親は頼朝が死亡すると直ちに自らを右近衛大将に任じてな、頼朝の後嗣である頼家を支配下に置いたのじゃ。まるで頼朝の死を事前に知っていたかのようであった。これに疑念を抱いた梶原景時は京の反鎌倉勢力の駆逐（くちく）を目論み、三人に通親の襲撃を命じたのだ。

三人とも鎌倉の御家人でな、頼朝から京の一条能保に預けられておった。能保は頼朝の姉を娶っており鎌倉に近しい公卿であったのだが、事件の前年には能保・高能父子とも亡くなってしまった。三人はその死因にも疑問を持っていたようじゃ。

後鳥羽院は通親を保護し、朝廷とも繋がりの深い大江広元に救いを求めた。広元は京の公家なのだが、兄・中原親能が頼朝とは幼き頃からの学友でな、早くから鎌倉に呼び寄せられて政所別当を任されておった。しかし京にも人脈が広く、長男は通親の猶子（ゆうし）になっておったのじゃ。頼家は広元に言われるがまま三人の討伐を命じた。加えて頼朝と親交の深かった西園寺（さいおんじ）公経（きんつね）らの公卿も解官（げかん）されてな、これ以後、朝廷は反鎌倉派が席巻（せっけん）することとなったのじゃ。

儂も黒幕の一味じゃと言われて隠岐島に流されてしもうたわい。

政が思うようにならない頼家は、比企氏など自らに近い家臣ばかりを頼るようになる。頼家を支える比企一族や梶原景時と、北条を始めとする有力御家人との対立が激しくなった。

ある時、景時は「御家人の一部に謀叛の疑い有り」と頼家に注進した。これに対し、三浦義村、和田義盛ら諸将六十六名による景時排斥を求める連判状が頼家に提出される。頼家が景時に連判状を下げ渡すと、景時は弁明もせずに所領の相模国一ノ宮に退いた。

・・・・・「景時を取るか、我々六十六の御家人を取るか」と突きつけられてはな、いかに将軍とあっても抵抗出来るものではあるまいて。

ところが景時失脚の後、北条時政が遠江守に任じられたのだ。頼朝の時代は国司の任命は源氏一門に限っておったのでな、これまで時政は政子の父であっても御家人の筆頭でしかなかったのじゃ。国司拝任を機に時政は源氏の同族と並ぶこととなり、頼朝が築いて以来守られてきた家格制度は崩れてしもうた。

（二）頼家無惨

景時の失脚から三年後の一二〇三年、頼家は叔父である阿野全成を謀叛の咎で誅殺した。頼朝が死去して以来、全成は実朝を擁する北条時政と結び、頼家を支える比企一族と対立していた。頼家は全成の妻・阿波局も逮捕しようとするが、母の政子は引き渡しを拒否する。

・・・・・　そりゃそうだろう。阿波局は政子の実の妹なのだから。阿野全成とは義経の兄・今若のことじゃ。全成は頼朝の信頼を得て、政子の妹を妻に娶っておった。

以前に景時が追放される原因となった注進とはな、「全成と時政ら一部の御家人に、頼家の弟・千幡（後の実朝）を将軍に担ごうとする陰謀がある」と告発したものであった。これを讒言であるとして千幡の乳母であった阿波局が、景時に不満を持つ御家人たちに火を付けて煽(あお)っていたのじゃ。

これにより頼家は忠臣・景時を失うことになってしもうた。頼家の怒りは相当に深いものだったのであろう。

御家人のとの対立が根深くなり、頼家は時政と政子から出家を迫られる。時政は頼家の所領について、関東二十八国を頼家の嫡男・一幡(いちまん)に、西国三十八国を弟の千幡(せんまん)に相続させるべく画策した。西国を千幡に相続させ、ゆくゆくは北条の知行地として切り取ってしまおうとの狙いがあった。

「所領は全て嫡男に譲るが道理というもの」

一幡を擁する比企能員は時政を激しく糾弾した。しかし翌日、時政は比企能員を自宅に呼び出して謀殺してしまう。怒った比企一族は一幡のいる小御所(こごしょ)に陣を構えるが、幕府軍の攻撃を受けて一幡共々討ち滅ぼされてしまった。

頼家は北条氏の領国である伊豆国修禅寺に幽閉され、替わって弟・千幡が将軍職に就いた。翌年七月、頼家は時政の手兵によって殺害された。

・・・・・　一幡は頼家と比企能員の娘・若狭局との間に生まれておった。将軍職が頼家に移ったことで将軍御外戚の立場も時政から比企能員に移っており、このまま一幡が後を継いでは完全に比企氏の天下となってしまうじゃろう。時政はこれに先手を打ったのだ。
政子にとっても自らの手元で育てた千幡への愛情は、比企で育った頼家とは比べものにならないほど深いものじゃった。頼家は病気などと言われておるがな、儂にはそうは見えなんだ。これは全て時政と政子が仕組んだことに違いないわい。

この騒ぎで、儂はまた謀叛の疑いありとして対馬国に流罪とされてしもうた。『比企の乱』などと呼ばれておるがの、ふざけた話じゃ。謀叛を起こしたのは北条の方ではないか。

頼家の躓(つまず)きは、梶原景時を失脚させたことに尽きようのう。

梶原氏とは桓武平氏・良文の流れを汲む鎌倉党じゃった。後三年の役で勇名を馳(は)せた平景正は八幡太郎義家の郎党となり、鎌倉の地を切り開いて鎌倉権五郎(ごんごろう)を名乗っていた。以後、三代に亘って源氏の家人であったが、平治の乱で源氏が敗れた後は平家に従っておった。後に頼朝が挙兵した時、石橋山の戦いに敗れて山中に逃げ込んだ頼朝を、景時は真鶴岬から漁船で安房まで首尾良く逃がしおおせたのじゃ。

頼朝は景時の実務能力にとことん惚れ込んでおってな、鎌倉ではいきなり侍所の次官に任じられた。そりゃ周りの嫉(ねた)みも大きかったであろうよ。

源義仲との宇治川の戦いでは義経軍の参謀となり、頼朝の目となり耳となって的確な情報を伝えていた。一ノ谷の戦いにも参陣したのだが、義経の任官の経緯や愚行を非難する報告を細かに上げていたという。目付としては上々だがの、厳しすぎるのも少々困ったもんじゃて。

景時は頼朝の懐刀(ふところがたな)として信頼が厚かったのだが、頼朝が死んだ後も引き続き二代・頼家に重用されておった。しかし景時は北条や三浦、和田らの御家人たちとは一線を画しており、また京から呼ばれた大江広元や三善康信とも距離があったようじゃ。役目柄、周囲からは嫌われることが多くてな、しかし鎌倉将軍の為には命も惜しまぬ忠臣であったことは間違いない。景時が去って、頼家に味方するものがいなくなってしもうた。

元久二年（一二〇五年）、文覚上人は対馬国へ流される途中、遠く鎮西（ちんぜい）の地で失意のまま客死した。

第十一章　実朝

（一）張子の将軍

一一九二年、源頼朝の次男として鎌倉で生まれる。幼名は千幡。

「次男は関東の仕来り（しきたり）に倣って（なら）手元で養育いたします」

今回ばかりは政子は頑として譲らない。乳母は政子の妹・阿波局が務めることとなった。

建仁三年（一二〇三年）、実朝十二歳、兄の頼家が鎌倉を追放されると征夷大将軍に就任する。将軍職に就いてまもなく、既に決まっていた御家人の娘との縁談を断って、京より坊門（ぼうもん）信清の娘・信子を正室に迎えた。実朝は朝廷との関係修復を目指したのか、それとも御家人から嫁を迎えて兄・頼家の二の舞になることを恐れたのだろうか。北条にとっても、将来の災いの芽は摘んでおいた方が良いとの思惑が絡んでいたのかもしれない。

実朝の擁立に成功した時政は、大江広元と並んで政所別当となる。直ちに後妻・牧の方の娘婿・平賀朝雅（ともまさ）を武蔵守に任じ、自らその後見となった。更に鎌倉の騒動が京に動揺を与えないよう朝雅を京都守護に任命した。

一二〇五年、時政は頼朝以来の最後の忠臣とも言える畠山重忠・重保父子を謀叛人に仕立て上げて討伐した。重忠は武蔵国の御家人で、頼朝以来三代に亘り将軍家を支えてきた何事にも筋を通す実直な武将であった。これは武蔵国の支配を巡っての時政の謀（はかりごと）であったと考えられる。

あろうことか時政は、朝雅を将軍に就けるべく実朝の暗殺まで企てる。しかしそれを察知した政子の機転により、実朝は御家人らに守られて江間（えま）義時の邸宅に逃れた。この頃、時政は随分と後妻・牧の方に入れ込んでおり、前妻の子である政子や義時とは対立が生じていた。時政は兵を集めようとするが、時政に対する御家人たちの反発は強く、兵はすべて義時邸に参じた。時政と牧の方は伊豆国修禅寺に追われ、北条家の当主は義時が継ぐこととなった。

これより義時は北条を名乗り、執権（しっけん）として姉・政子と二人三脚で幕府を牽引していく。

実朝十八歳になると、自ら政に関与すべく親裁権を行使し始める。しかし実務は北条氏など主な御家人が握っており、当然のこと軋轢（あつれき）が生じる。

実朝は朝廷との連携を目論んで後鳥羽上皇に接近した。坊門信清の次女は後鳥羽院の後宮に入っており、院と実朝は相婿（あいむこ）の関係に当たる。上皇は和歌などの文化はもとより、武芸にも秀でた歴代希に見る英傑（えいけつ）であった。しかし政治の実権は鎌倉幕府に握られており、上皇にも欲求不満が高まっていた。上皇と実朝は互いの心の内を共有し、急速に親しさを増していく。

一二一三年、政所別当・北条義時が権力を用いて相模国司に就いた。これは相模武士団にとって容認できることではなかった。北条義時は伊豆の武士団なのである。

義時の専横に対して侍所別当・和田義盛の一族が反発した。義盛は頼朝が旗揚げした時から付き従っていた相模三浦党である。御家人たちの中に、義時を倒し故・頼家の三男・栄実（えいじつ）を将軍に擁立せんとの動きが起こる。この謀は未然に北条方に察知されるが、ここに和田義盛の息子・義直と義重、甥の胤長（たねなが）が連座していた。

義時はこれを逆手に取って義盛らを挑発し、一族を辱められた義盛は兵を挙げざるを得ない状況へと追い込まれてしまう。義盛は義時の暗殺を企てるが、味方であるはずの三浦義村が義時側に寝返り、和田一族はあえなく滅亡するに至った。（和田合戦）

こうして目障りな和田義盛を排除し、義時は侍所別当の後任にも任じられ、政治と軍事の両方を手にすることとなった。

建保四年（一二一六年）、宋の仏師・陳和卿（ちんなけい）が鎌倉を訪れて実朝と面会した。陳和卿の言により「宋の医王山こそが前世の居所」と信じた実朝は、これを拝するために渡宋を思い立ち唐船の建造を命じた。翌年、完成した船を由比ヶ浜から海に向って曳かせたが、船は浮かばずそのまま砂浜に朽ち損じてしまった。

　陳和卿は平家の焼き討ちにあった南都の大仏を修復するために宋から呼ばれていた。しかし宋に帰る船を失って鎮西に取り残されており、実朝を謀って船を造らせ、自らも一緒に宋に帰ろうと企んだのではないだろうか。

　吾妻鏡には唐船は仏師の失策と記されているが、渡航に反対する北条の手出しがあったとも考えられよう。家格の低い北条としては将軍が不在となっては困るからである。これ以後、仏師の消息も途絶えてしまった。

　実朝が船の建造を命じたのは鎌倉からの逃避か、それとも大陸に自らの明日を見出してのことであろうか。

（二）鶴岡八幡の惨劇

　鎌倉に居所を失った実朝は、権力の回復を目指して位階の昇進を望むようになる。後鳥羽上皇は実朝に好意的に昇進の便宜を図った。

実朝は自らの後継として、後鳥羽上皇の第四皇子・冷泉宮頼仁親王を猶子に迎えたいと考えていた。親王の母と実朝の御台所は姉妹である。実朝が官位の昇進を急いだのも、親王将軍を迎えるための下地造りであったとも考えられよう。上皇もこれに応じて実朝の求めるままに官位を与えていた、と捉えれば筋も通るのではないか。

一二一七年、実朝は武士として初めて右大臣に任ぜられた。更に朝廷の最上位である太政大臣への昇進を求めるようになる。将軍権力の拡大は北条氏の焦りを誘うと共に、朝廷重視の姿勢は御家人たちの反発を招くことにもなった。

建保七年（一二一九年）一月、右大臣昇任を祝う鶴岡八幡宮拝賀の時を迎えた。雪が二尺ほど積もる日であった。夜になり神拝を終えて退出する最中、実朝は「親の仇」と叫ぶ公暁に襲われて落命する。享年二十八。

公暁とは頼家の次男・善哉のこと、乳母夫は有力御家人の三浦義村であった。父・頼家が亡くなった時、善哉はまだ五歳になったばかり。翌年には鶴岡八幡宮に預けられ、出家して公暁と名乗っていた。公暁は実朝の猶子となり、事件当時は鶴岡八幡宮の別当に就いていた。

この時、公暁は実朝の太刀持ちをしていた源仲章まで斬り殺している。源仲章は後鳥羽院の近臣で、藤原定家とも親しく実朝の侍読（先生）でもあった。後に政所別当となり、京の朝廷との繋ぎを担っていた。

太刀持ちは執権である北条義時の役目であった。しかし、八幡宮の楼門に至ると義時は急に体調不良を訴え、直前にこの役を仲章に譲っていた。


公暁は父の敵と教えられた実朝と義時を討ったつもりであった。前もって三浦義村からは、「二人を討った後は、三浦が後ろ盾となって将軍に就ける」と耳打ちされていた。

三浦氏は坂東平氏・平良文の流れを汲む。源頼義に従って前九年の役で戦功を上げ、相模国三浦の地を与えられて源氏の家人となった。後に三浦義明の娘が源義朝の妻となって長男・義平を儲けており、本来であれば北条の風下に付くような家格ではない。この機会に実朝と義時を始末して、公暁を担いで実権を手にしようと考えていた。

しかしこの計画は北条に洩れ、義時はこれを利用しようと企んだ。太刀持ちの役を源仲章に替わらせ、公暁に葬らせることに成功する。実朝の忠臣であった仲章は後鳥羽院や朝廷にも近く、義時にとっては目障りな存在であった。

陰謀が露見したことに慌てた三浦義村は証拠を隠滅するため、自邸に向かってくる途中の公暁を誅殺した。しかし以後、北条には弱みを握られ続けることになる。

三代・実朝、及び公暁の死によって、武家源氏棟梁の血脈は完全に途絶えてしまった。

終章　滅亡の真理

（一）呪われた血

源氏が三代で滅びてしまった真の理由、その一つは源氏の「呪われた血」にあると言えよう。八幡太郎義家は武勇で名を馳せ、武家源氏の宗家となった。弟に賀茂二郎義綱、新羅三郎義光。子に義宗（早世）、義親（西国で悪事を働き討伐）、義忠（後継）、義国（足利荘を継ぐ）。一〇八三年、陸奥守に任じられると、東国武士（主に坂東平氏）との間に主従関係を構築した。

ここから源氏内紛の歴史が始まる。河内源氏・義家の勢力が大きくなることを警戒した朝廷は、弟の義綱を引き立てて対抗馬にしようと画策する。当時、朝廷で公卿として実権を握っていたのは村上源氏であった。

一〇九一年、力を付けてきた義綱は領国の支配を巡って義家と争うようになる。朝廷は義家の嫡男・義親を、慣れぬ西国の対馬守に任じた。義親は九州で略奪を働き隠岐国へと流されるが、配所には赴かず出雲で平正盛に討伐されてしまう。

一一〇六年、義家の四男・義国は叔父・義光と常陸国で武力衝突する。

一一〇九年、家督を継いだ三男・義忠が暗殺された。義家と対立していた義綱に嫌疑が掛けられ、為義の追討を受ける。為義とは西国で討たれた義親の子であり、義忠の嗣子として迎えられていた。義綱は出家して無実を訴えるが、佐渡に流され自害することとなる。しかしこれは弟・義光の謀略であった。


為義は若くして源氏の棟梁となった。

保元元年（一一五六年）、皇位を巡る争いで為義は崇徳上皇に付いて戦うが、敵対する後白河天皇に与した長男・義朝に討たれてしまう。その義朝も平治の乱で平清盛に敗れ、源氏は雌伏の時を迎えることとなる。

治承四年（一一八〇年）、伊豆に流されていた義朝の嫡男・頼朝が挙兵した。頼朝は平家を滅ぼすが、その過程において木曾義仲を討ち、人質として長女・大姫と娶せていた義仲の嫡男・義高まで殺してしまう。更には以仁王の令旨を持って各地の源氏に挙兵を促した叔父・行家とも対立、これを討伐した。

鎌倉に幕府を開いた頼朝は、奥州藤原氏のもとに逃れていた異腹の弟・義経を執拗に追い詰めて自害させた。更にその四年後には、最も信頼していた弟・範頼までも謀叛を疑って誅殺してしまう。

これら親族との争いを制した頼朝は自らの立場を磐石(ばんじゃく)なものとしたが、これにより源氏嫡流の血筋ほとんどが途絶えてしまうこととなった。常陸の佐竹秀義、甲斐の武田信義は源氏内紛の元となった義光の子孫。上野の新田義重、下野の足利義兼は義家の子孫とは言え共に傍流でしかない。

源氏の棟梁にとって、親兄弟など血の濃い身内こそが最も危険な存在であった。源氏が三代で滅亡した要因の一つは内部抗争、その「呪われた血」にあったと言っても過言ではあるまい。

(二) 鎌倉幕府の正体

二つ目は、『鎌倉幕府』の正体である。

鎌倉幕府は侍所、政所、問注所で構成されている。侍所は御家人を統率する機関として、政所は知行国の財政、行政を担当する機関として設置された。問注所は裁判を扱う検察のような役割を担っている。幕府の支配拡大に伴い訴訟案件が増加したため、問注所を通して鎌倉殿

（頼朝）が裁きを下すという仕組みを構築した。

一一八五年、政所に守護と地頭の補任権が付与されたことで、鎌倉に幕府としての機能が整った。

清盛が目指した武士の世は、平家が公家と並んで朝廷で実権を握り武士（平家）に繁栄をもたらすというもの。これに対し頼朝が目指した武者の世とは、朝廷に支配されることなく、東国に独立した武家政権を樹立するというものであった。

頼朝は平家の滅亡を他山の石として、身内を優遇することなく、自らを支えてくれる家人を大切に扱った。家人は将軍を『鎌倉殿』と呼び、頼朝は家人を大切にし「御」の字を付けて『御家人』と呼んだ。

将軍（頼朝）は御家人に本領の安堵や新領の贈与などの御恩をかけ、御家人は頼朝に奉公で応える、ここに封建制度が確立した。幕府から地頭に任命された御家人は、領内の年貢徴収や警察裁判権など広範な権限を有することになる。

御家人の中心となるのは大名と呼ばれる有力豪族の家長であった。相模の三浦・和田・梶原・土肥、武蔵の畠山・河越・稲毛・葛西・足立、下総の千葉・下河辺、上総、下野の小山・八田・宇都宮、伊豆の北条など、鎌倉幕府はこれら大名の連合政権である。

しかし幕府の体制が安定してくると実権は御家人たちに移り、北条氏や比企氏などの間に勢力争いが起きるようになる。頼朝という絶対的権威が亡くなると、二代・頼家はやむを得ないこととは言え御家人たちの信頼を得ることができず、幕府の仕組みの中に葬られてしまった。三代・実朝は朝廷から猶子を迎え将軍職を継がせて自らの立場を守ろうと画策するが、東国の独立を第一に考える御家人たちの反発を買って暗殺されてしまう。ここに源氏は三代で終止符を打たれ、以後、北条氏が執権となって実権を握ることとなった。

さて、一口に鎌倉幕府と言うが、果たして一つの政権と言えるのだろうか。

源氏三代の後、政権を手にした北条氏は坂東平氏の流れを汲む一族である。しかし家格の低い北条氏では征夷大将軍に就くことができない。そこで鎌倉幕府の名を借りながら形ばかりの親王将軍を担ぎ、執権となって実権を手にする術（すべ）を選んだ。

これは即ち、平氏である北条が源氏の一族を滅ぼした、隠された政権交代であったことを示している。

武家政権の『源平交代説』

・平家政権：平清盛の一族　⇓平氏
・鎌倉幕府：源頼朝の一族　⇓源氏
・鎌倉幕府：執権北条氏得宗家　⇓平氏
・室町幕府：足利氏　⇓源氏
・織田政権：織田信長　⇓平氏
　※豊臣政権：豊臣秀吉は農民の出のため将軍にはなれない　⇓関白
・江戸幕府：徳川家康　⇓源氏

(三) 吾妻鏡の謎

『吾妻鏡』と言えば鎌倉時代を記した歴史書、鎌倉幕府の半ば公的な記録である。しかし「歴史は勝者の物語」とは言うものの、これほどまでに作為に満ちた記述で覆われているものを他には知らない。

吾妻鏡が編纂されたのは鎌倉時代末期の一三〇〇年頃、北条の執権政治が確立された後に作成されたものである。よって北条氏に都合の悪いことは何一つ記されていない。

例えば平清盛や木曾義仲を悪、頼朝を正とするは、北条が支えた頼朝の功績を称えるためである。その後、義経を悲劇の英雄とし、頼朝を冷酷狭量（れいこくきょうりょう）な支配者として表わすは、源氏から政権を奪った北条の正当性を示すためであろう。

吾妻鏡の最大の謎、それは頼朝が死に至った経緯についての記述が残されていないことである。鎌倉幕府にとって最も重大な出来事であるはずなのに。

筆者の勝手な想像ではあるが、もともとは何らかの記述があったものを、後々何者かが削除したのではないだろうか。だとすれば、ここには北条として公表できない内容が記述されていたと考えてもおかしくはない。

では頼朝が死に至るまで、建久七年（一一九六年）からの二〜三年、この間に何が起きていたのかを追いかけてみよう。

・建久七年十一月、頼朝に近い関白・太政大臣の九条兼実が失脚している。

・翌八年七月、入内を画策していた大姫が亡くなった。頼朝は妹・乙姫（おとひめ）の入内を求め、一条能保の嫡男・高能の働きで正式に「女御に任ずる」旨の宣治が発せられた。しかしこの後、十月には一条能保が、翌年には高能が急逝している。

・建久九年正月、後鳥羽天皇が譲位し、為仁親王（土御門）がわずか三歳で即位した。
・翌・建久十年正月には頼朝が没し、更に半年の後、乙姫も病死する。

後に起きた『三左衛門事件』なども併せ見ると、土御門通親の影が見え隠れしている。通親は大江広元の長男を猶子に迎えるなど頼朝の近くにも触手を伸ばしていた。

鎌倉御家人の中で、これら一連を通親と組んでやり遂げられるのは北条以外には思い当たらない。幕府内では北条氏と比企氏の争いが激しくなっており、時政や政子には頼朝の死期を早める動機があったことは否定できない。後になって、その後ろめたい事実を隠蔽しようとした吾妻鏡の意図も見えてくるようだ。

頼家の死は吾妻鏡によると、「粗暴な頼家が病気になり、比企氏が乱を起こして北条がこれを鎮圧した」というもの。しかし……

頼家が危篤に陥ったとされるのが建仁三年（一二〇三年）八月二十七日。関東を頼家の嫡子・一幡に、西国を弟の千幡（実朝）に相続させるべく北条時政が画策したのが九月一日のことであった。

これに対して比企能員が異議を唱えると、翌日、時政は能員を館に呼び出して誅殺した。当然のこと比企氏が兵を挙げる。ここで九月五日には奇跡的に、と言うか都合良く頼家が息を吹き返し「時政を討伐せよ」との令を下す。北条はこれを迎え撃つ形で、比企氏ともども何と一幡まで攻め滅ぼしてしまった。

その上、おかしなことに九月七日には京の朝廷に「頼家が病死して弟の千幡が家督を相続した」との報告が届けられている。京までの時間を考えれば届けが発信されたのは数日前のはず、おそらくは時政が千幡への相続を画策した時点と考えられる。

頼家は伊豆国修善寺に幽閉され、殺害されたのはその翌年のことである。頼家の死は予め定められた路線の上にあったとしか考えられない。

実朝の死は建保七年（一二一九年）正月、頼家の遺児・公暁が鶴岡八幡の境内で実朝を襲ったというもの。前章では、これを三浦が仕組み、北条が逆手にとって利用したと結論づけた。

しかしこれは「実朝が暗殺された」という記述を素直に受け入れた上での解釈である。よくよく吟味すれば、吾妻鏡にはまだまだ腑に落ちない点が多い。例えば……

1．実朝の首は何故見つかっていないのか？

　犯行現場も下手人も特定されているのに、である。

2．公暁は本当に「父の仇（かたき）」として実朝を討ったのか？

父・頼家が殺された時、実朝はまだ十三歳であった。後に公暁は実朝の猶子にも迎えられており、親の仇として暗殺を企てるほど実朝を憎んでいたのだろうか。

実朝、公暁、仲章、この三人の共通点は「死んだ」ということである。逆から考えると、「もし実朝が暗殺されていない」としたらどうだろうか。仲章も死ぬことはなく、公暁も殺される必要が無かったということになる。

では、もし三人が生きているとすれば何処に行ったのか？　何故に死んだことにしなくてはならなかったのか？

何の裏付けもない推論ではあるが、実朝が宋に向かったという可能性は考えられないだろうか。甥で猶子の公暁と、学問の師・仲章を伴ってである。実朝は鎌倉に嫌気が差していた。船の建造は挫折したものの、宋への思いはますます強くなっていたのではないか。

公暁が鶴岡八幡宮の別当となったのは二年前のこと、以後しばらく社殿に籠もったまま世上に姿を見せていない。しかし、一年後に姿を現した公暁の頭には髪が伸びていたという。その間、どこかで渡航の準備をしていたとは考えられないだろうか。

では何故、実朝は暗殺されたことにしなければならなかったのか？　それは将軍が職を投げ出して他国に渡るなどあってはならないこと、とても幕府として朝廷に報告できるようなことではなかった。とは言え後継を急がねば、御家人たちが源氏の傍流を担いで混乱を引き起こす恐れがある。家格の低い北条氏では将軍職を継承することなどできないからである。

　政子と義時は、以前より話が進められていた親王の下向を急ぎ求めた。しかし実朝が暗殺されたと聞いた上皇は親王の下向を白紙に戻した。そもそも親王の下向は実朝の後見があってこその約束である。次々と将軍を闇に葬るような野蛮な鎌倉へ、後ろ盾なくして親王を送るなど人質を取られるようなものである。

　やむなく幕府は九条道家の子で前年に生まれたばかりの、まだ二歳の三寅（みとら）を将軍に迎えることとした。三寅は頼朝と近かった九条兼実の曾孫（そうそん）に当たる。鎌倉、いや執権として実権を握りたい北条にとっても、神輿（みこし）は軽い方が都合が良かった。こう考えると、辻褄（つじつま）も合うというものではないか。

　この後、京の朝廷と鎌倉幕府との対立が深まる。翌年には京で幕府御家人による謀叛の騒ぎがあり、御所の一部やいくつかの宝物が焼けるなどの騒ぎも起きた。

　承久三年（一二二一年）、怒りを募らせた後鳥羽上皇は幕府の混乱を好機と見て西国の武士を結集、ついに北条義時追討の院宣を下した。ここに鎌倉は再び朝敵となった。義時追討の院宣は鎌倉の御家人たちにも届くが、北条の対抗勢力として朝廷が期待していた三浦氏が義時を支持する。院宣に従えば、やっとの思いで勝ち取った東国の独立が再び無に帰すことを恐れてのことであった。

幕府は義時の嫡男・泰時を大将として大軍を京に向けた。幕府軍は上皇軍を討ち破り、あろうことか後鳥羽上皇を隠岐島に流してしまう。（承久の乱）

三年後の一二二四年、北条義時が世を去った。将軍・頼経（三寅）の成長に伴い将軍に近い勢力が台頭するが、後継の泰時は幕府の統治に関する基本法典として『御成敗式目（ごせいばいしきもく）』を発布した。これにより幕府の合議制が確立され、将軍の権威は形骸化してしまう。

執権職が定められたのは北条義時の時代、当時は幼い将軍を補佐する目的であった。この後、泰時（連署（れんしょ）・時房）によって事実上の執権政治、即ち、北条による鎌倉幕府へと転ずることとなる。

吾妻鏡によれば、承久の乱の折、朝敵となって動揺する御家人に対して、政子が演説をぶって一つにまとめ鎌倉を勝利に導いたとの記録がある。

しかし、そもそも「乱」とは朝廷に反旗を翻した方に用いる言葉であるはず。吾妻鏡における政子の演説の件(くだり)は、「争乱を引き起こしたのは上皇方である」と真実をすり替えるために創作した逸話のようにも思えてくる。

そこまで疑っては、そもそも歴史などというものは存在しなくなるのだろうか。

（完）

第三話　「大河は何処へ」関ヶ原の真理

序　章　目出度いわけなど無かろう――秀頼の父

文禄二年（一五九三年）八月三日、秀吉の側室・茶々が男子を出産した。歓喜に溢れる大坂城の中で、満面に笑みを湛えながらも腹の中でこう呟いた武将がいた。

・・・・・・「目出度いわけなど無かろう」

思い起こせば昨年の十月、殿下が朝鮮出兵のため肥前（現在の佐賀県）名護屋に向けて大坂を発たれた後、茶々様が参籠なさるということで御供を仰せ付けられた。夜通し読経が続き意識が朦朧となった。どのくらい時が経ったであろうか、気が付けば茶々様と二人、褥の中にはまだ前夜の余韻が残っていた。

あれは『子授けの祈祷』であったのか。殿下の耳に入ればこの身はただでは済むまい。何しろ殿下の茶々様への想いは並大抵のことではないからな。だが待てよ、あの儀式は十日ほど続いたはずである。ならば儂の他にも、誰か同じような者がおったのではなかろうか。

そうじゃ、あくまで拾丸様（後の秀頼）は殿下の御子である。余計なことは悟られぬよう平静に努めるしかあるまい。

子授けの祈祷とは子宝に恵まれない夫婦が神仏に願掛けをして夜通し参籠（お籠り）する儀式のことである。読経三昧で宗教的な陶酔が頂点に達したところで妻が法悦を体験し子供が授かる仕組みであるが、祈祷の効果を示すため陰陽師や僧侶が自ら性的処方を行うのが通例であった。

しかしながら豊臣の跡継ともなれば誰でも良いというはずはなく、また後々特定されることがあっても宜しくないので、予め複数の候補者が選定されていたと考えるのが妥当であろう。

子授けの祈祷は秀吉が出立した後、吉日を選んで催されたと考えられる。何故なら秀頼が誕生した日から逆算すると、受胎が想定されるのは前年の十一月四日前後となる。しかし秀吉は十月一日には朝鮮出兵に向けて大坂を発っており、秀頼が生まれた翌年八月まで名護屋城に滞在していた。

祈祷については、茶々はもちろんのこと秀吉も寧々も事前に承諾していたと思われる。もし茶々が秀吉の了解なく身籠ったとすれば秀吉の怒りは如何ばかりか、茶々はもとより側近の三成や大蔵卿なども無事であったはずがない。

茶々が懐妊したという知らせを受けた時、秀吉は寧々に「今度生まれる子は茶々一人の子でよいだろう」と手紙で書き送っている。もしこれが予期せぬことであったなら、とても手紙の一文で済ませられる話ではない。祈祷を願い出たのは茶々かもしれないが、秀吉も寧々も「豊臣家存続の為には止む無し」と承諾を与えていたことであり、それを二人して再認識し慰めあったと考えるのが自然というものであろう。

秀頼が誕生して二年後の七月、高野山において、関白・秀次が謀反の疑いにより切腹させられた。この時、秀次のみならず家臣、愛妾（あいしょう）、女子供に至るまで、繋がりのある三十九名全員が京の三条河原で処刑されている。

謀反の疑いの始末であれば、秀次本人と跡継ぎの男子およびそれに加担した家臣らを処分すれば済む話であり、愛妾や女子までも殺すというのはあまりにも苛烈（かれつ）過ぎる処置であった。これ即ち、秀次の存在自体をこの世から抹殺（まっさつ）することが目的であったことを示している。

秀頼の父は誰か、それを特定したところで関ヶ原の帰趨に影響を及ぼすものではない。故に、ここでは本稿から外して考えてみることとしたい。

通説では僧侶や役者、また石田三成、大野治長らの名前が挙がっている。しかし子授けの祈祷には由緒正しい種が準備されていたと考えられ、僧侶や役者の類はあり得ないと思われる。

また三成についても、その後の茶々をはじめ大坂方の必ずしも温かいとは思えない対応をみると些か考えにくい。その点、治長は茶々の乳母・大蔵卿の息子であり、奥にも出入りしていることから候補としては外せないであろう。

もう一人、聚楽第にいた関白・秀次の顔が頭に浮かぶのだが、これは筆者の勘繰りが過ぎるのであろうか。豊臣の血を絶やさぬために、秀吉〜秀次〜秀頼の継承を目論んで祈祷の準備がなされていたと考えても不思議ではないように思う。

秀吉は誰が種であるかを知らない。秀頼が生まれてまもなく、秀次から秀頼への継承を確かなものとするために秀頼と秀次の娘との婚約を成立させている。しかし後々、何らかの機会に秀次が秀頼の父親である可能性を知ることとなり、秀吉は秀次の存在をこの世から抹殺しようとしたのではないだろうか。

秀次に近い者を根絶やしにしたのは、秀頼の出生の秘密について、後々真実を知る誰かから秀頼の耳に届くことを遮断しようとした、そう考えれば秀吉があれほど常軌を逸した処置をとった理由も腑に落ちるのだが。

秀頼の父は誰か、それはさておき「秀頼は秀吉の子ではない」という事実、これは当然のことながら周りの諸大名も気が付いていた。それは誰も口にできない、いわゆる公然の秘密として、関ヶ原に少なからず影響を及ぼすこととなった。

第一章　誰を頼めば良いやら――秀吉

慶長三年（一五九八年）、病床に伏していた秀吉は『五大老・五奉行』の制度（十人衆）を設けた。

本来であれば幼い秀頼を託すべき秀次を、あろうことか自刃に追いやっていた。今更いくら悔いても手遅れである。かくなる上は自らが世を去った後も、秀頼が成人するまでの間は合議制によって政務を補佐させようと考えてのことであった。

五大老とは徳川家康、前田利家、宇喜多秀家、上杉景勝、毛利輝元。五奉行とは浅野長政（司法）、前田玄以（文部）、石田三成（行政）、増田長盛（土木）、長束正家（財政）、五奉行の政治運営を五大老が管掌するという仕組みである。

伏見城本丸の奥座敷、この日は朝鮮にいる宇喜多秀家を除く『十人衆』が顔を揃えていた。

秀吉は家康を枕頭に呼んだ。

「秀頼が成人するまで政務を預ける。済まぬことではあるが、秀頼の成人がなったなら……」

「みなまで申されますな。この家康、重々承知してござる」

「秀頼のこと、返す返すも宜しゅうお頼み申す」

家康の手を握り、涙と鼻水でくしゃくしゃになりながら哀願している。

恐縮する体を装いつつ、家康はそっとその指をほどいた。

続いて利家を手招きする。

「秀頼とともに大坂城に入られよ。よくよく後見をお頼み申す」

自らの天寿を全うするにあたり、天下人として国の将来を憂う言葉は一言もない。年老いてできた我が子のことばかりを願う、目を覆いたくなるほどの醜態であった。

見舞いの者たちが帰路についた後、床に臥せている秀吉は大きくため息をついた。身体は疲れ切っている。だが、頭は妙にすっきりと冴えていた。

……「誰を頼めば良いやら」

今日は徳川殿はじめ五大老に誓書を出してもろうた。皆、秀頼に忠誠を誓うと約束してくれた。ありがたいことである。

徳川殿は律義者である。過去には敵対した時期もあったなれど、儂に臣従を誓うてからは本当によう尽くしてくれておる。信長様の時代より徳川殿の律義さは疑うべくもなかろう。

しかし、儂が死んだ後も秀頼を支え続けてくれるであろうか。やはり頼みとすべきは佐吉であるわい。

（石田三成の幼名）であろう。じゃが困ったことに、どうにもこうにも虎之助（加藤清正）や市松（福島正則）らと折り合いが良くない。又左（前田利家）が元気な内は何とか収めてくれるであろうがな。

拾丸（秀頼）は本当に可愛い。儂によう懐いてくれておる。誰が何と言おうと拾丸は儂の子である。儂の念が通じて生まれてきた子である。

あぁ、何度誓書を書かせても心配は尽きぬわい。

この頃、西国の主な大名は朝鮮半島に渡っていた。朝鮮では加藤清正と小西行長の間に退っ引きならぬ対立が生じていた。これは当人同士の気質の違いもさることながら、尾張閥と近江閥という二つの勢力の対立と捉えることもできる。

尾張閥は加藤清正や福島正則ら血縁を軸として、まだ秀吉が織田信長に足軽として仕えていた頃から苦楽を共に出世街道を走ってきた仲間であった。本能寺で信長が明智光秀の謀反に倒れた時は『中国大返し』で主君の仇を討ち、清洲会議、賤ヶ岳の戦いでは柴田勝家に勝利して信長の後継者たる地位を獲得したという自負がある。

尾張閥の主たる大名は清正や正則の他、浅野長政、加藤嘉明、山内一豊、更には蜂須賀家政や黒田長政など。彼らの北政所（寧々）に対する敬愛の念は母親に抱くと同じく極めて強いものがあった。

一方の近江閥は秀吉が近江長浜の城主に出世を遂げた後、官僚としての行政能力を認めて新たに登用された有能な人材である。主たる大名は石田三成の他、増田長盛、長束正家、前田玄以、大谷吉継、小西行長らが挙げられる。

小西行長は宇喜多家を得意先とする薬問屋の息子であり、算盤（そろばん）に強く三成とは極めて親しい間柄であった。もちろん武勇にも優れていたが、清正ら武断派の武将たちは行長のことを陰では「薬屋」と呼んで見下していた。

七年前（一五九一年）に秀吉の弟・秀長が没したことで、「内々の儀は利休、公儀の事は秀長が存じ候」という、かつて秀吉を支えた政治基盤は崩壊していた。今は三成ら近江閥が主体となる中央集権体制へと移行しつつあった。

また経済的な背景を見ると、尾張閥は堺、近江閥は博多を拠り所にしていた。南蛮貿易、即ち琉球・台湾・ルソンを経由した取引を独占する堺に対して、大陸との直取引を目論む博多が莫大な利権を巡って熾烈（しれつ）な暗闘を繰り広げていた。

秀吉は大陸貿易を優位に進めるべく朝鮮出兵に舵を切った。千利休は言わずと知れた堺の商人であり、秀吉との確執はこれに連なるものと理解することもできよう。加えて、賤ヶ岳で柴田勝家に勝利した後、北近江の浅井長政の娘・茶々を側室に迎えたことも近江閥の勢力が拡大する大きな要因となったことは言うまでもない。

　このような状況下、尾張閥のフラストレーションは相当に高まっていた。


　天正二十年（一五九二年）正月、秀吉は全国の大名に朝鮮出兵の大動員令を発した。本営を肥前名護屋に定め、三十万を超える軍勢を集結させた。派遣軍はおよそ十六万、当初は破竹の勢いで進軍し、わずか二十日あまりで首都・漢城（ソウル）を陥（お）とすに至った。しかし李舜臣（リシュンシン）率いる水軍、更には明軍の参戦により徐々に苦境に立たされるようになる。

　秀吉の命に忠実に従って戦を繰り広げる清正ら諸将の裏で、三成の意を受けて小西行長は和睦の交渉を進めていた。しかし和睦は不調に終わり、その責任を清正ら武断派の諸将に転嫁すべく、三成は彼らの行動を殊更に秀吉に讒言（ざんげん）した。

　三成の言を鵜呑（うの）みにした秀吉によって、清正は京に戻され蟄居（ちっきょ）まで申し付けられてしまう。両者の確執は修復できない状況にまで至ることとなった。

第二章　おのれが他には――石田三成

家康ら五大老が引き上げた後、床の中で目を閉じている秀吉を眺めながら、三成は言いようのない不安に駆られていた。

……「おのれが他には」

誓書を出させたのは今日で何度目になろうか。もう殿下も長くはあるまい。これから後も今までどおり豊臣の世が保たれ続けるであろうか。

秀頼様はまだ幼い。望むべくは殿下の定めたとおり、十人衆が補佐して豊家(ほうけ)を守っていくことである。しかし、やがては内府(だいふ)（家康の肩書）の力が増すであろうことは目に見えておる。果たして内府は先々ずっと秀頼様の補佐役に甘んじておるだろうか。

他の大老衆はと言えば、毛利や上杉はおのれの領地を守ることしか考えておらぬ。宇喜多は豊臣一門としての気概を有してはおるが、如何(いかん)せんまだ若い。頼りにできるのは利家様だが、残念なことに齢を取りすぎておられる。本来であれば清正や正則らが豊臣の御家(おいえ)を支えるべきところ、奴らには槍を振るうしか能が無い。

つまるところ豊家を支えることができるのは、この三成を置いて他にはおるまい。しかし、殿下という後ろ盾を失えば儂(わし)の先行きは如何相成(いかがあいな)るであろうか。清正や正則らには随分と恨みを買うてしまっておる。奴らは結託して儂を追い落とそうとするに違いない。

しばらくは内府と組むこともやむを得まい。だが、いずれはあの男を廃さねばならぬ時がくるであろうな。

三成は頭がキレた。故に他人より先を見越してしまう。このまま時が経てば家康が大老衆筆頭として権力を手中にし、徳川にとって都合の良いように政(まつりごと)を行うに違いない。いずれは秀頼を廃して天下を乗っ取るかもしれないなどと、まだ家康が諸々(もろもろ)考えるよりも先に推測を膨らませていった。

三成は頭がキレた。故に自らを過大評価してしまう。家康を抑えることができるのは自分しかいない、おのれが実権を握ることこそが豊臣家の為である、と自分勝手に思い込んでしまった。

他の大名たちはと言えば、たとえ十数年とはいえ天下が統一され戦(いくさ)のない平和な時代が続いたことで、このまま何事もなく御家や領地を存続できれば良いと考えていた。それさえ叶えば豊臣であろうと徳川であろうと大きな問題ではなかった。

こう考えると、戦を仕掛けたのは三成、および一握りの仲間ということになる。その仲間とは、一人は直江兼続。三成と兼続は初めて出会った時からウマが合った。お互いにキレ者同士よく意見が合ったということであろう。

兼続は上杉家の家老として領主の景勝とは一心同体の関係にあった。もともと上杉は越後の領主であったが、秀吉の命により関東に在る家康の抑えとして会津へ転封させられたという経緯がある。家康が実権を握ることにでもなれば、上杉は厳しい立場に追い込まれる恐れがあった。

あと一人は安国寺恵瓊。本能寺の変における秀吉軍『中国大返し』の際、外交僧として毛利家に出入りしていた恵瓊は秀吉の将来性を見抜いて毛利を協力に導いた。その結果、現在の繁栄をもたらしたという自負がある。

「毛利に天下を獲らせてみせる」

恵瓊には参謀として己の才覚を試したいという欲望あるのみで、御家の安泰などは露ほども考えてはいなかった。

三成、兼続、恵瓊、言うまでもなく組織ナンバー2の似た者同士である。自らがトップを動かして御家を支えているという自負があった。ただ残念なことに、自分にはトップとして戦の先頭に立てるだけの器量が備わっていない、ということに気が付いていなかった。

第三章　争いとはならぬよう——家康

慶長三年（一五九八年）八月十八日、伏見城。

豊臣秀吉が静かに息を引き取った。北政所に始まり、秀頼、淀の方、京極・加賀殿ら愛妾、石田三成ら奉行衆などが最後の別れを惜しんでいる。その中で、五奉行筆頭・浅野長政が重い口を開いた。

「およそ十万の兵が未だ朝鮮に在り、退き陣が無事終わるまで殿下の死は公には致さぬよう願いまする」

何事にも派手好みであった秀吉の最後にしては寂しい旅立ちであった。


三成はいち早くその情報を家康に伝えた。「大老衆には日を改めて披露する」という取り決めを破っての抜け駆けである。いずれ公になることであれば、今のうちに家康と好を通じておこうとする三成の計算であった。

三成から報告を受けた後、家康は伏見にある屋敷の中で一人の老臣と額を寄せ合っていた。

本多弥八郎正信、この男は不思議と家康と思考回路が似かよっている。よって、多くを語らずとも互いの意図するところが相手に通じた。

「治部（少輔：三成の肩書）めが神妙なことを言うておったな」

「殿下がお亡くなりになった今、内府殿と手を携えて政務を推し進めたき所存にございます、でしたかな。ははは、本心ではございますまい」

「今の立場を失いとうのうて儂に近づいてきたのであろう。小賢しいやつじゃ」

「何やら随分と殿を勘繰っておいでのようでしたな」

「うむ、儂は動くつもりなど毛頭も持っておらぬというに」

「そうでしょうな。じっとしておれば熟れた柿は自然と殿の手に……」

「彼奴は柿が落ちる前に自らで刈り取ろうとでも考えておるのであろう。面倒なことにならねば良いがの」

「まずは我らも上方で孤立せぬよう気を配らねばなりませんな」

「そうよの、いっそ江戸に引き上げることも考えてみるべきか」

「それはもったいのうございましょう。まずは様子を見ることかと」

目を見張るような答えが戻ってくる訳ではないが、家康はこの男と話していると自然と頭の中が整理されてくるのであった。

・・・・・・「争いとはならぬよう」

秀頼公はまだ幼い。しばらくは殿下の遺命に従い十人衆が補佐してゆくことになろう。秀頼公が成人するまでの間とは言え、儂は殿下から直々に政務を託されておる。このまま時が経てば、いずれは天下を統べることになるやもしれぬ。

しかし、それまで治部が指をくわえて見ておるとも思えぬ。秀頼公や淀の方を煽って儂を除こうとするであろう。十人衆は儂の外は皆、豊臣の子飼いである。上方で争いとなっては分が悪い。つまらぬ口実を与えぬよう、十分に気を配らねばなるまいな。

まずは会津の上杉を何とかせねばならぬ。治部と示し合わせて何かと儂に楯を突いてきおる。ここは一つ、更にその北、奥州の伊達と好を通じておくべきか。伊達は会津に触手が動いておろう。もし上杉が江戸に攻め込んで来ようものなら、その隙をついて会津に攻め入るに違いない。これならば上杉も動けまい。

豊臣家も一枚岩ではなさそうだの。治部のやり口には情が欠けておる。清正や正則は随分と奴を嫌うておるようじゃ。両名とも豊臣の一門、手を結べればこれほど心強いことはないのだが。

何か良い術はないだろうか。姻戚を結ぶが手っ取り早いのだが、殿下の遺命で固く禁じられておる。じゃが、気にするほどのことでもないか。後から言い逃れる手などいくらでもあるわい。

いよいよとなれば江戸に籠ることも考えておかねばなるまいな。早速にでも秀忠には江戸の備えを急がせるとしよう。

家康は慎重な性格である。常に最悪の事態を想定して、その備えを十分に行った後でなければ動くことはない。この時点での家康は有事の際には江戸に籠ることも頭に置いて、まずは身の回りを固めることに腐心していた。

その日の内に家康は秀忠を江戸に下らせ軍備を怠らぬよう命じた。併せて会津の上杉による北方からの挟撃を防ぐため、奥州の伊達政宗との連携を模索する。

伊達政宗は奥州の支配を第一に考えてきた武将である。しかし小田原の北条征伐に遅参したことで、秀吉に会津の領地を没収されてしまった。会津は蘆名氏を破ってようやく手に入れた領地であり、後に秀吉の命によってその地に入った上杉に対しては複雑な思いがあった。

「奥州すべてを手中にするには徳川と結ぶが得策であろう」

互いの利得が一致した家康と政宗は秀吉の遺命を破り、家康の六男・松平忠輝と政宗の長女・五郎八姫の婚約を成立させた。

本多正信についても触れておく。

はじめ鷹匠として家康に仕える。しかし一五六三年、三河一向一揆が起こると一向宗門徒に与(くみ)して家康と敵対した。一揆が家康によって鎮圧されると出奔(しゅっぽん)して諸国を流浪する。妻子は三河に残したままであり、嫡男・正純は近習(きんじゅ)として家康に仕えていた。

その間、梟雄(きょうゆう)と名高い松永久秀にも仕えて様々な権謀術数(けんぼうじゅっすう)を身に付けた。更には全国の一向宗と連帯するなど、独自の情報網も築き上げていた。

やがて帰参が叶うと、家康は正信を相談相手として常に側に置いた。この男がいる限り家康に取り入る隙などない、三成もそれは重々承知していた。

第四章　大河は何処（いずこ）へ――黒田長政

およそ六年と七ヶ月、二度に亘る朝鮮での戦（いくさ）、それは口では言い表せぬほど過酷な闘いであった。兵糧（ひょうろう）は枯渇し、加えて冬の厳しい寒さの中、戦で命を散らすならまだしも餓死、凍死する者も後を絶たない。

五大老の命を受けて朝鮮から引き揚げてくると、秀吉は既にこの世にはいない。

「我々は何のために遠く離れた異国の地で命を懸けてまで戦っていたのか」

清正の屋敷に集まった正則と長政は、久しぶりに三人で酒を酌み交わしていた。怒りと虚しさが入り混じった苦い酒であった。

「行長とあやつだけは、切り刻んでもまだ飽き足らぬわ」

清正は怒りに身を震わせていた。朝鮮では秀吉の命に忠実に従って獅子奮迅（ししふんじん）の働きをしていたにも拘わらず、和睦を目論（もくろ）む行長と衝突したことで、行長を支持する三成によって秀吉に讒言（ざんげん）され蟄居（ちっきょ）まで命じられたという恨みがある。

「この場に三成がおったなら即座に叩き切ってやる」

正則は朝鮮の戦では兵站を担っていたので直接の関わりは無かったが、以前から三成のことを毛嫌いしていた。盟友・清正の無念を察し、自分のことのように憤慨している。

その輪に加わりながらも、長政は一人冷静に頭を巡らせていた。

・・・・・・「大河は何処へ」

三成のこと、豊臣家の実権を握らんとしておることは火を見るより明らかである。それ故に清正はじめ我々を貶めようとしたのであろう。父上（如水）も三成に讒言されて殿下から遠ざけられてしまった。

三成が実権を握ることにでもなろうものなら我らのお先は真っ暗である。あの陰湿なやり口で徹底して我らを除こうとするであろう。三成は少禄とはいえ奉行衆筆頭の如き立場にある。残念ながら我らの力だけでは太刀打ちできまい。

清正や正則は如何するつもりであろうか。このままでは怒りに任せて三成を討ち果たさんとする勢いである。三成を武力で屠るは容易かろうが、しかし問題はその先である。豊臣の世は何処へ向かうのか、それこそが肝腎である。

三成にとって我ら以上に目障りとなるは内府殿であろう。いずれ摩擦が生じることは目に見えておる。内府殿は何事にも思慮深きお方ゆえ、手を拱いておるはずもなかろう。

内府殿は果たして天下を望んでおられるのだろうか。それはさて置き、時勢は最も勢いのある方へ、やはり徳川に向けて流れてゆくが道理というものであろう。ここは一つ、内府殿の動きから目を離さぬようにせねばなるまい。

加藤清正は一五六二年の生れ、近江長浜城主となったばかりの秀吉に小姓として仕えた。母親が秀吉の生母である大政所と親戚だったことで、秀吉夫婦に実の子供のように育てられた。武勲が多く伝承されているが、清正は文武両道の武将に成長していた。豊臣政権の財務官僚としても活躍するなど、秀吉の右腕として期待されるほどの人物であった。

清正が肥後北半国を与えられたのは、九州平定が終わった直後に肥後国人一揆が起こり、政情不安定となった地への抜擢であった。ちなみに肥後南半国を与えられたのが小西行長である。将来有望な若者二人を競わせて育てようという秀吉の目論みであったが、両者の確執はこの頃から始まったとされる。

清正は治水によって肥後を潤したことで知られており、情に溢れる人となりは領民から厚く敬愛の念を抱かれていた。熊本では四百年経った現在でも「せいしょこ（清正公）さん」と呼ばれて市民に親しまれている。

福島正則は一五六一年の生れ、母が大政所の妹であったため幼少より小姓として秀吉に仕え、戦では数々の武功を立てて秀吉を支えた。豊臣家の准一門として他の大名より一つ格上の存在であり、正義感が強く周囲からも厚く信頼を寄せられていた。

正則は秀吉と寧々の元で、清正とは兄弟のように育てられた。直情型の性格が災いし、すぐに不満を口にする正則を清正がたしなめるという場面も見られるなど、ほぼ同齢でありながら清正の方が兄貴分的な存在であったことが伺える。

黒田長政は言わずと知れた黒田官兵衛孝高の嫡男として一五六八年、播磨国姫路に生まれた。一五七七年、官兵衛が織田信長に伺候した際、松寿丸（長政の幼名）を人質として近江長浜城の秀吉に預けた。秀吉・寧々夫婦は利発な松寿丸を、人質でありながら我が子のように可愛がったという。この頃から清正、正則とは兄弟のような間柄となった。子供の頃の七つ違いはとても腕力で太刀打ちできるものではなかったが、父譲りの才覚により弟分とはいえ確かな存在感を発揮していくこととなる。

当時、西に勢力を伸ばそうとする信長に与していた摂津の荒木村重が反旗を翻した。これを翻意させるべく官兵衛は有岡城に乗り込むも、説得に失敗して拘束されてしまう。いつまで経っても戻らぬ官兵衛、これを村重方に寝返ったと見なした信長より「松寿丸を処刑せよ」との命が下る。しかし官兵衛を信じた秀吉の軍師・竹中半兵衛が密かにその身柄を自らの居城・菩提山に匿ったことで、松寿丸は危うく難を逃れることができた。

こうした生い立ちもあって、長政は兄貴分の二人とは異なり、自由な発想や行動力を身に付けていた。清正らが豊臣一門としての柵の中で苦悩し身動きが取れなくなるのに対し、外様としての立場から積極的に家康にも接近することができた。

家康も清正ら豊臣家の有力大名に近い長政の存在を重宝したことで、後々関ヶ原の合戦に大きな影響を与えることとなる。

福島正則は、歴史小説などでは単細胞の乱暴者として扱われることが多い。しかし頼まれて否とは言わぬ豪毅な性格は、秀吉子飼いの武将の筆頭として周囲の大名からも何かにつけて頼りとされていた。

家康が会津征伐に出陣した際には、付き従った大名の取りまとめに尽力して関ヶ原の勝利に大きく貢献した。また戦後の処理においても、大坂城の接収に際して毛利輝元との交渉をまとめ上げるなど、その実力を如何なく発揮している。

しかしながら酒に呑まれる傾向があったことも否めず、それが家康に利用されたとの評判に繋がっているのではないかと推測する。

第五章　最後のご奉公——前田利家

秀吉の遺命により、秀頼が家督を相続して伏見城から大坂城に移った。前田利家もその後見として大坂城に入り、家康は伏見城に残って政務を執ることとなった。

朝鮮から戻った大名たちは、大坂城で秀頼に謁見(えっけん)した後、その多くが伏見にある家康の屋敷に顔を出した。家康は彼らを丁重に迎えてはその労をねぎらい、自らの執政権限を利用して加増などの決裁を取り仕切っていた。

こうして大名たちの心をつかむ一方、家康は秀吉の遺命を無視して、親族や家臣の娘を自らの養女にしては清正や長政、正則の養子、蜂須賀家政の実子ら有力大名に嫁がせた。長政は正室を離縁してまでこれを受け入れている。


大名たちは家康の前で口々に三成ら奉行衆に対する不満をあげつらった。家康はこれに応えるように、朝鮮の役における戦奉行・福原長堯(ながたか)（三成の娘婿）の知行地を半減させる。更には太閤蔵入地(たいこうくらいれち)の解除など、近江閥による専制・集権体制の弱体化を進めた。

「利家様がご健在の内に内府を除かねば」

焦った三成は足しげく利家のもとに通い、太閤遺命を蔑ろにする家康の行状について殊更に報告を密にした。

「最後のご奉公」

……

昨日、三成が訪ねてきた。儂の名の許に家康を詰問したいとのことであった。

確かにこのところの家康の専横は目に余るものがある。とりわけ大名同士の婚儀については固く禁じられておることではないか。やはり三成の申すように、豊臣家からこの国を乗っ取ろうとでも野心を抱いておるのだろうか。

とは言え三成にしても、自らが実権を握らんと企んでいることは見え透いておる。少禄であるが故に、家康に対抗するには儂を担ぐしかないと考えたのであろう。三成の豊家を思う気持ちに偽りがないことは明らかである。しかし、頭が切れるが故に策を弄しすぎる。これでは清正ら武将どもを一つにまとめ上げることは難しかろう。

じゃが、このまま遺命破りが横行すれば豊臣の治世が乱れる恐れがある。大老として黙って見過ごすわけにもいくまい。秀頼公を巻込むようなことにはならぬよう、それだけは気を配らねばなるまいな。

儂とて老い先長くはなかろう。ここは一つ、太閤殿下に最後のご奉公と致すであろうか。

慶長四年（一五九九年）一月、利家は問罪使を派遣し、家康を激しく糾弾した。

「婚儀の件については報告を忘れておった。これは当方の手落ちである。されど儂は太閤殿下より直々に後事を託されておる。儂に逆心ありと申すのであれば、確かな証拠があってのことであろうな」

大胆にも家康は大坂からの使者を恫喝し、伏見の屋敷に柵を設けるなど戦支度をもって大坂方の出方を待った。

「家康を討ち果すことも止むなし」

家康の返答を受け、三成は覚悟を決めて武装した家臣を大坂城内に潜ませる。しかし、この暗殺計画を察知した五奉行の筆頭・浅野長政が家康に通報、家康を守らんとする勢力が武装して家康の屋敷がある伏見に集結した。

これを聞いて利家を支持する勢力も大坂城に駆け付け、両陣営は武力衝突の寸前にまで発展した。

それぞれの陣営に集まった武将たちを見てみると、

［伏見に参集した大名］

福島正則、藤堂高虎、黒田孝高・長政父子、池田輝政、山内一豊、蜂須賀家政、有馬則頼・豊氏父子、京極高次・高知兄弟、大谷吉継、脇坂安治、伊達政宗、新庄直頼・直忠兄弟、森忠政、堀秀治、金森長近、最上義光、田中吉政など。

［大坂城に参集した大名］

毛利輝元、上杉景勝、宇喜多秀家らの大老衆、浅野長政、増田長盛、長束正家、前田玄以ら奉行衆、および加藤清正、細川忠興、加藤嘉明、佐竹義宣、小西行長、織田秀信、織田秀雄、長宗我部盛親、立花宗茂、鍋島直茂、有馬晴信、松浦鎮信など。

ここで注目されるのは大谷吉継、脇坂安治が伏見に、また加藤清正、浅野長政・幸長父子、細川忠興、加藤嘉明らが大坂城に駆けつけていることである。後々彼らは、関ヶ原においては反対の陣営に与することとなる。

前田利家は若い頃「槍の又左」とも異名をとった豪傑であった。清正は幼い頃から利家に武術など鍛えてもらい、利家もそういう清正をよく可愛がった。清正は利家を父のように慕っており、さんざん悩んだ挙句に三成が指揮する大坂城に入った。

浅野長政・幸長父子や、細川忠興、加藤嘉明らも成り行きで大坂城に入ることになったものの、三成に対しては何の共感も抱いてはいない。

また、大谷吉継、脇坂安治などはかねてより家康と親しくしていた。三成が気を配ってさえおれば、関ヶ原における脇坂の寝返りなどは容易く察知できたはずである。

第六章　清正がカギにござれば――藤堂高虎

前田利家は家康のもとへ堀尾吉晴、生駒親正、中村一氏ら『三中老』を差し向けて和睦を提案した。

三成は不満であった。家康と戦えるだけの力を持たない三成としては、利家を旗頭にして諸大名を結集し家康を除きたいと考えていた。しかし利家には、豊臣家を二つに割るような争いは避けねばならないという思いが強かった。

もとより家康は戦など望んではいない。四大老を相手に事を構えるのは得策ではない。加えて大坂城には秀頼がいる。家康を支持して集まった諸大名ではあっても、大坂城に向けて弓を引こうとする者などいようはずがない。

家康は胸を撫でおろして和睦を受け入れた。

家康にとっては、自分を支持する大名を見定めることができたのは何よりの収穫であった。しかし、姻戚を結んだ清正が大坂方に与(くみ)したことが唯一の不満であり不安でもあった。

家康は藤堂高虎を呼んだ。

「そちは清正とは懇意であったな。此度の清正の存念や如何に」

「清正は幼き頃より前田殿をオヤジと呼んで慕うておりまする。律儀な男ゆえ見限ることができなかったのでございましょう」

「まさに清正こそは豊臣一の忠臣よのう。はてさて、この先も清正を頼りにして良いものか」

「三成に抗う豊臣の諸将を束ねることができる者は、清正を置いて他にはおりますまい」

……「清正がカギにござれば」

あのまま戦になっておったら如何相成ったであろうか。我らから大坂城に攻め入るわけにはいくまい。何しろ、大坂には秀頼公がおられる。

伏見に集まった者は大勢おったが、三成憎しの思いこそあれ、豊臣家と袂を分かつとも家康様と運命を共にするとまで腹を決めていた者は少なかろう。およそ厳しい戦いを強いられることになったであろうな。

利家様のお計らいにより何とか大事には至らずに済んだ。家康様も一先ず安堵されたご様子であった。だが三成の奴は、さぞかし歯噛みしておることであろう。

しかし清正が大坂城に入るとは思わなんだ。あれほど三成を憎んでおったというに。己のことはさて置いても豊臣家や利家様への御恩は決して無下にはせぬ、このあたりが清正の清正らしいところであるな。それが故に、あれほどの人望が集まるのであろう。

しかし、このまま清正が離れてしまっては家康様にとって宜しくない。豊臣子飼いの大名は皆、清正の動きに追随すると言っても過言ではなかろう。家康様も重々それは承知しておられるご様子、今回のことを咎めだてするつもりはないとの仰せであった。

清正こそが向後のカギを握っておる。何としてもあの男を味方に付けておかねばなるまい。清正とて三成と行動を共にするのは本意であろうはずがない。早速にでも出向いてみるとしようか。


翌日、高虎は清正の屋敷を訪ねた。高虎は清正より六つほど年嵩である。ともに武勇に優れ、確かな分別を併せ備えていることから、互いに互いを認め合う間柄であった。

高虎は家康との前夜のやりとりをそのままに語った。家康がいたく清正のことを気にかけていたこと、豊臣家第一の忠臣であると感じ入っていたこと、更には家康がこれからも清正を頼りにしたいと思っていることなどを伝えた。

清正は涙を流さんばかりに高虎に感謝した。利家を思うが故に、殺したいほど憎んでいる三成が指揮する大坂城に入ったこと、姻戚を結んだばかりの家康に不義理せざるを得なかったことなど、心の中の葛藤が晴れてゆくようであった。

こうした高虎の仲裁によって清正は再び家康との関係を修復することができた。家康もことあるごとに清正を重用した。しかしこの後、豊臣家への心情に揺れる清正に対して、家康は心の底から気を許すことはなかった。

藤堂高虎ははじめ近江の浅井長政に足軽として仕え、一五七〇年の姉川の戦いに参戦して武功をあげている。小谷城の戦いで浅井氏が信長によって滅ぼされると、浅井氏の旧臣だった阿閉貞征（あつじさだゆき）、次いで磯野員昌（かずまさ）に家臣として仕えた。やがて近江国を去り、信長の甥・織田信澄の家臣となるが、ここでも長続きせず浪人にまで身をやつしていた。

一五七六年、出世したばかりで人材が不足していた秀吉の弟・秀長に見出され家臣に取り立てられる。初めはわずか三百石であったが、主（あるじ）として敬慕する秀長の元でめきめきと頭角を現し、いつしか大名となるまでに至った。

高虎と家康の出会いは一五八六年、関白となった秀吉が聚楽第に家康の屋敷を作るよう秀長に指示、秀長は作事奉行として高虎を指名した。この時、高虎は渡された図面に警備上の不備があるとして、自ら費用を負担して設計を変更した。後に家康がその理由を尋ねると、「家康様に御不慮あれば我が主・秀長の不行届き、更には関白秀吉様の面目にも関わると存じ、自らの一存にて変更致した次第」との返答であった。竣工した屋敷の出来栄えに感服するとともに、主君に対する高虎の忠義に家康はいたく感じ入ったという。

天正十九年（一五九一年）、秀長が死去すると養子となっていた甥の秀保に仕えるが、秀保が早世したため出家して高野山に上った。しかし高虎の将才を惜しんだ秀吉の圧力もあって還俗させられ、後に文禄・慶長の役にも水軍を率いるなどして出征している。

高虎は秀吉を敬う気持ちなど全く持っていない。秀次事件なども目の当たりにして、むしろ嫌悪する気持ちの方が強かった。高野山に出家したのも、秀吉に仕えるつもりが無かったからに他ならない。

高虎は仁徳に優れた秀長を心底から敬愛していた。秀長と家康はともに思慮深く気脈が通じる間柄であったため、高虎は自然に家康とも懇意になっていた。秀吉が死ぬと高虎はいち早く家康の元へと参じ、関ヶ原の勝利に大きく貢献する。

関ヶ原の後、家康は高虎の将才と忠義を高く評価し、外様でありながら譜代大名と同格として重用した。

後に家康が息を引き取る際には枕頭に侍ることを許され、

「心残りは宗派の違うそなたと来世で会えぬことだ」との言葉を賜るや、日蓮宗であった高虎は別室にいた天海(てんかい)僧正を訪ねて即座に天台宗へと改宗し、再び枕頭に戻って、「これにて来世も大御所様にご奉公することが叶いまする」と応えたという。

高虎は七十五歳まで長寿を全うし、二代将軍秀忠、三代家光にも忠義を尽くした。

藤堂高虎は主君を何度も変えたことで、歴史小説などでは変節漢、不忠者として否定的に描かれることが多い。しかし「武士は二君にまみえず」などという考え方は儒教が浸透した江戸時代以降のものであり、戦国時代は能力のある武将が優れた主君を求めるのは極めて当たり前のことであった。

あの疑い深い家康が心の底から信頼を寄せた、それ一つとっても高虎の忠義の高さが理解できるというものであろう。

第七章　西の丸にお入りなされ——北政所

慶長四年（一五九九年）三月、前田利家逝去。

家康と和睦の後、利家は体調を崩していた。利家を見舞うため家康が大坂にある藤堂高虎の屋敷を訪れた際、三成が襲撃を計画しているとの噂が立った。この時は高虎の鉄壁の警護の元で何事もなく終わったものの、家康に心を寄せる諸将の三成に対する不信はますます深くなるばかりであった。


利家が亡くなったことで、枷（かせ）が外れた清正たちは三成に談判するべく面会を申し入れた。

「血の気の多い奴らとの議論が嵩じれば身の危険にも及ぶ」

恐れた三成は佐竹義宣や宇喜多秀家らの警護を受けて、大坂から伏見城内にある『治部少丸』に移った。三成は太閤直々に城内に廓（くるわ）を与えられていた。

「仲裁をよしなに」

伏見城に入った三成は家康に使いを送った。伏見城は家康の管理下にあると言っても過言ではない。ここであれば清正らも手荒な真似はできないだろう、との読みがあった。

ところが、さすがに家康の方が一枚上手である。治部少丸に籠った三成の処遇を思案した家康は、清正らの訴えを一旦預かると大坂城の北政所を訪ねた。

「豊臣家が今あるのは、この老婦人の支えがあったればこそ」

女性蔑視の偏見が強い家康であったが、北政所にだけは一目も二目も置いていた。北政所も、長く秀吉に忠義を尽くした家康に一方ならぬ信頼を寄せていた。

・・・・・・「西の丸にお入りなされ」

三成を奉行職から退かせ、佐和山に戻すと仰せか。確かに、それでのうては清正ら諸大名の気持ちは収まりますまい。

後の世をまだ幼い秀頼に治められようはずもない。三成ら奉行衆も豊臣の治世を守るべく考えてのことではあったろう。しかし、徳川殿を除いたところで清正らが引き下がるわけがなかろうに、それが三成には分からんのだろうか。

せっかく秀吉殿と築いた戦のない世の中ではないか、是非にでも大切にしてもらいたいものじゃ。秀吉殿が亡くなった今、天下を平穏に治めることができるのは徳川殿を置いて他にはありますまい。

豊臣家の存続を望むのであれば、秀頼が公家となり関白になっても良いではないか。武家にこだわるのであれば大坂城を出て、何処かに領地を貰い受けて一大名となるのもやむを得ぬことでありましょう。徳川殿は篤実（とくじつ）なお方故（ゆえ）、秀頼を無下に扱うようなことはなさるまい。

秀吉殿が亡くなって、西の丸に移ってからは秀頼の顔を見ることも少のうなった。大坂城の中には何やら自分の居所さえも見つけられなくなったようじゃ。そろそろ出家して秀吉殿の菩提（ぼだい）を弔（とむら）うとする良い機会でもありましょう。

このところ大坂では何かと不穏な動きが後を絶たぬ。そうじゃ、徳川殿にはいっそ西の丸に入って、政務を執ってもらうが良いやもしれぬ。

家康は三成の奉行職を解任し、嫡男に家督を譲らせると居城・佐和山に蟄居（ちっきょ）を申し付けた。自ら家康に仲裁を求めた以上、三成もその裁きには従わざるを得ない。北政所の支持も取り付けられており、豊臣家の内部にも異を唱える者などいない。

ついに三成は失脚した。さぞかし断腸の思いであったろう。

家康は次男の結城秀康を護衛に付け、三成を丁重に佐和山まで送り届けた。こうなれば清正らも矛（ほこ）を収めざるを得ない。こうした手腕を目の当たりにして、諸将から家康に寄せられる人望はますます高まっていった。

同年九月、北政所は御所南東にある三本木屋敷に移った。

「内府に西の丸から追い出されたのではないか」

清正、正則、長政や小早川秀秋ら寧々を母とも慕う武将たちは、彼女の身を案じて三本木を訪れた。

「これは私の方からお願いしたことなのですよ」

大坂城を出ると決めた経緯を語ることで、北政所の思いは広く清正ら秀吉子飼いの武将たちの間に浸透していった。

家康は北政所の計らいに心から感謝した。独立した西の丸に入れば警護は万全、身の安全が確保できる。家康は北政所を丁重に扱い、その後ことあるごとに三本木を訪れては経済的な支援を欠かさなかった。

七将による三成襲撃事件、これは全て江戸期の書物にしか出てこない話である。

歴史小説などでよく語られている筋書きは、「清正ら七将が三成の居宅を襲撃するが、三成は女装して駕籠（かご）に乗って脱出し、大胆不敵にも家康の屋敷に乗り込んで保護を求めた」というものである。

しかしながら清正たちは豊臣家の大名であり、素浪人の仇討のように刀を握って押しかけるなどの行動を取れるわけがない。また三成はいやしくも奉行職にある。女装して家康の屋敷に逃げ込むなどという筋書きは、後世に娯楽として創作された物語であるとしか考えようがない。

第八章 江戸に参りましょう——芳春院

「秀頼が成人するまで徳川殿に政務を託す」

秀吉の遺命に従い、家康は幼い秀頼を主君と仰いでよく仕えた。家康は常に何事にも慎重であり、豊臣家との対立は避けつつ、まずは自らの立場を磐石(ばんじゃく)にすることに神経を注いでいた。

騒動が収まってから半年ほど大きな事件も無く、三成から諸々(もろもろ)吹き込まれて戦々恐々としていた淀の方をはじめ、秀頼の側近たちも落ち着きを取り戻してきた。

家康は諸大名に帰国を許し、朝鮮出兵で疲弊した領国の立て直しを命じた。しばらく国元に戻ることができなかった大名たちもこれを歓迎した。これにより家康一人が四人の奉行と連携して政務を執る体制が出来上がった。


慶長四年(一五九九年)九月、家康は重陽(ちょうよう)の節句で秀頼への挨拶を済ませると、そのまま大坂城西の丸に入城した。

豊臣家の実権を手中にした家康にとって最初に取組まねばならないのは政情の安定、即ち家康に反旗を翻した勢力の後始末である。騒動が収まったとはいえ豊臣家を二分した火種は燻(くすぶ)っていた。

まずは反家康の旗頭となった前田家をどう扱うか。利家が亡くなったからといって、そのまま捨て置く訳にはいかない。そこで「利家の嫡男・利長が大坂城に入る家康を暗殺しようとする陰謀があった」と公表した。加賀金沢城主である前田利長を首謀者として、奉行衆筆頭の浅野長政、淀・秀頼側近の大野治長らが入城中の家康を襲撃しようと企てた、というものである。

家康は加賀征伐の号令を大坂に在住する諸大名に発した。利長はひたすら弁明に努めるが、家康は全く聞く耳を持たなかった。


……「江戸に参りましょう」

いくら弁明をしたところで無駄なこと、これは最初から仕組まれたことでありましょう。家康殿の狙いはこの前田家を取り潰すこと、何とか御家を守る手立てはないものだろうか。ひたすらに恭順の意を示し、我らを征伐する口実を無くするよう考えるほかありますまい。

家康殿に楯を突いたのは夫の利家であり、断じて利長ではない。ならば利家の正妻である私が人質となって江戸に下ることで、家康殿の狙いも満たされるのではないだろうか。

母まで人質に出した、となれば利長の顔を潰すことにはなりましょう。しかし前田家の存続を望むならば、これより他に打つ手はありますまい。利長は旦那様（利家）とよく似た気性ゆえ我慢ならぬことでありましょうが、ここは何としても私がよくよく説得してみせましょう。

家康殿への申し立ては如何にすれば良いだろうか。やはり寧々殿にお頼みするのが一番であろうな。寧々殿であれば、きっと家康殿を説得して下さるに違いない。

「かくなる上は戦も辞さず」

「何を申されます。侍は家を立てること第一なり」

勇み立つ利長を、母・まつ（芳春院）は凛（りん）として退けた。

芳春院は北政所とは幼馴染（おさななじみ）であった。秀吉や利家の妻として、夫を支えて信長の時代を生き抜いてきた、共に腹の据わった戦国の女たちである。

前田家が臣従の証として母を江戸に送ったことで本件は落着となった。大坂ではなく江戸に、である。即ち「人質は公儀ではなく徳川に送られた」、この意味するところは大きい。家康の目的は、これを広く世の中に知らしめることで十分に達成された。

徳川家が江戸で芳春院を丁重に扱ったことは言うまでもない。

この後、事態は関ヶ原へと流れていく。母を人質に取られている前田家は、是も非もなく家康に従って動かざるを得ない。

戦の後には加賀・越中・能登百二十万石に封じられ、外様でありながら代々徳川家から嫁を迎えて強かに江戸時代を生き抜いていく。

謀反の一味とされた浅野長政は寧々の血縁であり、奉行職の筆頭でもあった。しかし四人の奉行の中ではただ一人の尾張閥であり、難しい立場に置かれていた。

この騒動の始末を取るとして、長政は嫡子・幸長に家督を譲り自ら隠居を願い出た。もともとこの襲撃計画は根も葉もないこと、これに根と葉をつけるべく、謀反が実在したように見せ掛けるため長政は進んで濡れ衣を被った。自らの隠居に託けて家康に恩を売ったのであろう。

家督を継いだ幸長は家康の覚え目出度く、以後最も信頼の厚い武将の一人として家康の天下獲りに力を尽くしていくこととなる。

これにより奉行は三人となり、家康の力は益々強くなっていった。

第九章　誘うてみるか——直江兼続

前田家の騒動から更に半年が経ち、家康の立場は一段と強固なものとなっていた。世情が落ち着いてきた頃を見計らって、家康は次なる狙いを会津の上杉に定めた。

上杉は昔、謙信公の時代には関東管領（かんとうかんれい）職にも就き、室町幕府を支えて北条と争うなどしていた。謙信が亡くなり信長が台頭、その後、北条を征伐して天下統一を果たした秀吉の仕置きにより、不本意ながら関東は徳川の領地となっている。その徳川を牽制すべく、秀吉の命により越後から会津に領地替えとなったばかりであった。

「上杉さえ廃してしまえば、我が徳川の行く末は安泰であろう」

謙信亡き後、お家騒動（御館（おたて）の乱）で勢力が低下したとはいえ、上杉の勇猛な兵力は依然として健在である。江戸の背後を脅かす位置に在り、三成と与して何かと家康に楯突いてくる、徳川にとって侮（あなど）ることのできない存在であった。

領国の会津に戻った上杉景勝は城の修築のみならず新城建築にも着手、道路や橋の修復など軍備の増強に力を注いでいた。

慶長五年（一六〇〇年）四月、ついに家康は上杉に謀反の疑いありと断定、景勝に対し上洛して申し開きせよとの命を下した。

「領国に戻ったばかりであり、今秋を期して上洛する」

上杉家の家老・直江兼続が返答するも、家康は頑として聞き入れる様子はない。

・・・・・・「誘うてみるか」

内府の狙いは明らかである。前田家のように臣従を誓わせるだけで済ませるつもりはないであろう。徳川にとって最も目障りな存在は我が上杉であり、機会あれば滅ぼさんと掛かってくることは間違いない。ここで内府の要請に従って迂闊に上洛でもしようものなら、謀略をもって討ち取られてしまう恐れもある。それだけは何としても避けねばならぬ。

上洛の要請を撥ねつければ徳川は如何出てくるであろうか。内府としても面子がある。穏便に事を収めるはずもなかろう。おそらくは我が上杉を討伐せんと、ここ会津に向けて兵を押し出してくるに違いない。

「近々蜂起する計画が進んでいる。その折には与力願いたい」

治部殿から書状が届いておる。恵瓊殿と謀って毛利家も味方に付けたとのよし、内府が会津に向けて出陣してくれば、これを挟撃すべく兵を挙げること相違ない。

我が上杉は何よりも『義』を大切にしてきた。如何に多くの大名が内府に尻尾を振ろうとも、豊臣の治世を守ることこそが正義である。これを機に徳川の勢いを阻まねば、上杉の前途はおろか、この国の行く末さえも描くことができぬであろう。

治部殿のこと、計画に抜かりはあるまい。ここは一つ、内府を誘い出すのも面白いやもしれぬ。


三成が佐和山で蟄居の身となった後も、兼続は三成と連絡を取り合っていた。秀吉存命の頃より肝胆相照らす仲である。家康が天下を狙うであろうことを想定し、幾度も吟味を重ねてきた。兼続には三成の考えが手に取るように分かる。

上杉は越後から会津に移ってまだ日も浅い。新しい領国の経営は緒に就いたばかり、まだ軌道には乗ってもいない。もし家康の天下にでもなろうものなら、上杉は存続さえも覚束ない。

上杉は動くしかなかった。


「城の修築や街道・橋の整備は政の一環にござる。戦支度であれば道は塞ぎ、橋は落とすものでござろう」

「都の武士が茶道具を買い漁るのと同じこと、武具の収集は田舎武士にとっての嗜みにそうろう」

兼続は世に言う『直江状』にて、挑発的な態度で家康を非難した。

第十章 勝算なきにしもあらず――大谷吉継

慶長五年六月二日、家康は東北・関東・北陸の諸大名に出陣命令を下した。北の米沢口に最上義光・南部利直・戸沢政盛ら、北東の信夫口に伊達政宗、西の越後津川口に前田利長・堀秀治・溝口秀勝・村上義明ら、南東の仙道口に佐竹義宣を当て、家康自らは西国諸大名と共に南の白河口より攻め込む体制を整えた。

「上杉の一連の動きは豊臣家に対する謀反である」

十五日、家康は会津征伐の大義名分を得るため秀頼に拝謁（はいえつ）、刀、茶器、黄金二万両、米二万石を下賜（かし）され、翌十六日には秀頼の命を奉じる形で大坂城より出陣した。

この機に乗じて三成も動き出す。表向きは家康に従う風を装い、嫡男を大谷吉継に預けて出陣させることとした。しかしその裏で、西国の大老・毛利輝元、宇喜多秀家との連携を進めていた。

「中原（ちゅうげん）に毛利の旗をお立てなされ」

安国寺恵瓊に焚き付けられた毛利輝元は、家康が遠征の地に釘付けとなれば大坂城に入り、秀頼公を奉じて家康を討つことに同意した。

七月五日、宇喜多秀家は豊国社で出陣式を行った。秀家は秀吉の寵愛を受けてその猶子(ゆうし)となり、秀吉の養女（前田利家の娘）豪姫を正室に迎え、後に豊臣姓を許されるなど外様(とざま)でありながら秀吉一門の扱いを受けていた。二十七歳にして五大老の一人に選ばれ、豊臣家を思う心は人一倍強い。

同月十一日、遠征軍に加わって進軍中の大谷吉継が、三成の嫡男を伴うに当たって佐和山の城に立ち寄った。

「紀之介(きのすけ)（吉継の幼名）、儂に力を貸してくれ」

三成は家康打倒の計略が進んでいることを打ち明けた。

・・・・・・「勝算なきにしもあらず」

なんと大それたことを。内府殿と戦うなど、勝負になるわけがないではないか。何故、儂に一言相談せなんだ。とは申しても、儂に言えば止められるに決まっておるからの。

残念なことに佐吉（三成の幼名）には人望がない。佐吉が表に立てば付いてくる者など誰もおるまい。恵瓊殿の働きで毛利も与しておるとのこと、果たして輝元殿は旗頭(はたがしら)に立つことを承知してくれようか。恵瓊殿はそこまで輝元殿を押さえておいでであろうか。

佐吉の豊家(ほうけ)を思う気持ちに疑う余地は無い。佐吉の申すとおり、秀頼公が成人したとしても内府がおとなしく政権を返上するという保証は無かろう。むしろその見込みが薄いことには誰もが気付いておる。

よくよく聞けば、佐吉の考えている戦略もなかなかのものであった。内府が会津で上杉と戦火を交えることとなれば、毛利や宇喜多が西国の大名を率いてこれを挟撃する。確かに戦力的に見ても引けは取らぬであろう。

儂とて太閤殿下には言葉に尽くせぬほどの恩義を感じておる。武士として忠義を貫くには、この機を逃して他にはあるまい。病に苛(さいな)まれて十分な働きができるかどうかは分からぬが、ここは一つ佐吉に賭けてみるとしようか。


三成を無謀と諫め一旦は佐和山城を後にした吉継であったが、思い直して三成に味方することを決意する。病魔に侵され余命も知れぬ吉継は、亡き太閤殿下への最後の忠義を尽くすべく、竹馬の友・三成に命を預ける覚悟を決めた。

翌十二日、三成は大谷吉継、宇喜多秀家、小西行長、安国寺恵瓊らと秘密裏に軍議を開き、毛利輝元には総大将就任を要請した。

軍議が定まると直ちに奉行衆に密書を送り家康打倒への協力を要請、併せて愛知川に関所を設けて会津征伐に向かう諸将の進軍を阻止した。これにより小早川秀秋、長宗我部盛親、鍋島勝茂らは余儀なく三成方に参陣せざるを得なくなった。

歴史小説などでは大谷吉継が三成に味方した理由として、「吉継が茶会の席で茶碗に膿（うみ）を垂らし、同席した武将たちが敬遠する中、三成は意に介せず茶を飲み干して窮地を救ってくれた。その友情に感謝して……」、という筋書がよく使われている。如何にも感動的な話ではあるが、御家の存続や家臣の生死に係る重要な選択をそのような理由で決断するであろうか。

吉継が三成に味方したのは、三成の計画を聞いて成功する確率がかなり高いと認めたことが第一の理由である。また、余命少ない身の上を考えて、豊臣家への忠義を尽くすことで自分の生き様を貫きたいという思いも併せての決断であったと推測する。

第十一章　いずれにも与せぬ――淀

家康が会津に向けて出陣してほぼ一月（ひとつき）、西の丸に兵馬は無く、大坂城は不気味な静けさに包まれていた。

そこへ三成らの謀反の動きが伝わってきた。慌てた奉行衆は淀の方や秀頼側近らと協議を重ね、家康に謀反の鎮圧を要請することを決めた。

「至急大坂に戻り、三成らの動きを鎮圧されたし」

淀自身も同じ内容の手紙を家康に送っている。

・・・・・・「いずれにも与（くみ）せぬ」

三成が兵を挙げたと聞いた。徳川殿は秀頼の命を受けて出陣しておるというに。

よもや三成め、秀頼を味方に頼んで返り咲きを図ろうとするつもりではあるまいな。見渡せば秀頼を利用しようとする者らばかり、本心から秀頼を護ろうと思う者などおるのだろうか。

これは三成と清正ら家臣同士の争いであろう。このような揉め事に秀頼が巻き込まれるなど真っ平じゃ。三成の殿下に対する忠義に比類（ひるい）無きこと、よくよく存じてはおる。しかし三成に与して戦に敗れることにでもなれば、秀頼はどうなるというのじゃ。

奉行どもは互いに顔を見合わせては首を捻(ひね)るばかり、何の役にも立たぬ。徳川殿には早う戻って三成らの動きを抑えてもらわねばなるまい。

宇喜多の小倅(こせがれ)も与しておるのか。これでは徳川殿も大坂に戻るどころではなくなるやもしれぬ。そうじゃ、毛利殿にも使いを出しておいた方が良かろうな。

妾(わらわ)は戦が嫌いじゃ。戦に負けることがどういうことか、身をもって味わっておる。二度とあのような思いはしとうない。妾こそは幼い秀頼を護ってやらねばならぬ。

そうじゃ、豊家はどちらにも味方せぬ。


父・浅井長政が伯父である信長に討たれた。その後、母・市が嫁いだ柴田勝家も秀吉に滅ぼされ、母も自害して果てた。敵(かたき)とも言える秀吉の側室に身をやつし、ようやく秀頼を得ることができた。掌中の珠と慈(いつく)しむ秀頼を護らんと、淀は中立の立場を貫いた。

宇喜多は昔、秀家の曽祖父(そうそふ)・能家(よしいえ)の時代、備前の守護代・浦上家の重臣として栄えていた。しかし浦上家の家督相続の煽(あお)りを受けて宇喜多家は滅ぼされ、当主と幼い嫡男（後の宇喜多直家）は流浪(るろう)の身に転じることとなる。直家は比類なき策略家にして数々の苦難を乗り越え、ついに宇喜多家を再興に導いた。

その頃、織田信長が播磨に進出して毛利家と対峙していた。備前は毛利の領国と接していたため宇喜多家は毛利に与していたが、信長を将来有望と認めた直家は織田家との接点を探っていた。織田軍の先陣を担っていたのが秀吉であり、秀吉と密かに通じた直家は機を見て織田方に寝返り、秀吉の窮地を救うこととなった。

この後、本能寺の変が勃発、秀吉は天下人への道を歩むこととなる。秀吉と直家は気脈を通じる間柄となっていたが、まもなく直家は他界してしまう。子の無かった秀吉は直家の忘れ形見を引き取り、愛情たっぷりに育てあげた。これが後の宇喜多秀家である。

秀吉の庇護のもと苦労を知らずに育った秀家は、有りがちなことではあるが、父の代から宇喜多家再興に力を尽くした重臣たちを粗略（そりゃく）に扱ってしまう。これが内紛へと発展するが、五大老筆頭である家康の調停により収束に至った。

この時多くの老臣が離反したが、彼らは関ヶ原では家康のもとに陣を敷くこととなる。

第十二章　話が違っておるのでは――毛利輝元

慶長五年七月十七日、安国寺恵瓊(えけい)の建議を採用した毛利輝元は、家康が割拠していた西の丸を接収し意気揚々と大坂城に入城した。祖父・元就(もとなり)も成し得なかった中央への進出である。

「この輝元が秀頼様の後見となりますれば、どうぞご案じなされませぬよう」

秀頼に謁見した輝元であったが、意に反して淀の方ら豊臣家の反応は冷ややかであった。

「毛利殿の忠義には痛み入ります。じゃが此度(こたび)の騒動は家臣らの争いにて、我らの預かり知らぬことにございます。毛利殿には豊臣家の大老として、早々にこれを平定なされますように」

・・・・・・「話が違っておるのでは」

恵瓊の話では、淀殿は徳川を討つために儂の到着を今か今かと首を長うして待っておられるはずであった。しかし、何やら話が違っておるようじゃ。

どうやら豊臣家はこの戦には関わらず、家臣同士の争いとする腹づもりのようであった。どちらが勝とうとも豊臣家は安泰、それを目論んでのことであろう。

ならば儂を担ぎ出したは治部の策略か。それとも恵瓊に謀られたのか、いや恵瓊も治部に謀られたのやもしれぬ。

家中にも広家（吉川家当主）を始めとして、大坂に上ったことに異を唱える者も多いと聞く。儂とて日頼様（毛利元就）のお訓えを忘れたことなど一刻たりともない。しかし徳川がここまで力を蓄えたからには、豊臣恩顧の勢力を結集してこれに対抗する他に、我ら毛利が生き残る道は残されてはおるまい。

「前田に続き上杉まで平らげられてしまえば、内府の次の狙いはこの毛利となりましょうぞ」

恵瓊の具申は疑うべくもない。徳川とは和睦したとはいえ、前田に与して以来のしこりは残っておる。領国に籠って守りを固めたところで、いずれ数を擁して我らを滅ぼさんと掛かってくることは目に見えておる。

ここまでくれば、もはや後に引くことなどできぬ。徳川と一戦交えることを頭に置けば、何としても秀頼公や淀の方を我が方で押さえておかねばなるまい。

「毛利は天下を希求すべからず」、毛利家中興の祖・元就の遺訓である。

元就が逝去した後も吉川元春、小早川隆景、いわゆる『毛利の両川』によって毛利家は繁栄を誇ってきた。次男・元春は猛将、三男・隆景は智将と評され、当主となった嫡男・隆元が急死すると元春が軍事面、隆景は政務・外交面を担当し、若くして家督を継いだ輝元を両脇から支えてきた。

しかし両叔父が没して頭上の重石（おもし）が取れた輝元は、自らの器量を顧みることなく、恵瓊に焚き付けられるがまま中央への進出を夢見た。当然のこと家中には、吉川広家をはじめ反対する者も多くあった。

三成は蟄居（ちっきょ）の身でありながら堂々と大坂城に乗り込み、奉行職筆頭の如き立場を取り戻した。増田（ました）長盛・長束（なつか）正家・前田玄以（げんい）ら三奉行の連署による『内府ちがひの条々』を発し、主に中国・四国・九州の諸大名およそ十万の兵力を結集した。しかし、三成自身は奉行職を罷免（ひめん）されているため署名に加わることはできない。

三成はまず、会津征伐に従軍している諸大名の妻子を人質に取る作戦を発動した。

加藤清正や黒田長政らはこのような事態も予め想定し、家臣らの計らいによって無事に妻子を脱出させている。しかし、細川忠興（ただおき）の正室・ガラシャは人質に取られることを拒否し、屋敷に火を掛けて自害した。この壮絶な抵抗によって三成は味方も含めた多くの人々の反感を買うこととなり、人質作戦は全くの失敗に終わった。

これは三成にとって『第一の誤算』であった。

七月十九日、三成らは鳥居元忠が預かる伏見城に開城を要求した。

家康は出陣するにあたり、特に信頼の厚い元忠に城を任せていた。元忠は家康がまだ「竹千代」と呼ばれ、今川氏の人質であった頃から側近として近侍していた。一徹な武将であり、敵中に孤立しているにもかかわらず敢然（かんぜん）と開城を拒絶する。

三成は宇喜多秀家を大将として、小早川秀秋、島津義弘ら四万の大軍を差し向けた。この時すでに秀秋は密かに家康と通じていたが、毛利や宇喜多などの中国勢と共に行動せざるを得なかったため、会津への行軍が遅れて三成の軍勢に加わることとなってしまった。

「宇喜多の助勢であれば前線で闘うこともなかろう」

秀家とは養子時代から顔なじみであった秀秋は、中国勢として周囲の信用を得るために城攻めの加勢に名乗りを上げた。

島津義弘は家康から遠征中における伏見城の警護を命じられていた。義弘は城方に加勢しようとするも、これを疑った元忠に入城を断られ、やむなく三成の軍勢に加わらざるを得ない状況に陥ってしまった。これもまた、意に反しての攻撃参加である。

城に籠るはわずか三百五十、元忠はよく防いだが兵力の差は如何ともし難く、壮絶な戦いの末に城方は全員討ち死にとなった。

八月一日、ついに伏見城は陥落（かんらく）した。

第十三章　ここで内府に退かれては――福島正則

　慶長五年六月十六日、会津に向けて大坂城を後にした家康はゆるゆると軍を進めた。会津征伐に加わってはいるものの、水戸に城を構える佐竹義宣の動きが遅い。三成が兵を挙げる用意をしているとの情報も届いていた。

「治部に与するのはせいぜい小西や佐竹ぐらいであろう。もし治部が打って出てくれば、三成憎しの武将たちを当ててやればよい。ここで恨みを晴らさんとばかり、我先にと打ち掛かるに違いない。会津には治部らを退治した後、伊達や最上らと組んで攻め入れば良かろう」

　家康は兵を進めながらそう考えていた。


　予想に反して何事もなく、七月二日、家康は江戸城に入った。自らの居城で軍備を整えながら、上方や会津の情報収集に努めていた。

　九日には増田長盛から「三成らが家康打倒の謀議を行っている」との書状が届く。淀の方からも三成らの動きを鎮圧せよ、との要請があった。

　その後続々と上方の状況が伝わってくる。次第に家康の顔は険しくなってきた。三成に与する者は多くはないと踏んでいたところ、毛利を味方につけて十万もの軍勢を集めたという。

「治部の書状は我ら遠征軍にも届いておるようじゃ。中には大坂方に味方せんと考える者が出てくるやもしれぬ。かくなる上は江戸に籠ることも考えておかねばなるまい」

改めて三成の才幹（さいかん）を思い知らされた家康であった。


二十四日、家康は先発している諸大名を追いかけて下野（しもつけ）の小山に到着する。その夜、翌日の軍議について相談があるとして黒田長政を呼び出した。

「遠征軍を解散しようかと考えておる」

突然に家康から告げられて長政は愕然（がくぜん）とした。

「それではここに集まる諸大名は納得致しますまい。今さら三成に膝を屈するなどありえぬ話でございましょう。まずは福島殿の意向を確かめたく存じまする」

家康の元を辞した長政は、慌ててその足で福島正則の陣を訪ねた。正則は秀吉の一門であり、豊臣家を代表する存在として遠征軍に参加していた。

「事ここに至っては、内府殿を担いで三成と雌雄を決するほかなかろう」

長政との協議は夜遅くまで続いた。

・・・・・・「ここで内府に退かれては」

こんなところで解散などされてたまるか。

内府は江戸に籠れば何とか持ちこたえることができるであろう。だが、これまで従軍してきた我らはどうなるというのだ。我らだけで大坂方十万と戦うなど、できようはずがないではないか。

仮に大坂方に翻ったとしても、あの陰湿な三成のこと、徳川征伐の先鋒を命じてくることは明らかである。いずれにしても我らが生き延びる道など無くなってしまうということじゃ。

三成が十万の兵を集めたと言うが、あやつにそれだけの人望が集まるとは思えぬ。毛利を味方に付けたとのことだが、よくよく聞けば外様ばかりではないか。それぞれの思惑で動くであろう奴らなど恐れるに足りぬわ。

まずは何としても内府を引っぱり出さねばならぬ。その為にはここに参陣している諸将の心を一つにまとめ上げねばなるまい。しかし一体全体、あやつらは何を考えておるのであろう。息をひそめて周りを伺っておるばかりではないか。

ならば一つ、この正則が火をつけて進ぜよう。

翌二十五日、家康は会津征伐に従軍した諸大名を招集して軍議を開いた。ここで家康は本多正純（正信の嫡男）に命じて上方の状況を包み隠さず説明させた後、静かに自らの考えを語り始めた。

「このような事態になったからには会津征伐軍は解散するしかあるまい。儂は三成らが攻めてくれば江戸にて迎え撃つ所存である。各々方の中には妻子を上方に残している者もおるであろう。三成方に付いても恨みはせぬゆえ、この先は各々の考えで決められよ」

　これを聞いた諸大名に動揺が走った。全員の目がしばらく宙を泳ぎ、ややあって正則を頼みと視線が集中する。この時とばかり正則は、前夜から用意していた口上を一段と大声で吠えた。

「あいや内府殿、これはいかにも残念な仰せにござる。我らこれまで一月半、豊臣家に仇なす輩を征伐するため、心を一つにここまで来たのではあるまいか。我らは秀頼公の御下命を拝して出陣しており申す。これに乗じた三成らの動きこそ謀反であること相違ござらぬ。されば取って返してこれを討つことこそが我らの使命でござろう。内府殿には引き続き我らを率いて、ともに三成らの謀反を鎮圧していただきとうござる。我ら一同、内府殿に臣従をお誓い申す」

　黒田長政も即座に呼応した。これに引き摺られるように、ほぼ全ての大名が家康に従うことを誓約した。

今さら三成の軍門に下ったとて、その先どのような仕打ちが待ち受けているか分かったものではない。妻子を人質に取られているのではないか、などと心が揺れていた大名たちも生き残りを賭けて覚悟を決めた。

「我が城を内府殿に差し上げたい」

山内一豊が自らの居城・掛川城の提供を申し出たことで、東海道筋の大名たちも次々にこれに倣(なら)った。評定(ひょうじょう)は異様な盛り上がりを見せ、ここに三成迎撃が決定した。

こうして「豊臣家を三成の好き勝手にさせてたまるか」という豊臣子飼いの勢力が家康を擁立し（以後、東軍と言う）、徳川が実権を握ることに危機感を持つ外様大名が三成を支持する（以後、西軍と言う）という捻(ね)じれた構図が出来上がった。

期せずして家康は、東軍の諸大名から請われる形で関ヶ原に臨むこととなる。翌日には東軍諸将は陣を払い、正則の居城である尾張清洲城を目指して出陣した。

その中、信濃上田城主・真田昌幸は本多忠勝（徳川家臣）と姻戚のある嫡男・信幸を東軍に残し、自らは大谷吉継と姻戚のある次男・信繁（幸村）とともに西軍へ退転を決めた。

「一族が袂を分かちて戦うことになろうとも、東西どちらが勝とうが真田家は生き残る」

究極の選択、これが世に言う『犬伏の別れ』である。

八月四日、秀忠は本多正信を添えた徳川本隊三万八千を率いて中山道より美濃方面へ進軍した。他方、秀吉の養子とされたこともある次男・結城秀康は、江戸における上杉や佐竹への抑えとして宇都宮城に留め置かれた。

第十四章　誰がための戦でござる――茂助（家康の使者）

東軍諸将が清洲城を目指して西進を開始した後も、家康は動向が不明な佐竹義宣など背後の危険から江戸城に留まり続けた。大坂方が発した『内府ちがひの条々』が東軍側にも伝わり、従軍している武将たちの動向も不透明となる危惧も生じたためである。

家康は諸将に書状を送り続けて東軍への繋ぎ止めに努めるとともに、西軍に対しては藤堂高虎や黒田長政らを使って調略による切り崩しを図った。長政は吉川広家に毛利家所領の安堵を、小早川秀秋には北政所への忠節を説いて内応を約束させている。

上杉景勝は兵を退く徳川軍を追撃せず、軍勢を東軍に与する最上の長谷堂城へと向けた。山形の南西に位置し、会津の領内を伺う最前線に築かれた城である。

「家康を追うべし」

兼続の必死の献策にも景勝は首を縦に振らなかった。

「まずは最上を制し、後顧の憂いを断った後に関東に攻め入れば良い」

南進すればその隙を伊達や最上に衝かれる恐れがある。領主として至極真っ当な判断であったが、家康を討つ千載一遇の機会を逸して兼続は歯噛みする思いであった。

まさか上方における戦が、一日も経たずして勝敗が決するなど思いも因らない。

この頃、西軍の連絡網は既に遮断されていた。東海道に家康、中山道は秀忠が抑えており、信州上田から沼田を通って会津に向かう街道には真田の嫡男・信幸が東軍に味方している。上杉にとって誰が味方で誰が敵か、遠く離れた上方の状況が全く掴めない中で、やみくもに兵を繰り出すなど出来ようはずもなかった。

また、佐竹義宣も父・義重や弟、重臣一同らの反対により徳川領への侵攻を断念した。佐竹は関ヶ原にも参陣せずお茶を濁そうと試みるも、戦の後は秋田に転封されることとなる。

上杉や佐竹の消極的な動きにより北からの挟撃が空振りに終わった。これが三成にとって『第二の誤算』であった。

八月十日、三成自身は佐和山を出て、美濃方面を抑えるため西軍が拠点とする大垣城に入った。

目と鼻の先、岐阜城には織田信長の嫡孫・秀信が城主として拠っていた。織田秀信とは、かつて清洲会議で秀吉が担いだ『三法師』のことである。既に三成は、秀頼の後見と美濃・尾張加増を約束して秀信を西軍に引き入れていた。

一方、清洲に集結した東軍の諸将は西軍の最前線である岐阜城を目の前にしながら、いつまでたっても腰を上げない家康に不信感を抱きはじめていた。

「内府殿は大坂方と和睦するつもりではないのか」

もし和睦にでもなろうものなら、三成は当然のこと復権を果たすこととなる。東軍に与した大名はいずれ手厳しい報復を受けることは火を見るより明らかであった。

八月二十二日、家康の使者として村越直吉（茂助）なる者が送られてきた。茂助は軽輩の身でありながら相当な胆力の持ち主であり、その物怖じしない振る舞いは家康から随分と重用されていた。

「今しばらく出陣を見合わせる」

家康の言伝を聞いた諸将の怒りは頂点に達した。

「内府殿は我々を捨石になさるおつもりか。ありていに申してみよ」

「されば申し上げまする。皆様方は岐阜城を前にして、何故に打ち掛かろうとなされぬのでありましょうや」

「貴様、何を申すか」、会場に殺気が走る。

しかし、茂助は臆することなく、訥々と語りはじめた。

……「誰がための戦でござる」

皆々様にも治部少輔殿より書状が届いておりましょう。それによりますと元々は豊臣家を騒がす輩を征伐する戦であったものが、いつしか豊臣家と徳川家の争いにすり替えられているようにございます。

もし治部少輔殿が淀の方をたぶらかして豊臣の旗を掲げてまいれば、皆様はどうなさるおつもりか。もし毛利殿が秀頼公を担いで出陣してまいられれば、皆様の槍先はどちらに向くのでありましょうや。

我が主は何事にも用心が深うございますれば、それが分からぬ内は出とうても出て来れぬのではないかと推察いたしまする。

茂助の言葉に諸将の目は、またしても正則に集められることとなる。

ゆっくりと立ち上がった正則は、使者である茂助に礼を尽くしつつ、胸を張って言い放った。

「御使者殿の申されること、一々御尤もにござる。さればこの正則、岐阜城など数日の内に陥としてご覧に入れようほどに、それを見届けられて内府殿に報告めされよ」

これを受けて茂助、

「福島様がそこまで申されるならば岐阜城など既に陥(お)ちたも同然にございましょう。手前は早速にでも江戸に戻り、主に報告いたしとう存じまする」

弾かれたように正則ら東軍の諸将は出陣し、わずか二日で岐阜城を陥(お)とした。岐阜城と言えばかつて斉藤道三が天下の剣と言われた金華山（稲葉山）に築城、後に織田信長が縄張りを改めて自らの居城とした、北に流れる長良川を天然の堀となす要害(ようがい)である。

これが「家康から仕掛けた戦」であったならば、自らの出陣の遅れを棚に上げて「何故敵に攻めかからないのか」というような理屈が通るわけがない。

定説にあるような「家康が正則ら東軍諸将を挑発して岐阜城に攻め掛からせた」という筋書きは、家康の知略を誇示したいがために江戸時代に入った後に創られたものであろう。それにしても稚拙なこじつけである。

家康は常より「この争いは豊臣の実権を狙う三成と、清正・正則ら諸大名との内部抗争である」ということを前面に押し立て、自らは豊臣家の大老として「儂に力になって欲しくば証(あかし)を見せよ」という一段上の立場に身を置いていたことが伺える。

第十五章　毛利が動かぬうちに――家康

伏見城を陥落させた三成は、宇喜多秀家を大将として毛利秀元や鍋島勝茂など約三万の軍勢を伊勢・美濃平定に送り込んだ。

西軍は岐阜城を拠点として尾張と三河の国境付近で東軍を迎え撃ち、背後より上杉・佐竹軍が挟撃するという戦略を立てていた。しかし東軍が既に尾張清洲城に集結しているとの報を受け、秀家は三成の拠（よ）る大垣城に合流した。

岐阜城の救援に向かっていた三成であったが、城が陥（お）とされたと聞くや、先に墨俣（すのまた）まで進軍していた島津隊を置き去りにして大垣城に退却してしまった。東軍の追撃はなく島津隊は無事に戻れはしたものの、その後の関係に禍根を残すこととなった。

当初の計画が挫折した三成は大坂城に居る秀頼、総大将である毛利輝元に出馬を要請した。しかし、いずれも淀の方に拒否されてしまう。

「毛利殿が城を出てしまえば誰が秀頼を護るというのか、ましてや幼い秀頼が出陣するなど有り得ぬ話でありましょう。これは家来筋の争いじゃ。豊家はいずれにも味方せぬ」

淀の方はあくまで中立を守った。

九月一日、岐阜城が陥ちたことを確認した家康は、急ぎ三万三千の兵とともに東海道を西上した。徳川不在の中で戦が始まっては、たとえ勝利できたとしても戦後の主導権を握ることが難しくなる。

東軍諸将には軽々に動かぬよう指示を与え、わずか十一日で清洲城に到着した。旗を巻かせ、馬標も立てず、目立たぬように目立たぬようにと兵を進めてきた。やにわに敵前に金の扇を立てることで、秀頼を大坂城から連れ出す暇を与えぬようにとの思惑があってのことである。

家康はここで中山道を進む秀忠隊を待つことにした。しかし秀忠隊三万八千は真田昌幸二千が籠もる上田城を攻略できず、三日から八日にかけて足止めを食らっている。そんなことは知る由もない家康の苛立ちは頂点に達していた。

十四日、しびれを切らした家康は大垣城の北西・美濃赤坂の安楽寺に設営した本陣に入った。更にその夜、慌ただしく赤坂を出て中山道を西へ向かう構えを見せる。

・・・・・・「毛利が動かぬうちに」

秀忠の愚か者めが、何をぐずぐずしておる。戦は既に始まっておるというに。

勢いは岐阜城を陥とした我が方にある。このまま治部が籠る大垣城を攻めたものか。しかし城攻めには時間が掛かるでな。

淀の方も今のところは中立を保っておるようだが、戦が長引けば心変わりせぬとも限るまい。秀忠の軍勢を待ちたいのはやまやまではあるが、毛利が動けば厄介である。やはり早々に野戦に持ち込んで決着を急いだ方が良かろう。

そのためには治部らを城から引っ張り出さねばならぬ。さて、如何したものか。

大垣城は素通りし、治部の居城・佐和山を陥として大坂城に向かい秀頼公を確保しようと見せ掛けてはどうか。さすれば治部らも城から出て来ざるを得まい。思えば昔、三方ヶ原で武田に煮え湯を飲まされた時のやり口と同じよの。

野戦の地は何処になろうか、おそらくは関ヶ原あたりであろうかの。

突如赤坂に出現した家康の大軍を目の当たりにして西軍の諸将は浮足立った。家康の動きを察知した三成は大垣城から出陣、東軍を迎え討つべく関ヶ原方面へと転進する。

しかし既にこの時、三成にとって『第三の誤算』が生じていた。

西国の大名の多くは西軍に参加していたが、大津城には京極高次、丹後の田辺城には細川藤孝（幽斎）が家康に味方して頑強に抵抗していた。

京極高次は西軍の北陸道平定に従軍し越前から美濃に向かっていた。しかし岐阜城の陥落を知るや突如として戦線を離脱、翌九月三日には居城の大津城に籠城して東軍への加担を鮮明にした。

高次は家康から上杉征伐の間の諸事を頼まれており、弟の高知を家康に伴わせていた。高次の正室・初は淀の妹であり、秀忠の正室・江の姉という微妙な立場にあった。

高次の離脱を知った三成は七日、毛利元康（輝元の叔父）に一万五千の軍勢を与えて大津城を攻撃させた。更に猛将として名高い立花宗茂もこれに加わったが、高次はわずか三百五十の手勢にてよく防いだ。

十四日に和平の使者が送られ夜になってようやく降伏に応じたが、毛利元康、立花宗茂らの大軍は関ヶ原に布陣することができなかった。

また三成は家康に味方する細川幽斎が籠る田辺城を制圧すべく、小野木重勝を大将とする一万五千の軍勢を差し向けていた。幽斎の嫡男・忠興は会津征伐に従軍しており、忠興の妻・ガラシャは三成によって自害に追い込まれていた。

田辺城は五百に満たない手勢であったが、城を囲む西軍の中には幽斎の歌道の弟子も多く、戦闘意欲に乏しいこともあって長期戦の様相を呈していた。幽斎は二条流の歌道伝承者・三条西実枝（さんじょうにしさねき）から『古今伝授（こきんでんじゅ）』を受けている。

「幽斎を死なせてはなりませぬ」

幽斎の弟子の一人である八条宮智仁親王が兄である後陽成天皇に奏請したことで、勅命による講和が結ばれる運びとなった。

九月十三日、二ヶ月に及ぶ籠城はようやく終結を迎えた。関ヶ原の戦の二日前のことであり、こちらの大軍も決戦に間に合っていない。

これら合わせて三万を超える軍勢が、わずか一千にも満たない東軍の寡兵に足止めを食らって関ヶ原に参陣できなかったことは、三成にとって手痛い誤算であった。

細川忠興は関ヶ原において最前線で石田三成の軍と戦い、戦後には豊前小倉藩三十九万九千石の大封を得た。田辺城における父・幽斎の働きも大いに評価された結果と言えよう。

第十六章　寝返りなどでは——小早川秀秋

慶長五年（一六〇〇年）九月十五日未明、雨上がりの深い霧が立ち込める中、関ヶ原は異様な緊張に満ちていた。東西両軍、合わせて十五万もの軍兵が小さな盆地にひしめき合っている。

東西それぞれの陣立てを見ると、西軍は副将である宇喜多勢一万七千を中心に南北に広く鶴翼の陣を敷いている。石田三成は関ヶ原の北西に位置する見晴しの良い笹尾山に陣を構え、その前方北から島左近、島津義弘・豊久、小西行長、中央に宇喜多秀家、南に向かって戸田重政、平塚為広、大谷吉継ら三万七千、中山道を挟んで赤座、脇坂ら四千二百が並ぶ。更には南の松尾山には小早川秀秋一万五千、東の南宮山には毛利勢二万、長束、長宗我部ら八千が布陣している。

対して東軍は主力の福島隊六千を最前列中央に置き、それを支えるべく北から黒田長政、加藤嘉明、細川忠興、田中吉政、筒井定次、井伊直政、松平忠吉、藤堂高虎、京極高知ら三万七千が並ぶ。更にその後方、桃配山（ももくばりやま）には徳川家康の本隊約三万が控える厚みのある陣立てである。
桃配山は昔、壬申（じんしん）の乱という国を二分する大戦（おおいくさ）において、大海人皇子（おおあまのみこ）（後の天武天皇）が兵を挙げ、ここで家臣に桃を配ったと言われる小さな丘である。桃は厄除けにもなる果実として知られ、以後連戦連勝して皇位を手にしたという縁起の良い陣所であった。

小早川秀秋は、それまで西軍として布陣していた伊藤盛正を追い出すように松尾山に陣を構えた。松尾山は関ヶ原の南端に位置する小高い丘で、毛利輝元出馬の折には本陣にと予定された、戦場全体を見渡せる絶好の立地である。

布陣を終えた秀秋は重臣を集めて「東軍へ加勢する」旨を告げた。

「寝返りは末代までの恥でござろう」

松野主馬(しゅめ)ら重臣の中には反対を唱える者も多くいた。

……「寝返りなどでは」

東軍への加勢は初めから決めていたことである。しかし毛利や宇喜多など中国勢に囲まれる中にあって早々に態度を明らかにするわけにはゆかぬであろう。西軍に与するふりをして、ようやくここまでたどり着いたということじゃ。

儂は三成を許すことができぬ。朝鮮の役ではあやつの讒言(ざんげん)によって殿下のお怒りを蒙り、筑前名島三十五万石を召し上げられて越前北ノ庄十二万石に減封されるはめになった。聞けば、それは兵糧不足を補うため九州北部を蔵入地に取り込まんとする三成の策謀であったというではないか。

内府殿には、それを殿下に取り成してもろうて何とか復領できたという恩義もある。

三成から「秀頼が十五歳になるまで儂を関白に就ける」と言うてきおった。何様のつもりであろうか。もとより儂は殿下の跡継ぎとして関白に就くはずであった。ところが秀頼が生まれたことで、儂は豊臣を追い出されるようにして小早川家に養子に出されたのではないか。

あろうことか、時の関白・秀次殿は自害にまで追い込まれてしもうた。秀次殿は儂にとって何でも相談できる兄者のような御方であった。秀次殿に謀反の気持ちなどあろうはずがないことは誰よりも儂が知っておる。それを秀頼可愛さのあまり自害に追いやるとは。殿下の御子でもないのに、だぞ。

これらは全てあやつが描いた筋書ではないか。

内府殿には黒田殿を通して話が付いておる。おふくろ様（北政所）にも伺うてみたが、「良き思案じゃ」と言うてもろうた。今さら迷うことなどない。

「この合戦、先駆けは何としても徳川がなさねばなりませぬ」

霧が晴れると、井伊直政率いる『赤備え』が西軍に向けて発砲した。娘婿・松平忠吉（家康の四男）を押し立て、先鋒である福島隊を差し置いての抜け駆けである。

井伊直政はあわよくば忠吉を家康の後継にと考えており、この天下分け目の戦で徳川が先陣を切ったという実績を打ち立てて忠吉の初陣を飾らせようと企てた。

これを機に戦闘が開始された。中央では西軍・宇喜多隊と東軍・福島隊との間で激しい攻防が繰り広げられ、北では石田隊に黒田隊、細川隊が、南では大谷隊に藤堂隊、京極隊が攻め掛かった。西軍で戦闘を行っているのは宇喜多、石田、小西、大谷とその傘下の部隊三万三千ほどであったが、地勢的に有利を占めていたため戦局をやや優位に展開していた。

味方が押されていると見た家康は桃配山を降り、徳川本隊三万を率いて最前線近くまで陣を進めた。法螺貝が鳴り響き、けたたましく鉦が打ち鳴らされる。三万の大軍が声を合わせて鬨を挙げると、その咆哮は戦場全体に響き渡った。

東軍は勢いを盛り返した。後ろから陣を押し出されては、前線で闘っている兵は前に突き進むしかない。さすがに家康は戦を知り尽くしている。

この機を逃さず小早川秀秋は松尾山を駆け下りて大谷隊に襲い掛かった。大谷吉継はかねてより風聞のあった小早川の寝返りに備えて、温存していた六百の直属兵でこれを迎撃する。

しかしこの時、松尾山の麓に布陣していた赤座直保、小川祐忠、朽木元綱、脇坂安治ら西軍諸隊四千二百までもが雪崩（なだれ）を打って東軍へと寝返った。藤堂高虎の調略に応じたものであり、これによって関ヶ原の流れは一気に東軍へと傾くこととなる。

病を押して奮闘した大谷隊であったが、ついに吉継は自刃に追い込まれてしまう。

続いて宇喜多隊も横腹を突かれて総崩れとなり、東の大軍は北に向かって三成の陣へと押し寄せた。

三成は逃亡、天下分け目の合戦は昼過ぎには決着を迎えた。開戦からわずか四時間ほどのことであった。

『問鉄砲』は江戸時代、家康を讃えるために創作された物語である。寝返りを約束したにも拘わらず優柔不断な小早川秀秋に対して、しびれを切らした家康が鉄砲を撃ち掛ける。家康の威圧に驚いた秀秋は慌てて松尾山を下りて西軍の大谷隊に襲い掛かった、という筋書である。

しかし近年の調査では、戦場の喧騒の中では鉄砲の音などどれほどのものでも無いことが証明されている。そもそも松尾山の麓には西軍が陣を敷いており、小早川陣に向けて鉄砲を撃つ場所などあったのかすら疑問である。

果たして小早川秀秋は、歴史小説などで伝えられているような情けない武将だったのだろうか。三成挙兵の折には西軍の一員と見せ掛けて難局を乗り切り、松尾山では先に陣を敷く西軍の部隊を追い出して絶好の立地を確保し、戦においては絶妙のタイミングで西軍に襲い掛かって勝負を一気に決定付けた。これより早く山を降りれば乱戦に巻き込まれるだけであり、これより遅くなって家康が参戦した後では小早川の手柄は消えてしまう。

もしかすると、秀秋は武勇、智略ともに優れた武将だったのではないだろうか。戦後、家康は秀秋に対してその武功を大きく評価し、備前岡山五十一万石に加増移封している。

では何故、定説にあるような人物像が創られてしまったのか。

実は家康は関ヶ原では何の働きもしておらず、このままでは天下を手中にした戦として些か不十分であった。即ち徳川家としては、家康の力で勝利を得たという筋書を必要としていた。

また、西軍のみならず東軍の諸将も、寝返りによって大きな加増を得た秀秋については快く思っていない。加えて、新たに入封した備前岡山は西軍副将・宇喜多秀家の所領であったため領民の支持も得られない。更には家臣団の中にも寝返りを不愉快に思う者が多く、四面楚歌の中で秀秋は精神を病んでしまった。

不幸にして数年後には若くして世を去り、まさに「死人に口なし」となってしまった。

あの秀秋の肖像画さえも、意図して定説を後押ししているように思えてくる。

第十七章　たとえ逆臣となろうとも——吉川広家

西軍の総大将を担う毛利勢はと言えば……

毛利輝元は大坂城から動けないでいた。「秀頼を護るべし」との、淀の方の強い要請があったためである。

奉行の増田長盛は三成の書状『内府ちがひの条々』に署名する一方、家康とも頻繁に連絡を取り合っている。どちら付かずの態度で、城内には謀反の噂が流れていた。これも家康の策略か、或いは輝元の出陣を押し止めたいとする福原広俊ら毛利家重臣による仕掛けだったのかもしれない。

関ヶ原には跡取りの毛利秀元を大将に一万五千の大軍を派遣していた。秀元はまだ二十一歳と若く、戦上手の吉川広家三千、安国寺恵瓊千八百が共に出陣している。

毛利勢は早々と南宮山に陣を張った。南宮山は中山道を見下ろす小山で、この時東軍が本陣を置いていた美濃赤坂、即ち東に向かって吉川隊が先鋒、後方に安国寺隊、秀元隊を配置していた。

十四日夜、眼下の中山道を東軍諸隊、続いて家康本隊三万が西に向かって通過して行った。

決戦の場が西方の関ヶ原へと移っても、広家は陣を動かす気配すら見せない。家康が新たに陣を敷いた桃配山からもかなりの距離があった。

毛利勢は関ヶ原とは反対の方角に向けて陣を構えているため、先鋒を受け持つ広家の陣でなければ関ヶ原の様子を見て取ることはできない。

・・・・・・「たとえ逆臣となろうとも」

昨夜、徳川の大軍が目の前を通った。三万は下るまい。あれと戦って勝てるとでも思うておるのか。あれだけの兵が家康一人を護らんと塊となって掛かって来るのだぞ。兵の数に違いはなくとも、西軍は小さな部隊の寄せ集めでしかない。勝負になるわけがないではないか。

上様（輝元）も上様である。恵瓊などの言うに乗せられて大坂まで上って来てしまわれるとは。所詮、恵瓊は坊主でしかない。戦のことなど何も解ってはおらぬ。

「毛利は天下を希求すべからず」、日頼様（元就）のお訓えをお忘れか。

幸いなことに家老の福原が良くわきまえており、何とか策を講じて上様の出陣を止めてくれておる。

「此度のことは安国寺一人の謀にて、輝元は一切与り知らぬことにござそうろう」

上様には無断にて申し訳なきことではあるが、内府殿には黒田殿を頼って密かに渡りを付けてもろうておる。昨日、「戦に加わらねば毛利家の本領は安堵する」との書状も受け取った。本多忠勝殿、井伊直政殿の血判まで添えられておる。

おや、関ヶ原の方角から鉄砲の音が聞こえてきた。どうやら戦が始まったようだ。毛利家を守るためとあらば、たとえ逆臣と言われて腹を切ることも辞さぬ。ここは何としても、毛利の兵を一歩たりとも動かさぬよう気張らねばなるまい。

なに、糞坊主から出陣の催促だと。「腹が減っては戦ができぬ故、兵に弁当を食させておる」とでも返しておけ。

家康は黒田長政を通じて「毛利勢は動かぬ」という誓約を取り付けてはいた。しかし念には念を入れて本陣の後方には、南宮山への備えとして山内一豊、浅野幸長、池田輝政ら特に信頼の厚い武将一万数千を配していた。

南宮山には毛利勢二万の他、長宗我部盛親、長束正家らの西軍部隊八千も陣を張っていたが、毛利が動かぬを良いことに日和見を決め込んでいた。関ヶ原の趨勢が決すると、彼らは一目散に戦場を後にしている。

吉川家は元より恵瓊など信用してはいない。

遡れば天正十年、織田家秀吉軍は清水宗治が籠る備中高松城を水攻めにして毛利軍と睨み合っていた。その時、本能寺の変が勃発する。秀吉は信長の死を秘匿して毛利家との和睦を急ぎ、明智光秀討伐に向け畿内に取って返した。（中国大返し）

その際、和睦の仲介をしたのが安国寺恵瓊であった。恵瓊は毛利元就によって滅ぼされた安芸武田氏の一族である。出家して京に上り東福寺や南禅寺の住持となり、やがて外交僧として毛利家に仕えた。上方の事情に詳しい恵瓊は、毛利家にとって欠くことのできない存在となっていった。

恵瓊は黒田官兵衛と謀り、信長の死を秘匿したまま毛利家に和睦を急がせた。和睦の条件は「備中、美作（みまさか）、伯耆（ほうき）の割譲」と「城主・宗治の切腹」である。宗治は毛利の領土と城兵の命が安堵されるならばと、近親の者三名とともに潔く首を差し出した。

「おのれ秀吉、我らを謀（たばか）って和睦を急がせたか」

秀吉軍が撤退を開始した時、事実を知った吉川元春は秀吉軍追撃を主張した。しかし、弟の小早川隆景がこれを押しとどめる。

「誓書の墨も乾かぬ内に講和を破棄するわけにはまいりませぬ」

隆景の具申は中央への進出を禁ずる元就の遺訓を汲んだものであり、元春も涙を呑んで従うしかなかった。それ以来、吉川家は恵瓊を全く信用しておらず、それは家督を継いだ広家にも受け継がれていた。

小早川隆景は傑出した人物であった。

秀吉は天下人になって後、隆景に対して毛利家の所領の外に筑前名島他三十七万石を与えるとの沙汰を下した。その裏には隆景を独立大名に封ずることで、秀吉直属の家臣として取り立てたいという思惑があった。

「輝元は経験が足りておらず、まだ毛利家を離れるわけにはまいりませぬ」

隆景は固辞したが秀吉は許さなかった。毛利家に留まることは認められたが、筑前の領地も与えられ、安芸ともども二重の知行を強いられることとなる。

その後、秀頼が誕生した。それまで後継者にと考えていた羽柴秀俊（後の小早川秀秋）の処遇に困った秀吉は、四十歳にして子のなかった毛利輝元の養子に押し込もうと画策する。

「毛利家の跡継ぎは輝元の従弟・秀元を養子にする事で既に内定しておりまする」

豊臣家の企みを察知した隆景は、宗家（毛利家）を守るために自らの跡継ぎを廃嫡し、秀俊を小早川家の養子に請うて家督と筑前名島の領地を譲った。

これら毛利家乗っ取りの画策は石田三成と安国寺恵瓊の謀とも噂されており、隆景は毛利家にありながら豊臣家の重臣のごとく振る舞う恵瓊に対し、以後警戒を解くことはなかった。

関ヶ原の三年前、小早川隆景はこの世を去った。

「これでこの国に賢人はいなくなった」

朝鮮の役の最中（さなか）、隆景の訃報に接した如水（黒田官兵衛）はこう嘆（たん）じたという。

秀俊が小早川の家督を継ぐにあたり多くの豊臣家臣を引き連れて入城したため、それまで小早川家に仕えていた家臣たちは毛利家に帰参することとなった。これにより、毛利家と小早川家の繋がりは次第に疎遠（そえん）になっていく。

秀吉の命により秀俊に仕えることとなった重臣の平岡頼勝は黒田長政とは姻戚関係にあり、後に家康との間を取り持つ役割を果たすこととなる。

毛利輝元は大坂城に入ったものの、何一つ自分の思うようには動けないでいた。それでも総大将としての自負はあったようで、西軍参加を呼び掛ける書状を毎日せっせと書き送っていた。また戦の後を睨（にら）んで西国の統一を目論（もくろ）み、村上水軍を動員して四国に在る東軍・加藤嘉明の松前城に兵を向けるなど勢力拡大に精を出していた。後々これを家康に咎（とが）められ、御家は改易（かいえき）、領地は没収との通告を受けることとなる。

一方で吉川広家にはその功績に報い、周防・長門の二か国が与えられることとなった。

「話が違う。戦で静観を決め込んだは毛利宗家を守るためである」

広家は黒田長政や本多忠勝、井伊直政らの重臣を頼り、自らの所領を輝元に譲ることで毛利の家名を存続させるよう懇願した。長政や忠勝らも毛利家の本領安堵を条件に不戦を約束させた経緯があり、言葉を尽くして広家を後押しした。

戦に勝利したとはいえ未だ世情は不安定である。依然として大坂には豊臣家が存在しており、ここで長政や忠勝ら忠臣の顔をつぶすのは得策ではない。不承不承（ふしょうぶしょう）ではありながらも家康は毛利家の存続を認めざるを得なかった。

毛利家の凋落（ちょうらく）は家康に操られた吉川広家の不始末とする説もある。しかし毛利輝元は西軍の総大将として大坂に入城までしている。首謀者である三成や恵瓊、小西行長らが斬首されたことと比べても、輝元にお咎（とが）めがなかろうはずがない。減封程度で手打ちとなったことで、毛利家としても胸を撫で下ろしたのではないだろうか。家康としては毛利家を廃したい気持ちが強かった。しかしながら「この戦は豊臣家臣の内輪もめ」として矮小化（わいしょうか）したいとの胸算用（むなざんよう）も働いたと推測する。

第十八章　人質を取り戻さねば――島津義弘

寡兵であった島津は参戦の時期を選び、戦闘に加わることはなかった。

義弘は家康から会津遠征中の伏見城の警護を頼まれており、当初は城方に加勢するつもりでいた。しかし、これを疑った鳥居元忠により入城を拒まれ、やむなく西軍に加わることになったという経緯がある。

その後においても墨俣では三成に置き去りにされ、関ヶ原前夜の評定では夜襲を献策するも全く相手にされないなど、粗略に扱われて矜持を傷つけられていた。

……「人質を取り戻さねば」

やむを得んこととはいえ、西軍に加わることになってしもうた。しかし、あの三成の指揮の下では、とても徳川と戦って勝負になるはずもなか。

我ら島津はわずか一千の兵しか連れてきておらん。三成から再三に亘り出陣の要請が来ておるが、闇雲に打って出て兵の数を減らすことは避けけんにゃならん。いざという時が来るまでは、向かってくる敵を撃退するだけで良か。

小早川も翻ったか。こげん早よも戦の帰趨が見えてくっとは思わんかった。はてさて、どげんしたもんか。

まずは大坂に留め置かれている奥（妻・宰相殿）と亀寿（当主義久の娘）を取り戻し、島津に連れて帰らんにゃならん。人質を上方に残したままでは、後々島津は家康に降らざるを得なくなってしもう。それでは兄者（義久）に顔向けがでけん。

じゃっどん退却しようにも、後ろの北国街道や中山道は東西両軍の兵で溢れ返っちょる。これでは兵を進めることもままならん。人質を取り戻すには、家康よりも早う大坂にたどり着かんにゃならん。ならば全滅を覚悟してでも正面を突っ切るしかなか。

おーし、こっからが島津の戦じゃっど。生きて帰ろうなんち考ぐっな。

「ちぇすとォー！」

関ヶ原の勝敗が決すると東軍の兵は、敗走する三成や宇喜多、大谷らの西軍主力を追って北国街道や中山道になだれ込んだ。

手付かずの島津に向かってくる者などいない。寡兵とはいえ朝鮮では『鬼石曼子』と呼ばれ恐れられた勇猛な軍団である。下手に手を出して痛い目に遭っては割に合わない。それよりも背中を見せて逃げている兜首を追う方が手柄にもなる。

目の前がポッカリ空いた。その先には徳川本隊三万が見える。義弘は家康本陣の前を突っ切って南の伊勢街道から大坂に入り、人質を奪い返してから船で領国・薩摩を目指すことにした。

「鼻先を突破されたとあっては、徳川の面子（めんつ）が立たぬ」、赤鬼と恐れられる井伊直政の軍勢が追いすがる。

島津はこれを『捨てがまり』、即ち少数の兵が命を捨てて盾となり敵の追撃を迎え討つ、これを繰り返すことで時間を稼ぎ大将・義弘の退却を支えた。この時、井伊直政は薩摩の鉄砲に撃たれて負傷し、その後の寿命を縮めることとなる。

こうして義弘とともに薩摩に戻った者は僅かに八十余名であったという。これが世に名高き『島津の退（の）き口』である。

関ヶ原の勝敗が決した後も九州では加藤清正、黒田如水らが、西軍の小西、立花らの留守を守っている城を陥（お）とさんとして激しい戦いを繰り広げていた。

島津は薩摩に主力を温存しており、当主・義久は肥後にまで攻め入ろうとしていた。家康は黒田、加藤、鍋島ら九州の全大名を島津討伐に向かわせる。義久は国元の防衛を強化し、家康を迎え討つ体制を整えてこれに対峙した。

義弘が戻ってきた。首尾良く宰相殿と亀寿を伴ってである。大坂では二人は西軍の人質となっていた。しかし戦に敗れて浮き足立っていたこともあり、幸いにも警備は厳重ではなかった。その後、兵たちも遅れて続々と薩摩に帰還してくる。

　後顧の憂いを断ったところで、義弘が家康に降伏の使者を送った。

「そもそも内府様の要請で伏見城の守備に就こうとしたところ、鳥居殿に拒絶されたため止む無く西軍に身を置かざるを得なくなりもうした」

「島津は徳川に向けて、矢の一本も放ってはおりませぬ」

　島津家は家康に恭順の意を示すとともに、一方では徹底抗戦も辞さずとの両面作戦で交渉に臨んだ。

「未だ政情は安定しておらぬ。遠き薩摩の地で、これ以上戦が長引いては……」

　二年に亘る粘り強い交渉が功を奏し、島津家は減封されることもなく本領安堵を勝ち取った。家康の根負けである。

　薩摩に匿われていた宇喜多秀家は家康に引き渡されたが、妻の実家である前田家、特に芳春院の助命嘆願により死罪は免れ、八丈島に流罪となった。以来八十四歳まで、その地で長寿を全うした。

家康は島津を討伐できなかったことが余ほど心残りであったのか、死に臨んで自らの遺体を薩摩に向けて葬るよう遺言を残している。二百六十年の後、薩長の同盟によって幕府に終止符が打たれることを見越していたかのようであった。

定説によると島津義弘は全く陣を動かさず、西軍の敗戦が濃厚になると薩摩隼人の意地を見せつけるため、「敵の猛勢にあいかけよ」とばかり家康本隊に突っ込んだということになっている。しかし、どうもしっくりこない。武士の意地を見せつけるのであれば、それは戦場での活躍に限ってのことである。戦が決着した後、少数で家康の本隊に仕掛ける意味など全く理解のしようがない。

意に反して西軍に加わることになった義弘は、自分の妻と当主・義久の娘を人質に取られた形で関ヶ原に軍を進めていた。義弘は迷っていた。西軍が勝てば良し、しかし三成では家康に勝てる保証もない。ここは一つ兵を温存し、両軍が戦で疲弊した隙を突いて戦場を離脱し、人質を救出して島津に戻ろうと考えていた。

しかし予想に反して戦は短時間で決着してしまった。西軍に加わって戦に敗れ、人質まで押さえられたとあっては大失態である。東軍より早く大坂に到着するには、家康の前を走るしか選択肢がなかったのだろう。

第十九章　儂の目の黒いうちに——家康

天下分け目の大戦はわずか半日で幕を閉じた。

九月十九日に小西行長が竹中重門に、続いて二十一日には石田三成が田中吉政の兵に捕らえられた。近江古橋村、自らの領内にて農民が処罰覚悟で匿(かくま)ってくれていたが、発覚したと知ると三成は自ら身分を明かし捕縛(ほばく)されたという。

安国寺恵瓊は敗戦の後、毛利家に保護を求めたが吉川広家に追放される。二十三日、京に潜伏していたところを召し捕られた。

十月一日、三成・行長・恵瓊ら三名は謀反の首謀者として、大坂・堺を引き回されたうえ京の六条河原において斬首(ざんしゅ)された。

大坂城に登城した家康は秀頼や淀の方に戦勝の報告を行った。

「苦労であった、杯を取らす」、秀頼から稚(いとけ)ない言葉がかけられる。

「忝(かたじけ)のうござりまする」

家康が平伏する。秀頼への忠誠心厚い大老を演じ続ける覚悟はできている。

謁見が終わった後、家康は毛利輝元が退去した西の丸へ入り、西軍に与した諸将について改易、減封などの処分を急いだ。

西軍総大将の毛利については吉川広家の嘆願を受け入れて本家改易は撤回し、周防・長門二十九万八千石へ減封とする決定を下した。輝元は出家し、家督を嫡男・秀就に譲って隠居することとなった。

同じく上杉については、本戦には加わらなかったものの騒乱を引き起こした罪は大きいとし、陸奥会津百二十万石から出羽米沢三十万石へと大幅な減封を言い渡した。

一方で家康は論功行賞にも着手する。傍らでは本多正信が火鉢で餅を焼いている。家康はこの男と話す時はいつも寝所を用いていた。

・・・・・・「儂の目の黒いうちに」

「思いのほか上手く運んでおるようじゃ」

「急いではなりませんな、何事にも仕上げが肝腎かと。して、その後は……」

「儂が目指すは頼朝公よ」

「これはしたり。江戸に幕府を開かれるおつもりか」

「機が熟せば、のことではあるがの。儂も朝廷とは一線を隔そうと考えておる」

「では、豊臣家は如何なされるおつもりで」

「しばらくは上方で寺社仏閣を治めてもらおうかと。いずれは関白として仰いでも良いと思うておる」

「それが宜しゅうございましょうな。此度の戦は豊臣家内部の争い、決着が着いたとはいえ急に手のひらを返すわけにもまいりますまい」

「儂は豊臣家を滅ぼそうなどと考えたことは一度もないぞ。三成が勝手に仕掛けてきたので、それを成敗しただけのことじゃ。加藤や福島なども今は儂に服してはおるが、豊臣に災い有りとなれば徳川に刃を向けて来ぬとも限るまい」

「しかし、秀頼公や母御の取り巻きどもが大人しくしていてくれますかな」

「時が掛かるであろうの。しかし秀忠に跡を継がせるまでには何とかせねばなるまい」

「寺社仏閣には金がかかりましょう。じんわりと力を削いでいけばよろしいかと」

「儂の目の黒いうちに、ではあるがの」

貢献度の高かった武将には、西軍より接収した領地を中心に大幅な加増が与えられた。

戦功の第一は黒田長政である。当初より家康に臣従を誓い、西軍の中に何本もの楔を打ち込んで家康を勝利に導いた。長政には筑前名島を含む五十二万三千余石の大封（たいほう）が与えられた。

関ヶ原の勝敗を決定づけた小早川秀秋は筑前名島三十五万石から備前岡山五十一万石へ移封（いほう）となった。同じく本戦における活躍が著しい福島正則は、戦後も西軍総大将・毛利輝元に対し大坂城接収に向けて奔走（ほんそう）するなどの功績も認められ、安芸広島と備後鞆（とも）四十九万八千石に移封された。

その他、山内一豊は小山において「城を差し出す」との申し出により評定の流れを作った功績が認められ、関ヶ原では何の働きも無かったにも拘わらず遠江掛川五万一千石から土佐一国九万八千石に移封、後に幕府によって二十万二千六百石へと高直しが認められている。

しかし、小早川の新領地は旧・宇喜多の所領であり、福島の新領地は旧・毛利、山内の新領地は旧・長宗我部の所領であったことから、その後の領国経営には大変な苦労を強いられることとなる。

これら全体を見渡すと、豊臣恩顧の諸大名は高禄で加増されるも西国を中心に遠方へ転封となった。一方で、京や大坂および東海道は家康の身内や徳川譜代大名が占めるという、見事な配置図が描かれることとなる。

江戸を脅かす会津の地には上杉に替わり蒲生秀行を再封し、同じく水戸の地には佐竹義宣に替わって武田信吉を移封した。信吉は家康の五男であり、蒲生秀行は家康の三女・振姫を正室に迎えて後に松平姓を与えられている。

東海道に位置する清洲城には移封となった福島正則に替わって家康の四男・松平忠吉が入り、同じく山内一豊の掛川城には松平定勝ら徳川譜代の大名が城主となった。

豊臣家に対しては、此度の戦には関わりが無いとして直轄領地には手を触れていない。とは言え諸大名に管理を預けていた太閤蔵入地（たいこうくらいれち）は東軍諸将に分配され、豊臣家は日本全国二百二十万石とも言われた所領から、摂津・河内・和泉の直轄地のみを知行する約六十五万石の一大名に転落してしまった。

しかし、所領が減少したとはいえ豊臣家は依然として特別な存在である。家康は諸大名と豊臣家の結びつきを遮断するため、石田三成の旧領・近江佐和山には譜代の井伊直政を、播磨姫路には池田輝政、紀伊和歌山には浅野幸長ら特に信頼の厚い武将を大坂城を包囲するように配置した。

更に伊予今治には水軍を擁する藤堂高虎を置いて、西国の大名が水路にて上洛する事態にも備えている。

　加藤清正は関ヶ原には参陣していないものの、小西行長の宇土城、立花宗茂の柳川城など九州の西軍勢力を次々と制圧した功績が認められ、肥後北半国の所領に小西旧領の南半国を加えて五十二万石の大名となった。これは家康が豊臣家との関係を引き続き維持する上で、両家を仕切る扉のカギを握る清正に最大限の配慮をした証といえよう。

　これにより中国・四国・九州などの西国は、加藤清正、福島正則、黒田長政らが家康に代わって睨みを効かすという体制が整えられた。

終　章　「将軍の間」にござる――加藤清正

天下人としての立場を確立した家康は、西の丸を出て伏見城で政務を執ることにした。「政の中心は大坂ではなく京にある」と、全国の大名に知らしめるためである。

その一方で家康は豊臣家との共存を模索していた。

慶長八年（一六〇三年）二月、ついに家康は武家の棟梁である『征夷大将軍』の官職を得た。関ヶ原の勝利から二年半後のことである。更に、その翌月には御所の近くに築いた二条城へと居を移した。

これと並行するように同年七月、秀頼と秀忠の娘・千姫との婚儀が執り行われた。亡き秀吉の計らいであり、北政所はこれを見届けて落飾し、朝廷から院号を賜って高台院と称した。

慶長十年（一六〇五年）、家康はわずか二年で将軍職を秀忠に譲る。これにより「将軍職は徳川家が世襲する」ということを天下に示した。

時を同じくして豊臣秀頼が右大臣に昇進した。これは家康の奏請によるものである。秀頼の後任となる内大臣には秀忠を就け、官位において秀頼を秀忠の一段上に遇している。ここにも家康の豊臣家に対する配慮が伺える。

では、家康が「豊臣家を滅ぼす」と決意したのはいつのことであったのか。

慶長十六年（一六一一年）三月、ついに秀頼は「千姫の祖父に挨拶する」という名目で家康と会見することとなった。豊臣家と徳川家の結び付きを強めるべく、加藤清正や浅野幸長に守られながら二条城に向けて上洛した。

「たとえ秀頼公が家康に臣下の礼を取ることになろうとも、豊臣の家さえ存続できれば良しとすべし」

豊臣恩顧の武将たちはそう考えていた。高台院も同じく、平和な世が続くことを願っていた。一人、淀の方を除いては、である。

「徳川は豊臣家の家来筋ではないか」

これまで淀の方は現実を受け入れようとせず、頑なに秀頼の上洛を拒んでいた。それを清正や幸長らが十年がかりで説得し、やっとの思いで今回の会見に漕ぎつけたのである。

「豊臣家との争いを避けておりさえすれば、いずれ立場は入れ替わる」

家康の目論みどおりの展開のはずであった。

しかし、ここで家康の考えが一変する。

上洛した秀頼を一目見ようと大勢の民衆が押し寄せた。京や上方における秀吉の人気は凄まじい。応仁の乱で荒廃した京を復興したのは秀吉である。忘れ形見の秀頼を目にして、民衆はまるで神が降臨したかの如く感動し涙まで流している。

この時、秀頼十七歳。六尺を超える体躯は堂々たるもの、目を見張るような武将に成長していた。戦の経験こそ無いものの、豊臣家の跡継ぎとして帝王学を身に付けている。身のこなし一つとっても何とも垢抜けていた。

一方、江戸に幕府を開いた家康や秀忠は全くと言っていいほど人気がない。

「民衆の力は侮れぬ。上方がこのような有様では再び騒乱の芽が噴き出さぬとも限らぬ。やはり豊臣家は滅ぼすしかなかろう」

家康はついに覚悟を決めた。

同年夏、加藤清正が死んだ。ようやく漕ぎつけた秀頼と家康の会見、その警護を無事に見届けた後、領国に戻る船の中で突然の病に倒れた。

会見が終わった後も清正の心は揺れていた。

「これで良かったのだろうか。豊臣家の存続を願えば、これより他には……」

清正の秀吉を慕う気持ちは誰よりも強い。清正とて、秀頼が秀吉の子だとは思っていない。だが、秀頼を我が子と信じた秀吉の気持ちを思えば、自分が代わって秀頼を守ってやらねばならぬと固く心に誓っていた。

豊臣家を滅ぼすと決めた家康にとって、今や最も厄介な存在となったのが清正であった。家康は船に「忍び」を放ち清正の毒殺を命じた。

豊臣と徳川を仕切る扉のカギを握っていた加藤清正、その死によって豊臣家の命運も尽きてしまった。もはや豊臣恩顧の大名を集結して徳川と対峙(たいじ)しようとする者などいない。

慶長十九年（一六一四年）、家康は豊臣家と決裂、大坂冬の陣が勃発する。豊臣家が再建した方広寺大仏殿、梵鐘(ぼんしょう)に刻まれた「国家安康」の文字を家康の名を分断して呪詛(じゅそ)する言葉とし、「君臣豊楽」を豊臣を君として子孫の殷昌(いんしょう)を楽しむとした、言わずもがなの言いがかりである。

こうと決めたら家康は徹底して手段を択ばない。翌一六一五年、大坂夏の陣。ついに大坂城は落城、秀頼と淀の方は自害に至った。

元号も元和に変わる。関ヶ原の勝利から十五年、実に長い年月を費やしたものである。

明くる年の四月、豊臣家の滅亡を見届けるように家康は世を去った。享年七十五。

・・・・・・「将軍の間にござる」

関ヶ原の戦の後、加藤清正は肥後一国五十二万石の領主となった。

六年後には城が完成、翌年「隈本」を「熊本」と改めた。これが現在の熊本城である。

熊本城本丸御殿には、何故か使われていない部屋がある。最も格式の高い部屋で、壁やふすまには中国・漢の時代の悲劇の美女・王昭君（おうしょうくん）が描かれている。

「もしも内府が大坂城に弓を引くようなことがあれば、秀頼公を熊本城にお迎えして徳川と一戦を交える覚悟にござる」

清正が用意していた『昭君の間』、即ち、将軍の間であった。

四百年以上も経った平成二十八年（二〇一六年）、熊本を未曾有（みぞう）の大地震が襲った。熊本城も大きな被害を受けたが、角に積まれた石垣が一本の柱のように城を支えていた姿が今でも目に焼きついている。

その一本の石柱に加藤清正の姿が重なって見えたのは、果たして筆者だけであっただろうか。

（完）

あとがき

■神話はロマン、歴史はミステリー

「歴史は勝者の物語」と言われるように、時の権力者が自らの都合の良いように解釈し、或いは事実を捻じ曲げて記録を残すなどままあることである。

しかし、わざわざ歴史や神話として残したからには、そこに何らかの真実が隠されているはず、などと考えてみるのも面白い。

第一話　「出雲神話」と古代史の真理

何故に同じ時期に、同じ時代の歴史書が別々に編纂されたのか。そして『出雲神話』が日本書紀から締出された理由は何なのか。

「日本書紀は矛盾だらけ、ましてや古事記に至っては単なる神話に過ぎず、歴史書として信頼に値しない」などという論調も多く見られる。それは遙か古（いにしえ）のこと、当然のこと物証など揃っていようはずがない。しかし矛盾点ばかりを取り上げて、これらを否定することに何の意味があるのだろう。

本書はあくまで『古事記』『日本書紀』をベースとして、その編纂に取り組んだ天武天皇の時世に自らを重ね置き、このような記述に至った過程を読み解くことで古代の歴史の「真の理」を見極めようと試みたものである。

筆者は歴史学者ではない。よって我が国の成り立ちについて新説を立てようとするつもりなど更々ない。ただ歴史愛好家を標榜する者にとって、中国の書物なんぞに縛られるよりも、我が国の『神話』をもとに遙か古に思いを巡らす方がよほど楽しいのである。

第二話　「源氏三代」滅亡の真理

鎌倉時代の歴史といえば『吾妻鏡』、学生時代から私たちはここに残された記述に従って鎌倉時代を学んできた。しかし数ある歴史書の中で、しかも半公的な扱いを受けている資料の中で、これほど作為に満ちた記述がなされているものを他には知らない。

吾妻鏡が編纂されたのは鎌倉時代末期、北条の執権政治が確立された後に作成されたものである。よって北条氏に都合の悪いことは何一つ書かれていない、「北条の北条による北条のための歴史」なのである。

一口に「鎌倉幕府」とか「鎌倉時代」と言うが、果たして一つの政権と言えるのだろうか。

源氏を滅ぼした北条氏は平氏の流れを汲んでいる。しかし、家格が低いため将軍職に就くことはできない。そこで鎌倉幕府の名を借りて、形ばかりの親王将軍を担いで実権を維持するしかなかった。これは即ち、隠れたクーデターであったことを示している。

第三話　「大河は何処へ」　関ヶ原の真理

天下分け目の合戦「関ヶ原」では家康が勝利し、後に徳川が天下を手中にした。それ故「天下を取るために家康の方から戦を仕掛けた」、というストーリーがあたかも定説として語られている。

しかし事実を一つひとつ検証してみると、秀吉の死による混乱の中で、家康は豊臣家を敵に回すような争いは避けるべく腐心している様子が見て取れる。三成の方こそが豊臣家の安泰を守るため、如何にして家康を除くかという点に固執していたことが伺える。

もし家康が初めから天下を狙っていたのであれば、関ヶ原の後、間髪を入れず豊臣家を滅ぼしていたはず。しかし家康が『大坂夏の陣』で豊臣家を葬ったのは関ヶ原から十五年も経った後、実に御歳七十四の高齢に達した時のことである。

後に娯楽として創作された演劇の脚本などであっても、後世に生きる私たちは歴史の結末を知っているので、つい安易にそれらに誘導されてしまうのではないだろうか。

■鳥の目、虫の目、魚の目

物事を把握しようとする時には、あらゆる視点から観察することが大切だということ。

第一話においては、歴史書の編纂を担う皇子たちの会議の場に身を置くことで、「鳥の目」即ち、高い視点から何百年にも亘る古代の歴史の全体像を俯瞰（ふかん）してみようと試みたものである。

第二話は文覚上人（もんがくしょうにん）という、朝廷と平清盛や源頼朝らとの間を往来した高僧の目を通すことで、目の前で起きていることを「虫の目」即ち、足元の目線で細かく観察できるのではないかと考えた。

第三話では、秀吉の死から関ヶ原に至る過程において、関わりのある武将たちは自らの、或いは御家（おいえ）の置かれている状況の中で否応なく決断を迫られる。それを「魚の目」即ち、いろいろな処に出向いては小さな流れの向きや勢いを肌で感じ取り、それが大河へと成長していくプロセスを探るべく挑んでみた。

これら三話を一冊にまとめて出版したのは筆者の自己満足に過ぎないのでありますが、「あとがき」として一言添えさせていただいた次第であります。

ご精読、ありがとうございました。

山口　信

著者略歴

山口　信（やまぐち・まこと）

1953 年生まれ。
横浜国立大学工学部卒、作家としては異色の経歴。
2018 年に企業を引退すると、第二の人生で小説家にチャレンジ。
一人の歴史愛好家として、これまで疑問を抱いてきた史実について
自分なりの解釈を書き残したいと筆を執った。
本作がデビュー作となる。

「出雲神話」と古代史の真理

2020 年 10 月 14 日　第 1 刷発行

著　者　山口　信
発行人　大杉　剛
発行所　株式会社 風詠社
〒 553-0001　大阪市福島区海老江 5-2-2
大拓ビル 5 - 7 階
Tel 06（6136）8657　https://fueisha.com/
発売元　株式会社 星雲社
（共同出版社・流通責任出版社）
〒 112-0005　東京都文京区水道 1-3-30
Tel 03（3868）3275
印刷・製本　シナノ印刷株式会社

ISBN978-4-434-28072-6 C0093